也有這樣的事

そんなこともあるよ

步璃あゆり—著

—獻給曾經交會的靈魂—

目錄

A

1. This is MY LIFE

Track：五月天〈擁抱〉[1-1]／《五月天第一張創作專輯》

Test！Test！

舞台上背了把電吉他的少年，用手輕輕敲了敲面前的麥克風。

好，我們試一下全部樂器一起進喔！

離舞台有段距離、站在PA台後方的音控大哥用麥克風下達指示。

鼓手舉起鼓棒，互擊四下，咚、咚，其餘樂器加入——

除了幫忙接線的音響助理，台上有四名樂手，分別是鼓手、鍵盤手、貝斯手以及吉他兼主唱的W，他是我自小的玩伴。今天是五所學校的熱音社聯合發表會，社團合租了一間廢置的倉庫作爲表演場地，此時正在試音。看來他們今天要表演的曲目是〈It's my life〉[1-2]，搖滾樂團邦喬飛（Bon Jovi）前不久才發行的新歌。

試音結束、樂器收好後，W朝我走來。

「那麼早！」他笑起來時，眼睛會瞇成一條線，模樣憨傻可愛。

「坐捷運來很快。」

去年底捷運通車，市區東西向的往返時程縮短許多。每回搭乘時，總有股驕傲和時尚感油然而生，過往只能在日劇中看到的場景，如今成為生活的一部分。

下一組試音已經開始。我一手摀住耳朵，一手指向大門。「出去聊聊？」

他點個頭，跟著我走到戶外。晴天多雲，空氣濕濕的。

我們走上不遠處的小丘，在草地上坐了下來。

前陣子W就讀的學校校慶，我找了幾位熟識的同學去湊熱鬧，順便捧他表演的場，沒想到各自呼朋引伴的結果，竟變成聲勢浩大的校際聯誼。其中有人對彈了一手好吉他的W頗具好感，託我探探口風。

我思考著該如何切入主題。

「你們表演那麼新的歌啊，譜哪來的？」

「這首歌和弦簡單，很快就抓好了。」他表面淡然，心裡肯定得意。

每回W提到「抓歌」、「抓和弦」，我腦中總浮現個可愛聯想：一群哼唱跳舞的精靈，隱身在旋律森林的枝葉繁茂中，把它們抓出來，就能為己所用。

「對了，前幾天社團學長說，最近有個火紅的樂團，叫五月天。那首〈擁抱〉的歌詞有種童話感的詩意，旋律也很好聽。」

W點頭，隨口唱了幾句，「他們是創作樂團。最近非常多這類的樂團。」

「那你怎麼不組個團，唱自己寫的歌？」

「我喜歡自彈自唱，自娛娛人，但腦子裡沒旋律可寫。」

「也可以唱樂團其他人寫的歌啊。」

「前不久有位學長也問，要不要一起組團，歌他來寫。」

我拍手贊同說，「這樣不是剛好嗎？」

他爲難地看著我，「重點是，我不喜歡他寫的歌啊。」

我愣了半晌，忽然靈機一動。

「那你喜歡什麼樣的歌？」

「旋律好聽，不要亂吼亂叫，歌詞能產生共鳴……」

他扳著指頭，邊思考邊說。

「那你喜歡什麼樣的女生？」

他呆了下，皺起眉望著我。「這和之前的問題有關係嗎？」

我嘻皮笑臉胡謅，「也許可以從這兒看出你的喜好啊。」他翻了個白眼。

W偏著頭，思考了會兒後說，「我喜歡，有靈氣的女孩。」我一臉不可思議地望著他。

前一刻才刷著吉他、高唱邦喬飛的搖滾小子，此時居然給了宛如武俠小說設定的答案？

「你是說外表還是……」

他靦腆地笑了笑，沒有回答。

算算我倆認識也十來年了。從我有記憶開始，身邊總是有他的存在。應該說，在我鮮少且珍貴的記憶碎片中——騎樓下神氣揚揚地騎著兒童三輪車，隔著窗台偷看大方分享糖果的小哥，因爲心愛玩偶的眼睛被拔掉而嚎啕大哭……在某個角落，不知爲何，總會出現W那張無辜的臉。

總而言之，以年爲單位來看，「十」這個數字似乎不算少，但對兩個從幼稚園就相識的孩子來說，不過是「感覺」格外漫長，「實際」卻只佔了人生光譜中最淺薄的波段——恰巧沒有遭遇長大後各自分飛的尋常劇本，但也絕非死生契闊相濡以沫的偉大交情——就只是因爲家住得近、從小一起長大、還算聊得來，所以經常被人誤會、冠上「青梅竹馬」四個字。

我瞇著眼打量W好一會兒。

他從小就有點憨憨的，尤其是笑起來的時候；容貌稱不上校草等級，最多就是……唔，還算有親和力吧。個性溫和無害、和女生們相處得也不錯，這樣一個毫無殺傷力的存在，沒想到在進入中學後，意外獲得不少關注。而硬被冠上「青梅竹馬」的我，努力低調卻依然過著被敵視、被怨恨、被巴結、被交付（情書或禮物）、又被莫名其妙責怪的日子——結果就是身邊的女性朋友都不長久，最長久的朋友，反而是交情不冷不熱的W。

有靈氣的女孩？

腦中躍然浮現的，是一張白皙臉龐和一雙清澈的大眼，除了俏麗的短髮，「那人」的外貌、身形和氣質，都十分符合我心目中對於「靈氣」的定義。

「你該不會……」

我嚥了嚥口水，猶豫著是否該說出口，難道「那人」就是鎩羽而歸的女孩們口中，W難以忘懷的初戀？

♪

其實，在不算很久的過去，我的兒時玩伴不只有W，而W的青梅竹馬也非我一人。那時的小區還很熱鬧。

我們生長在由山和海圍繞的K城，這兒居民的日常大多循著港口和河岸展開。

靠近河岸的主街，各式商家和餐館櫛比鱗次，我家的相館就開在與主街平行的巷道，過個轉角則是W家祖傳三代的米行。每回爆米香的小貨車來時，米行前總擠滿了一堆小蘿蔔頭，家裡事先有準備的，就把裝了米的奶粉鐵罐，放在貨車前方地上，排隊等待；沒來得及準備也沒關係，米行前早已擺了一整排包裝好的米、糖、花生或香菜等食材——類似百貨商場辦活動、刺激買氣的概念——鹹香黏甜，任君選擇。離主街不遠處，位於山坡腳下、矗立著數排新建沒幾年的公寓住宅，正是我和W所居住的寧靜社區。爬上後頭的小山坡，沒多久就會遇到我倆相識的幼稚園。

社區裡有著從事各行各業的住民。我家位於靠近主街的前棟區，隔壁的教師家庭有兩兄弟，和我年齡相近、從小一起玩尪仔標、捉迷藏的大寶、小寶；他們家樓下住著分別在港口負責理貨的叔叔以及在報關行工作的阿姨，家裡也有對年紀和我們相仿的兄弟，不知爲何我很少看見他們。倚靠山邊的後棟區有木工大叔一家，老婆是做美髮美容的，有位和我同齡的女孩，不過我是進了小學之後才認識她；長她兩歲的哥哥似乎老在外頭和同學一起玩耍，多年來沒遇過幾次。W的老家雖然在街上經營米行，不過那兒只住著爺爺和奶奶，他和父母則一家三口住在離社區入口處最近的第 排公寓，和大家一起過著正開始流行的小家庭生活。長輩們在公園的大樹下閒聊時，見小姑娘路過，總愛開玩笑，說將來嫁進W家就不怕挨餓，是很不錯的對象，大家面露尷尬，那時還不懂得假笑可以堆砌出禮貌。

隨著年紀增長，玩耍的範圍從小區一路擴張到河岸，稍遠的排屋住了一對因母親早逝、由奶奶扶養的姊妹，姊姊是和我同齡的死黨；過了橋到對岸，風貌丕變，和小區的庶民氛圍截然不同，有醫院、書店、咖啡館和有錢人的樓房。當時我暗戀的對象就住在河對岸的洋房，父親聽說是船長，母親在港口附近經營舶來品專賣店，大波浪髮、輕飄雪紡裙、鮮紅丹蔻玉指，珍珠項鍊、寶石耳環，一身時髦貴氣，和W家的務實（或說土氣）形象相去甚遠。

♪

「欸，你別亂猜。」

W十分了解我這個浪漫派腦袋的運作模式，總能適時打斷一連串的妄想蓬勃延伸。

那不然就是……我皺眉思索著，暫時沒有新的靈感。

他斜睨了我一眼，不置可否地聳聳肩，表示不想再繼續這個話題。

「你們女生，好像真的很喜歡說這個……」W慢吞吞地開口，「以前還為了那個誰吵翻天。」

我一愣。記憶中，每回我們這群小女生七嘴八舌聊著「喜歡的男生」這個話題時，被視為中性無害的W總在一旁默默聽著，沒人在意他的存在。真沒想到這個悶不吭聲的傢伙，居然將此等陳年舊事記得如此清楚。最近不知道在哪兒看到「斷捨離」三個字，看來眞應該把知道自己幼稚底細的朋友，好好捨離一下。

是的，W指的正是我小學時候暗戀的對象，父親是船長、母親是時髦美人的那位，他的綽號就叫做「船長」。太難堪了，想到就不由得面紅耳赤、腦袋發窘——正當我們這群小女生天眞地討論他打籃球的姿勢多帥的時候，這位衆所矚目的焦點，已悄悄地被隔壁班的黑美人追走了！

「船長說他喜歡我耶。」聽到他「移情別戀」的消息，我難掩內心驚愕。

「他也說他喜歡我。」河邊奶奶家的欣瀅一臉無所謂。

「眞好，」木工家的小渼欣羨地說，「我也喜歡他呢。」

咦？我疑惑地微張了嘴，內心驚嘆號三連發。

這是怎麼回事，這年頭不流行一對一的喜歡了嗎？牆上塗鴉的傘下已經不只兩個名字了嗎？還有，這群死黨都對同個男生有意思是怎麼回事？最重要的是，那個男生還被隔壁班那位主動示好、嘴裡說著想加入我們，實則另有所圖，不只外表、連內臟都一片烏漆的女生搶先截胡？

「聽說，黑美人叫他不要喜歡別人，她還讓他親了耳垂。」和黑美人還算有些交情的小渼說。

小渼的身材嬌小、五官精巧，頭髮每天都編著技巧高超的漂亮辮子，配上洋娃娃般的花裙、甜美的笑容，是美容院的活招牌。

什麼！KISS！我的表情和心情此時統一陣線，懷疑耳朵聽到的情報。

「我們才小學耶。」

KISS 應該是電視劇裡才會發生的劇情吧？我的腦中浮現幾天前，黑美人興奮展示新穿的耳洞時，那美好的耳朵輪廓。

「時代不同了。」忘了是誰冒出這麼一句，大夥兒不約而同地點點頭。欣瀅拍拍我的肩，轉身和小渼聊起耳環的話題。

多麼慘烈的回憶。我搖了搖腦袋，毫無留戀地趕跑腦海裡讓人鬱卒的情節，轉移思緒：

「你也給明確一點的答案吧，不要老是害我被抱怨。」

「誰叫你多事。」W輕哼了聲。

「應該是誰害我多那麼多事吧。」我不滿地撇嘴，「早知道就跟你劃清界線。」

W轉過頭，直直地盯著我看，似乎想反駁什麼，最後卻只是淡淡地說：

「我覺得很明確啊。話說，明確的定義是什麼？」

「就是⋯⋯」我皺眉思考，「譬如說張曼玉那一型，或是鍾楚紅那一型之類的。」

W點頭表示理解，慢吞吞地接下去，「譬如說小龍女那一型？」

我頓時睜大雙眼，興奮地點頭稱是，「對，這樣明確多……」念頭一轉，「不是，誰知道小龍女長什麼樣子？」

「電視有播。」

小學時候，《九五神鵰俠侶》[1]風靡中港台，由古天樂飾演痞氣的楊過，而仙氣靈動的李若彤則扮演小龍女，主題曲是外表古典娟秀、歌聲卻很有個性的阮丹青所演唱的〈義無反顧〉[1-3]。前兩年，電視台再度接連播出不同版本的《神鵰俠侶》，一部是由楊佩佩製作，任賢齊和吳倩蓮擔任男女主角，另一部則是新加坡電視推出，由范文芳和李銘順擔綱主演。後兩個版本我印象不深，倒是〈傷心太平洋〉[1-4]會哼個幾句，而喜歡的張宇和范文芳合唱了主題曲〈預言〉[1-5]，當時放學後我老纏著W一起練習男女對唱。

「范文芳那版還是吳倩蓮那版？」我追問。

W認眞地想了想，「嗯……好像都不是。」

啊！我靈光乍現地大叫一聲，翩然而至的形象，和先前的推測不謀而合。

「你不要想太多。」他出聲阻止，臉上的表情卻沒有一絲心虛，毫無遮掩的企圖。

我聳聳肩，賊笑著表示了然於心。無論如何，方向明確了，也好交差了事。

「總之，就是李若彤那型的美女。」

W搖頭。「我是說『小龍女』。」

「總之，就是像李若彤扮演的小龍女那型。」我故意再次強調。

「現實中不存在吧。」那張善良的臉竟浮現一抹狡黠的笑意。

我歪頭思考了下。不存在，是因爲「那人」和現實生活漸行漸遠了嗎？

一絲寂寞忽然湧現，如被風追趕的雲般快速掠過。我不打算追究，只是模仿W露出狡黠的笑容，沒再多說什麼。

只見不遠處的積雲雲頂越長越高，像去美容院做了個高髮髻似的，雲色也由白轉成暗灰，恐怕是要下雨了。K城多雨，在那兒長大的孩子除了習慣隨身攜帶雨具，或多或少也學會了從雲相觀測天氣，「我賭三分鐘後雲會飄過來下大雨。」W說。

我瞇著眼看了看天空，點點頭，「我跟你賭同樣的。」

「快跑吧。」他拿起背包，先我一步站起身。

前不久還飄在天空的那朵雲，也許已經化成水滴不復存在，也許。

【耳朵記憶】

1-1. 五月天〈擁抱〉，詞曲：五月天阿信，《五月天第一張創作專輯》，1999，滾石唱片。

1-2. Bon Jovi〈It's my life〉，詞曲：Bon Jovi，《Crush》，2000，Island Records。

1-3. 阮丹青〈義無反顧〉，詞：小寒、曲：薛忠銘，《忠告》，1998，上華唱片。

1-4. 任賢齊〈傷心太平洋〉，詞：陳沒，曲：中島美雪，《愛像太平洋》，滾石唱片。

1-5. 范文芳、張宇〈預言〉，詞：林夕，曲：林智強，《逛街》，1998，科藝百代。

【眼睛回憶】

1.《九五神鵰俠侶》：此版爲香港 TVB 第二次改編拍攝金庸小說《神鵰俠侶》，前版於 1983 年播出。其後，新加坡的新傳媒電視和臺灣的台灣電視公司同時於 1998 年推出各自版本。

2. 我和我追逐的夢

Track：劉德華〈我和我追逐的夢〉[2-1]／《我和我追逐的夢》

據說年輕時候的父親風度翩翩。

在相館當學徒的他和附近商店街的年輕女孩們相處融洽，經常收到偷偷塞進口袋裡的禮物，宿舍的冰箱也總被塞得滿滿的。誰也沒察覺他和同樣從南部北上、在對街的織品店工作的母親，悄悄對上了眼。平時往來看似冷淡的兩人，休假時相約四處遊玩，特意避開年輕人聚集的鬧街、電影院等，前往離社交圈有點距離的郊外或鄰近城鎮，敞遊山水。纖細美麗的她成了相館學徒的專屬模特兒，上山下海留下不少美照。

當他倆結婚的消息公開時，不但驚訝眾人，還讓幫忙打掃商店街的大叔大嬸們，忙於清掃一地的心碎碎片。在我出生前後，父親聽從相館師傅的建議，頂下隔壁K城、鄰近河岸主街的相館，我們一家遂搬來小區，展開新生活。

「今年暑假你還是要回鄉下？」放假前，坐在前座的W忽然問我。

和W雖然打從幼稚園就認識，但我們之間的交流並不多。他從小就是個性格冷淡、話不多的孩子，忽然搭話還真是令人受寵若驚。

「對呀，」我點頭稱是，暗自得意地問，「怎樣？」

小區的住民多從幾代前便在K城定居，對於每逢寒、暑假有「鄉下老家」可回的人，左鄰右舍的孩子們向來羨慕。釣魚抓蝦對生長在山海間的孩子來說並不稀奇，但搭幾個小時的火車到島嶼南端釣魚抓蝦，感覺肯定不一般。

「今年我們家主普，你來看布袋戲。」W的臉上難得露出得意洋洋的表情。

「唔，什麼是主普？」聽起來有點熟悉，我一時間反應不過來。

「有水燈遊行啊，你忘了，」他提示，「公園裡還有座主普壇。」

入夏後，K城的空氣中充滿徘徊不去的濕熱，海潮的腥味裡彌漫著人心騷動的祭典氣息，然而這種鼓譟對每年暑假都回鄉下的我來說，其實印象模糊，記憶深刻的僅有開學前趕不完作業和手痠。不過好歹也是從小在這地方長大，隱約中曾聽長輩們說過，主普是K城鬼月祭典的重點項目——普渡孤魂，每年由不同氏族輪流負責，製作的水燈比華麗更比財力，而普渡前夕的放水燈，則是給好兄弟們的宴席邀請函。老實說，祭祀什麼的，對小孩子來說一點也不重要，有布袋戲、歌仔戲可看，有好玩熱鬧的公園夜市、和平常大人不允許的小吃，再加上閃亮浩蕩的水燈遊行，這才是重點。

「啊，今年是廖姓啊。漳州？泉州？」我點點頭，說出不知在哪兒儲存的記憶，假裝自己很懂。

「現在應該沒分了吧……」W歪著頭不確定地回答。看來他也沒有很懂。

「對了，你家什麼時候主普？」

「我家不主普啊。」我一副事不關己地搖搖頭，對突如其來的問題感到莫名其妙。

「也對，你家的姓那麼奇怪，一定是從大陸漂啊漂來的。」向來平和的W居然冒出不知從哪兒聽來的話。

才小學四年級的我，雖然不太明白他話裡的意義，但似乎也嗅到語氣中含有一絲輕蔑，頓時面紅耳赤。

「你的祖先難道不是從大陸漂啊漂來的嗎？」我下意識地反駁。

也許是沒料到我會這麼回嘴，又或者被我臉上明顯不悅的表情嚇到了，W呆愣結巴地說：「不……不一樣，我們來得早。」

我用力點點頭，理直氣壯說：「所以才是你們負責主普我們沒有啊，這很合理。」

說這話的我，對於什麼是合理歪理，其實搞不太懂。

W聞言瞪大了雙眼，也不知是否真心覺得合理，只見他用力地一迭連點頭，滿臉服氣。

緊繃的氣氛瞬間淡去，我笑嘻嘻地和他約定會早點回來、一起看布袋戲。

無風不起浪，浪裡必有花，一來一往對話拋擲，我倆自此熟稔。

♪

暑假開始後兩天，母親拎著大包小包的禮物，帶著我和簡單的行李回南部探親。

由於父親的雙親早逝，對祖父母的故事我所知甚少，只聽說祖父確實是從大陸漂呀漂來，幾番轉折，偶然來到和兒時故鄉相似、有著大片農田的鄉間，遇到和善的祖母一家，遂留在這塊陌生的土地開枝散葉，從此異鄉成了故鄉。父親和兄長是異父兄弟，年齡有段差距，說是從小兄代父職被拉拔大的也不為過；和母親出身同庄的嬸嬸是著名的美人，不到十八歲就嫁了過來，生了三個小孩依舊皮膚細緻、相貌年輕，看不出實際年齡長了母親將近一輪。因此我和堂兄姊們雖然輩分相同，身高和心智卻距離遙遠，每回返鄉，我這個小不點總愛黏著堂兄討抱、向堂姊討糖。

故鄉M鎮和我居住的K城一樣山巒環抱，不同的是，放眼望去鮮少樓房，大片的鮮綠稻田和深綠香蕉樹潑進眼底，不知檳榔還是椰子沿著路旁立正站好，來自城市的土包總是分不清楚。老家的建築是紅瓦屋頂和松石綠鐵窗花的三合院，白色粗柱撐起屋簷，前方是曬穀場，以石砌擋、花草為籬，外圍種著豬菜（地瓜葉）、蔥蒜等新鮮時蔬，後頭則連接著廣闊農園，除了香蕉和甘蔗，還種了釋迦、芒果、龍眼、芭樂等果樹；矮磚牆搭建的豬圈裡養了幾隻大黑豬，偶而母豬會帶著豬仔們出去散步，三兩雞群向來自由奔放，母雞帶著小雞悠散地在園子裡啄來逛去……對獨生的我來說，這樣的風景非常熱鬧，但我的歡樂對這些安穩度日的住民們來說卻是一場夢魘——不知打哪兒冒出個相對巨大的小小孩，每天追著小雞跑，嚇得牠們晚上不敢回家；或是守在哺乳中的母豬圍欄外，雀躍蹦跳，讓豬媽媽終日不安。

「走，帶你去圳溝覓蜆仔（mi han'e）。」在長輩的眼色下，堂哥無奈地放下耳機，把我拎去田邊小溪。

長大後才明白，那其實是條灌溉用的水圳，然對當時的我而言可是條寬闊的溪流，可以玩水、釣魚、抓蝦，若沒遇到颱風水位也不高，是剛剛好的安全。沒戴草帽、沒做任何防曬的我每天和南國火熱的太陽形影相隨，回北部時總黑得像炭一樣。

只不過隨著年齡漸長，小溪不知去哪了，堂兄姊們也紛紛離開家。母親一如以往先行返回K城，獨自留在親戚家的我，只能百無聊賴地待在哥哥姊姊的房間裡尋寶。

「哇，松田聖子的第一張專輯耶。」身爲獨生女的我很習慣自己玩耍、自言自語。

當時的日本歌曲專輯，大都是商人將歌手的單曲集合十到十二首歌，盜錄爲「專輯」販售。我拿著以微卷俏麗的聖子頭作爲封面的外殼，將卡帶抽出、放進錄音機，按下播放鍵。可愛的松田聖子在我出生前幾年出道，推出《裸足の季節》[2-2]一炮而紅，當時的聲線較爲爽朗厚實，和我熟悉的細緻甜美稍有不同；同年夏天推出《青い珊瑚礁》，更爲酷暑帶來了清新之感。我在島嶼南端的涼爽房間裡，想像自己乘著南風，熱情奔向藍色珊瑚礁環繞的小島（那是哪裡？），十多年前的老歌夾帶堂兄姊們的青澀，明明是青春之歌，卻把我餵養成與年齡不符的老靈魂。翻開小小的歌詞頁，日文歌詞中夾雜著簡單的漢字，邊看邊胡亂跟唱，可以耗上整個午後，直到嬸嬸叫我下樓吃西瓜或鳳梨爲止。

鄉下的長輩們交談時大多方言、日語交雜，從小耳濡目染的堂兄，在青春期時熱愛日本文化，蒐集不少日本漫畫和日本偶像的專輯。沒有玩伴的我理所當然接收這些寶藏，花了很多時間在房間裡看漫畫、邊聽音樂邊畫圖，向來和太陽當麻吉的我，難得度過一個不把窗外蟬鳴當回事的安靜暑假。

不同於時間緩慢、宛如靜止的南部鄉間，各式各樣的流行事物如激流般，朝北部的大都會奔湧而入，行經之處水花四濺——也濺到作爲衛星城市的K城。鄧麗君在演唱會上，用口語翻唱韓國歌手趙容弼的〈回到釜山港〉[2-3]；半夢半醒間，華語口音有點奇特的譚詠麟，以 曲〈縈念〉[2-4]登上日本歲末的紅白歌合戰；碼頭工人們大口喝著黑松沙士，高聲歡唱〈我的未來不是夢〉[2-5]；紅透半邊天的港星劉德華，出現在王傑〈是否我眞的一無所有〉[2-6]音樂錄影帶中；彷彿全世界的人都湧進電影院，觀賞張雨生和星星月亮太陽主演的《七匹狼》[2]；Beyond的前途海闊天空，風光進軍日本；讓少女們尖叫的偶像團體小虎隊，宣布暫時解散、各自高飛……而我們這群孩子站在時代浪潮的尖端，隨著樂聲一點一滴地長大，永遠無法回頭。

♪

依約提早回到K城的我，和大夥兒一起到半山腰的公園看布袋戲。

「你們看，松田聖子第一張專輯。」我拿出從老家帶回來的卡帶，獻寶地說。

「這什麼鬼？是老歌了吧。」穿著帽T、率性的船長接過卡帶，翻來覆去看了大笑。「還錄音帶勒，我家早就都聽CD了。」

「是老歌。」小渼肯定地點點頭，「現在大家都聽王傑，我爸和我哥在卡拉OK都搶著唱〈忘了你忘了我〉[2-7]。不過我家還是聽錄音帶。」

「拜託，那也是老歌好嗎。」理智的欣瀅忍不住翻了白眼。

「對呀，」小寶幫腔說：「至少也要〈對你愛不完〉[2-8]……」他邊說還邊學起港星郭富城的舞步。

「喔，郭富城好帥喔。」小渼兩眼發亮。她今天繫了丸子頭，穿著泡泡袖洋裝，像個小童星。

「拜託，劉德華才叫帥氣，眞男人！」船長比著大拇指，「〈我和我追逐的夢〉是我爸的愛歌。」

說完，他立刻唱了起來，小寶接口、小渼加入，最後成了大合唱。眞不愧是天王，歌曲琅琅上口，每個人都會。

「不過那也是兩、三年前的歌了。」合唱開心結束，欣瀅仍不忘潑盆冷水。

「我表哥說最有才華的是張雨生，《一天到晚游泳的魚》[2-9]那張專輯很特別。」老成的W難得露出淘氣的一面，模仿撈金魚攤、長形水槽裡的金魚游水扭屁股。

欣瀅搖搖頭，嘆了口氣：「最近走到哪都聽得到，你們沒注意嗎？哪首歌比得上〈我願意〉[2-10]。」

眾人頓時啞然無聲，心服口服。

那年，王靖雯以一曲〈我願意〉橫掃各大排行榜，海內外翻唱無數，回復本名王菲，就此登上千年不衰、萬年不墜的歌后地位。

突然船長張開雙臂大聲唱起了副歌，然後說：「厚～你該不會想結婚了吧！」帥氣的臉龐浮現了抹取笑，「我願意」三個字的解讀對小學生來說很單純。

只見欣瀅一派自若地點頭說：「早點結婚不錯啊。」將臭男生的低級趣味輕輕撥掉。

哇，衆人聞言不約而同地睜大眼睛望向憧憬早婚的主人翁，驚嘆連連。

「欸欸，布袋戲開始了啦。」

不知是誰喊了這麼一句，大家的注意力轉移到舞台上，一邊吃著剛才買的愛玉冰和黑輪，一邊津津有味地看起節目。

而那句玩笑話，誰也不知道說者是否眞心，又有誰聽了記在心裡。

【耳朵記憶】

2-1. 劉德華〈我和我追逐的夢〉，詞曲：周治平，《我和我追逐的夢》，1991，香港寶麗金。

2-2. 松田聖子〈裸足の季節〉、〈青い珊瑚礁〉，詞：三浦徳子、曲：小田裕一郎，《SQUALL》，1980，Sony Records。

2-3. 趙容弼〈돌아와요 부산항에〉（回到釜山港），詞曲：黃善友，1972，RIAK。日本語版〈釜山港へ帰れ〉，詞：三佳

令二，1982，Sony Records。

2-4. 譚詠麟〈愛念〉，詞：張國祖、曲：劉諾生，《愛念》，1989，寶麗金。

2-5. 張雨生〈我的未來不是夢〉，詞：陳家麗、曲：翁孝良，《6個朋友》，1988，飛碟唱片。

2-6. 王傑〈是否我眞的一無所有〉，詞：陳樂融、曲：陳志遠，《是否我眞的一無所有》，1989，飛碟唱片。

2-7. 王傑〈忘了你忘了我〉，詞曲：王文清，《忘了你忘了我》，1988，飛碟唱片。

2-8. 郭富城〈對你愛不完〉，詞：陳樂融、曲：羽田一郎，《對你愛不完》，1990，飛碟唱片。

2-9. 張雨生〈一天到晚游泳的魚〉，詞：許常德、曲：陳復明，《一天到晚游泳的魚》，1993，飛碟唱片。

2-10. 王靖雯（王菲）〈我願意〉，詞：姚謙、曲：黃國倫，《迷》，1994，新藝寶唱片、福茂唱片。

【眼睛回憶】

2.《七匹狼》：1989年由朱延平導演、彭國華監製的偶像電影作品，由庹宗華、葉全眞以及王傑、張雨生、星星月亮太陽、郜正宵、姚可傑（東方快車合唱團）等多位飛碟唱片歌手參與演出。

3. 流言

Track：周慧敏、林隆璇〈流言〉[3-1]／《流言》

小學畢業後，我和大部分同學一樣升上小區的公立中學，只有欣瀅就讀離小區坐公車三十分鐘的郊區私校。

說起來，欣瀅不只人漂亮、功課好，處事聰慧理智，待人圓潤從容，可說是集完美於一身，不過她散發出來的氛圍總讓人覺得有些冷，不是冷若冰霜的冷，就只是不那麼暖。也許是因爲父親在台北的貿易公司工作，鮮少回家，奶奶又忙於生計，照顧妹妹的重擔落在身上、還得應付課業，逼得她必須保持冷靜。

下課後，我經常陪同欣瀅去接就讀特殊教育班的妹妹，姊妹倆手牽著手，我跟在一旁，一起回她家寫作業。

「我媽生我妹的時候難產，大人沒保住，小孩也因爲缺氧造成腦損傷。」第一次去她家的路上，欣瀅輕描淡寫地說。我這才明白，爲何妹妹在身體或智力的發展都遲緩許多。

一時間不知道該說什麼。我從小嘴笨，說不出安慰人的話，但我知道，心高氣傲的她一定不希望收到別人的同情，所以只是默默地聽著，想伸手去捏捏那張稚嫩的臉，又怕沒禮貌而作罷。

我有點害怕欣瀅的奶奶，她總是兇著一張臉。肥胖微駝的身軀、不帶一絲笑容的嚴厲表情，對年幼的我來說只覺得看起來怪兇狠，從沒想過是否命運奪走了她的笑容。

「恁欲食啥？」

傍晚時分，在成衣工廠幫忙車布標的奶奶一回到家，瞥見家裡有小客人，手上一邊收拾廚房的鍋碗瓢盆，一邊操台語問話，正眼看都不看。

「不用啦，我要回家了。」我連忙從椅子上跳起來，戰戰兢兢地說。

「免啦，伊欲轉去啊。」欣瀅幫忙回答。

只見奶奶在外出袋裡掏啊掏，拿出幾個綠皮中間有顆紅點的草粿，「提轉去食。」

我連忙擺擺手，雖然草粿是我最愛的食物之一，但長輩在前還是應該假客氣。

欣瀅看了我一眼，毫不猶豫地拿起一個塞進我手裡，「走吧，我們去唱片行，我想買周慧敏的專輯。」

眞是美女愛美女，我心想，一邊得救似地趕緊拿起書包。

我們一起走到鬧街。先去了趟唱片行，她買了周慧敏的《流言》專輯，我則挑了王靖雯的粵語專輯《Coming Home》[3-2]，然後邊走邊逛買些小飾品。

「要不要去找少爺抬槓？」

我們繞去米行找W，嘻嘻哈哈聊了幾句，最後在我家相館前分手。沒多久，我倆其一會成爲米行媳婦的流言便在班上傳來傳去。

偶而，她那雙水靈的大眼中流露出早慧的成熟和寂寞，大多時都掩藏地很好。我很喜歡她，她是我的好朋友，但有時候心上像扎了根刺，那種不舒服的感覺，我不確定是否叫「嫉妒」。老師們對她的關愛明顯多許多，如果不是考量年紀小小便要身兼母職照顧年幼的妹妹、怕負擔太重，她肯定是班級領導的不二人選；而我這個愛塗鴉、愛做白日夢，連午睡時間腦袋也靜不下來，忍不住哼哼唱唱的麻煩人物，也不會莫名其妙當選班長。雖然我倆是死黨，但有時感覺自己只是個替代品或陪襯品——做事的是我，目光的焦點是她。

一天放學前，我將收集好的全班作業送到辦公室給班導師，他說剛好要去港口辦事，可以搭他的順風車，我開心地點頭答應。回到教室，我對正在收書包的欣瀅說：「老師說要送我一程耶。」她點個頭。見她沒啥反應，我又補了句：「他沒說要送妳。」她依舊漠然地點了頭，沒多說什麼。

上車後，老師看到只有我一個人，驚訝地問：「你的好朋友呢？」

我一愣。原來老師口中的「你」不只有我，又或者那個「你」其實不是我，是在我身邊閃閃發光、惹人愛憐的那位。

車子駛近校門，我望見微微駝著背的欣瀅一手牽著妹妹，形色孤單地慢慢往校門外走去。我後悔得不得了，滿滿的愧疚感使得心跳加速，急忙搖下車窗，對她說：「上來呀。」老師也搖下車窗對她招招手。

那雙晶澈的大眼睛望著我，搖了搖頭，繼續往前邁步。

後來我常在想，會不會是從那天起，我們的友誼有了微小的裂痕，也是她在畢業後頭也不回的原因？

♪

就當我一邊聽著王菲的《浮躁》[3-3]專輯、一邊懵懵懂懂地讀著村上春樹時，有個清爽的靈魂似乎維持無垢化的成長。

和W依舊是不冷不熱不濃不淡的關係。他的個性和兒時一樣沒啥變化，完全不受躁動的賀爾蒙影響，似乎是和青春期沾不上邊的傢伙。

偶而母親差我到他們家買米時碰上，兩人之間毫無青春期時男生女生的尷尬，像往常一樣有一搭沒一搭地聊著。

「又在打俄羅斯方塊？」W手裡拿著小時候玩的Game boy[3]、視線專注拇指忙碌。那是奶奶幾年前送他的生日禮物，後來又買了超級任天堂[4]、SEGA Saturn[5]等電視遊樂器，不過幫忙顧店時掌上型遊戲機比較方便。

「TOP 破關啦。給小寶玩了。」W回答。TOP 的全名是 Tales of Phantasia，中文名稱《時空幻境幻想傳奇》，是前陣子男生們都很著迷的超任遊戲。

「今天沒下雨，要不要去港邊走走？」我問。

「有什麼好走的？」他微微抬起眼角，一面打電動、一面隨口問。

「看卸貨？」

他遲疑地點了點頭，按了幾個鈕結束動作，放下手中的遊戲機起身。

升上中學後，我們經常騎腳踏車到離家遠些的地方——其實也不過是繞著港區四處探險。往東有個小漁村，氣質灰暗；往西的臨海丘陵立了三根煙囪，我們喜歡坐在山坡上看海，閒逸的氛圍，非常適合做白日夢。

先打電話通知其他夥伴在主街集合，再一起衝向西岸，繞過海灣，氣喘吁吁地爬上臨港的小山坡，剛好趕得及觀賞夕陽下的卸貨演出。站在高處平台，鑲著金光的山海在眼前廣闊展開，微風徐徐，呼吸間沒有港口飄浮的海藻、魚腥、柴油等混雜氣味，俯瞰占地極廣的貨櫃碼頭機具輪船車輛，點綴吆喝的工人，像極了在小寶家玩的樂高積木——只見一箱箱的貨櫃由起重機平穩地卸裝到貨車上，一台駛離後緊接著下一台……大夥兒你一言、我一語猜測貨櫃裝了什麼新奇玩意兒，這種各自發揮想像力卻永遠不會知道正確答案的遊戲，令人百玩不厭。

「好久沒看到欣瀅了。」望著被夕陽染紅的層雲，我低聲地說。

「她偶而會來我們家買米。」

「是嘛？」我羨慕地看著W，「只有你見得到她。她好嗎？」

「老樣子，」他望著映照在海上的夕陽波光粼粼，「還是駝背。」

欣瀅個子高，但因習慣性駝背，和亭亭玉立四個字無緣。大人們嘴上沒明說，只是嘆息她身上的擔子太重了。

「她們學校的功課壓力不是很重嗎？妹妹怎麼辦？」小渼問。升上中學的她愈發標緻，雖然身材依舊嬌小玲瓏，但褪去學校制服的她，穿著小露香肩的上衣搭配吊帶短褲、塗了蜜桃粉的唇蜜潤澤動人。

聽說兩年多前一家搬回韓國的黑美人，經常寄些雜誌的剪貼和她交換兩地的流行情報。

「放學後有安親班。但她不能參加課後輔導，要趕回來接她妹。」

「不過她功課還是很好吧？」我好奇地問。

「人聰明，沒辦法。」W聳聳肩，清淡的口吻像極了欣瀅，我彷彿能看見她說這話時的表情。

「那你得好好加油了。」念資優班的小寶忽然插進話來，開玩笑地說。

「我？爲什麼？」突然被扯進話題裡的W莫名其妙地問。

「你總不能比你未來的媳婦差吧。」

船長聽了這話，默默地朝我看了一眼，「你還是擔心自己吧，不是過兩年就要到澳洲讀書了。」

小寶的表情有些不自在，「我的英文又沒我哥那麼好。」

從小玩在一塊兒、長我兩歲的大寶已經準備暑假出發到墨爾本。

「我爸說要當船長，語言能力很重要。」船長說。

「那你呢？以後也要當船長嗎？」小渼好奇地問。她關注的焦點顯然在心儀的男生身上。

「也可以啊。」船長點點頭，不過聽起來似乎並無認眞想過這個問題。

「欸，你們看，」W指著往緩緩移動的貨輪說道：「大船旁邊還跟著小船耶。」

「眞的耶，」小寶驚呼，「咦，小船好像有人想爬上大船耶！」

「會不會是海盜？」

也不知道誰問了這麼一句，船長噗哧一聲笑了出來。「那是引水人。」

「飲水人？帶水和食物上船的人嗎？」

船長完全止不住笑意，「那個是『交辦』。引水人是幫忙領導大船入港、出港的人啦。」

「他是不是會輕功，飛簷走壁……」小寶比出武打招式。

「聽說體力要很好就是了。我爸說那是他的夢想。」

「夢想？你爸不是最大的那個船長嗎？」

船長搖搖頭，「要當引水人，至少要當個幾年船長才有資格參加考試。」

什麼！衆人大吃一驚。沒想到開小船比開大船更了不得。

「你懂得眞多，」小渼崇拜地說：「不愧是未來的船長。」

我看著船長，想像他長大後當船長的模樣，腦中浮現的卻是他父親那張黝黑嚴厲的臉。

小學時候，大夥兒到他家打電動，恰好歸港的父親難得在家，高大的身材加上威嚴凜然的氣勢鋪天蓋地而來，嚇得我們這些小蘿蔔頭動也不敢動。

「別客氣，吃點心。」船長父親渾厚的嗓音裡完全感覺不出親切。

大家擠坐在沙發上，你推我、我推你，誰都沒敢動手。小寶求救似地看著我。

好吧，誰叫我是班長呢。我深吸了口氣，裝作豪氣干雲地開口，「沒問題，四海之內皆兄弟嘛。」

這是處於緊張狀態的我，腦中唯一和「海」扯得上關係的成語。

船長父親宏亮大笑兩聲，「你也知道什麼是『四海之內皆兄弟』啊。」

回家後，我非常沮喪，居然在長輩面前如此沒大沒小，看來我和船長肯定沒希望了。

回過神，金色光線被山巒吃掉了，天空脫下華服，只留件暮藍襯衣，碼頭黃色眼睛甦醒。

「你如果當上船長，可以開船到澳洲來找我，我帶你去玩。」小寶很有義氣地說。

「那我也要去。」小渼也嚮往，「我怕坐飛機，我可以搭你的船去。」

「我以爲他爸開的是商船，應該只載貨物吧。」W指出盲點。

「以後他的船又不見得只載貨物，搞不好也可以載人。」小寶不服氣回道。

「嗯，那應該是郵輪吧。」船長在這方面的知識果然比較豐富。

「那我就搭你開的郵輪，像你媽一樣打扮得漂漂亮亮，到澳洲找小寶。」

我看了小渼一眼，「可是我覺得妳應該比較適合穿短裙。」船長的母親身材高挑，穿雪紡長裙更顯飄逸，可是嬌小的小渼可能不大合適……我在腦中快速描繪想像。

「妳如果想長高，就別一天到晚吃零食，要多吃飯。」W一針見血地說，接著又補了句，「我家的米很不錯。」

「眞不愧是米行的少爺。」小寶拍拍他的肩，對趁機宣傳自家米的W深感佩服。

「欸，改天約欣瀅出來見面吧。課業再怎麼重總有假日吧。」我把話題扳回自己掛心的事。

「你怎麼不打電話給她？」

「特地打電話好像是發生什麼嚴重的事。」我摸摸鼻子，「下次她到你家買米再順便約一下唄。」

「不管！」身旁的小寶突然叫了聲：「我要去你家玩太七！」

我們全都轉過頭看著他。

原來船長父親送了他最新發售的遊戲軟體，專屬於 PlayStation[6] 主機平台的《Final Fantasy VII》是時下最熱門的遊戲，惹得小寶心癢難耐。

「不行啦，我媽今天在家，玩電動會被罵。」

「到我家玩 Saturn 好了。」W 家的 SEGA Saturn 也出了不少電玩名作。「新買了《天外魔境第四默示錄》，蠻好玩的。」

小寶眼睛一亮，當場見異思遷，黏在 W 身旁。衆人起身，趁天沒完全黑前踏上回程。

這一約沒想到約到了暑假。原先以爲只有大寶要出國留學，沒想到連弟弟小寶都一併被送出國。想約的是好久不見的欣瀅，結果卻變成兩兄弟的送別會。

「我媽說年紀小適應比較快，英文學得更好。」小寶苦著一張臉對我說。

「你爸媽不會寂寞嗎？」

「他們寒暑假也會來找我們。」

「也對，」我點點頭，「當老師的好處就是這樣。」

「也好啦，」W 老氣橫秋地說：「我奶奶說快打仗了。」

「對呀，我媽說她很多香港朋友都搬到英國、加拿大或澳洲去了，時局不太穩的樣子。」船長附和。

「最後一次想玩什麼？讓你決定。」小渼的離情勾引我的眼淚。

小寶紅著眼看了看大家，「玩電……」話沒說完，就被從房間裡出來的大寶打斷，「電動你一個人也可以玩。我們來玩捉迷藏吧，這遊戲要人多才好玩。」他在升上中學以前也經常和我們一起玩耍。

「也對，以後想當鬼抓那麼多人都抓不到了。」W 贊成。

「好啊，好久沒玩了。」大夥兒你一言、我一語地附和。

「可是我不想當鬼啊～」猜拳猜輸的小寶哭喪著喊。

一，二，三，……九，十，正當小寶數到最後一個數字時，大寶衝到我藏身的櫃子後頭，從背後緊緊抱住我，在耳邊小聲地說：「噓，不要動，躲好。」我大氣不敢吭一聲，像個泰迪熊似的被大寶抱在懷裡，我想起小時候那隻被拔了眼睛的心愛玩偶，有點想哭。

小渼被抓到了。

「你以前說會賠我一隻泰迪熊的。」我有點委屈。

「你來澳洲玩，我帶你去看無尾熊。」在小寶的高興喊叫時，大寶低聲地說。

吼～被抓到了！你們兩個！

船長和欣瀅躲在陽台花盆後頭，不知道在說什麼悄悄話，同時被小寶抓到。

「還有很多羊。你不是很喜歡《阿爾卑斯山的少女》那部卡通。」

我喜歡的其實是永遠兩頰酡紅的海蒂（Heidi）。

「澳洲應該是袋鼠比較多吧。」書架上的兒童百科裡頭，澳洲篇畫的是紅黃色袋鼠。

W在打開浴室就看得一清二楚的浴缸裡被抓到。

「你想看什麼我都帶你去。」大寶變聲中途的暗啞嗓音聽起來有點感性。

你，我看到你了！

小寶大聲喊著，朝我們走過來。大寶放開我，快速站起，低頭說：「我會寫信給你。」然後轉身雙手向上舉，「你很笨耶，我在那麼明顯的地方現在才看到。」

小寶鬼靈精怪地往他身後一探，「哦，還有一個。」

就這樣，傻里傻氣的小寶完美達成任務，不過也沒人想繼續玩這個遊戲了。

「吃吧。」大寶從冰箱上層拿出一堆裝在冷凍袋的自製綠豆冰棒，放在客廳的茶几上，看了我一眼，然後若無其事地走回自己房間。

我們一人拿了一支冰棒，開心地邊吃邊聊。

「妳們學校功課很忙嗎？」

一段時間沒見到欣瀅，她似乎又長高了些，戴上眼鏡，看起來很有學問。

「天啊，妳的短髮好可愛喔，拿掉眼鏡根本就是梁詠琪嘛。」小渼一臉羨慕，伸手摸了摸耳側的層次。前陣子香港玉女歌手梁詠琪出了《短髮》[3-4]專輯，俏麗的髮型瞬間引領風潮，可惜美髮師母親從不允許她把頭髮剪得像小男生一樣。

欣瀅不在意地笑說，「我小學就是這個髮型了。」然後轉向我，深深地嘆了口氣，「功課很多啊。我一開始很不適應，還考過個位數。」

什麼！眾人驚訝地張大了嘴。總是全校第一名的欣瀅居然會考個位數，老師應該是發到高中考卷了吧。

「不過還是有人考滿分啊。」她搖搖頭，「我花了好一番功夫才抓到念書的方法。這陣子念書的時間是眞的變多了。」

「眞辛苦——」小渼語尾拉長，嘟起嘴巴，露出哀怨的表情，連愁苦的模樣都那麼可愛。

我同情地看著欣瀅，心裡卻有股撥雲見日的踏實，見她一切安好，這些日子的牽掛被曬得清香鬆軟，總算可以收起來了。

【耳朵記憶】

3-1. 周慧敏、林隆璇〈流言〉，詞：黃桂蘭、曲：林隆璇，《流言》，1993，福茂唱片。
3-2. 王菲《Coming Home》，1992，新藝寶唱片。
3-3. 王菲《浮躁》，1996，新藝寶唱片、福茂唱片。
3-4. 梁詠琪《短髮》，1996，科藝百代。

【眼睛（手指）回憶】

3. Game boy：日本電子遊戲公司任天堂於 1989 年發售的掌上型遊戲機。《俄羅斯方塊》爲其最熱門遊戲之一。
4. 超級任天堂：Super Nintendo Entertainment System，簡稱超任，日本電子遊戲公司任天堂於 1990 年底發售的家用遊戲機。熱門遊戲作品有《超級瑪利歐世界》）、《勇者鬥惡龍V》、《勇者鬥惡龍VI 幻之大地》、《時空幻境》（簡稱TOP）、《超時空之鑰》等。

5. SEGA Saturn：日本電子遊戲公司SEGA Corporation於1994年底發售的家用遊戲機。熱門作品有《VR快打》、《飛天幽夢》、《冒險奇譚》、《天外魔境第四默示錄》、《光明與黑暗III》等。

6. PlayStation：日本索尼電腦娛樂公司Sony Computer Entertainment Inc.於1994年底發售的家用遊戲機。著名大作有《Final Fantasy VII、VIII、IX》（舊譯「太空戰士」）、《惡靈古堡》、《亞克傳承系列》、《三國無雙》、《Gran Turismo》、《勇者鬥惡龍VII 伊甸的戰士們》等。

7.《アルプスの少女ハイジ》：阿爾卑斯山的少女海蒂、小天使，爲日本富士電視台於1974年播出的電視動畫，改編自德國兒童文學《海蒂（Heidi）》系列。

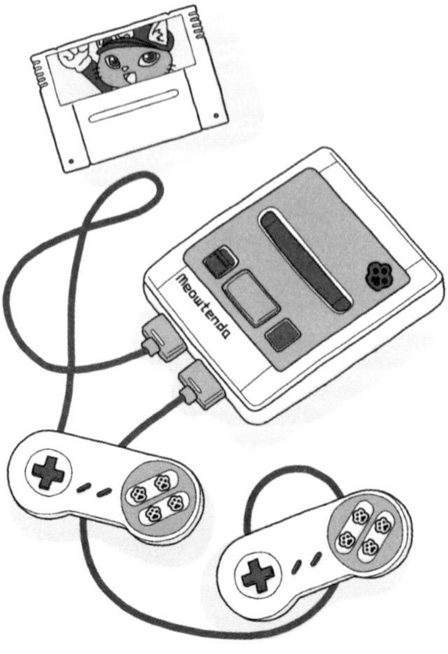

4. 青春不老

Track：Alphaville〈Forever Young〉[4-1]／《Forever Young》

平靜無波。就算偶起波瀾也會很快平息，不過是孩子未經世事的自以爲。颱風過後，港灣又回復平靜水面，小區的平淡生活，讓不知何時停歇的躁動青春延展爲長長的光陰流淌，彷彿過了一輩子那麼久，變聲、抽高，平板身形漸成立體輪廓，四周原本的鮮豔不知不覺失去光澤，長出了細紋、斑駁了牆籬。

送走大寶、小寶後沒多久，率先離去的是小渼一家。

「工作都在台北，每天來回通勤不是辦法。」小渼無奈地說。

這幾年K城發展停滯，木工父親接到的工作大都來自欣欣向榮的台北。由於太過繁忙，原本從事美容美髮的母親暫時兼任助手，每天跟著往返通勤，回來後還要照顧兄妹倆，漸感吃力。

「小寶他們家好像也搬到台北開補習班去了。」我喝了口味道像香皂的玫瑰花茶，分享聽來的情報，「我媽說那邊升學壓力大，比較容易賺錢。」

我們最近迷上了泡咖啡廳。

時尚光鮮的船長母親是小渼的憧憬，聽說他們母子倆有時會到精緻裝潢的咖啡廳吃簡餐，我們決定啟動咖啡店巡禮計畫——以船長居住的對岸爲起點，擴張到河岸，最後是熱鬧的港區。此刻，我們正各自坐在古典風格的單人沙發上，從二樓的落地窗俯瞰街道熙來攘往，啜飲苦澀咖啡以外的玫瑰花茶和伯爵奶茶，學大人耍時髦。

「我們家明年也要搬到那邊新買的房子。」船長是唯一點咖啡的人，不過一口都沒喝。

這幾年港口貨運量衰退，加上前陣子在奈及利亞外海沒能避開海盜，船長父親在歷劫歸來後決定退役，申請回到陸地，在總公司的船務部工作；而母親也結束委託行的慘澹生意，在台北市中心購置一間電梯大樓雙併戶，打算離開這座山海之城。

「你爸不是想當什麼引……引水人？」選擇檸檬汁的W很聰明，記憶力也很好。

「別提了，我家都快吵翻天了。」船長滿臉無奈，「聽說引水人的工作其實很危險，要在外海上下船，風浪大、一個不小心跌進海裡，可能命都沒了。」

眾人嚇了一跳。那麼危險的職業居然是船長父親的夢想？難怪他的母親會死命阻止。

「不過還好最近沒有引水人的缺，過兩年我爸也超過年齡限制，不能參加考試，所以乾脆放棄，回陸地工作。」

「那也好。」小渼說，大家附和點頭。

店內的音響喇叭傳來Jason Donovan翻唱的〈Sealed with a Kiss〉[4-2]，我們沉默地聽著，似乎同時陷入濃濃的離愁。

「咦，你們都搬走了，誰來我家買米？」W忽然開口，頗具危機意識。

我環顧四周，「可是來喝咖啡的人還挺多的呀。」對於山雨欲來渾然未覺的似乎只有我。

「你們家相館的生意應該也變差了吧？」W好奇地問，「最近大家都改用數位相機。」

我歪著頭。從小父親對我是有求必應，書架上一大本、一大本的百科全書和童話故事，還有我喜歡的繪本、小說，愛聽的音樂CD等也是想買就買，從不節制。

「不知道耶，」我聳聳肩，「去年底我生日，他還買了最新的電腦給我。」

「你爸對你眞好，」小渼雙眼晶亮，「我眞羨慕你書架上有那麼多書。」

「妳想看什麼就拿吧，」我闊氣地說：「當作餞別禮物。」

「那我要封面有一隻貓的圖畫書。」

那有什麼問題，我豎起大拇指，欣然允諾。

臨走前，我看見船長偷偷把一旁的奶精倒進黑咖啡，喝了一大口。

童年玩伴陸陸續續搬走後，留下我和W三不五時相約但玩不了耍。

「好像只剩下我們倆相依爲命了。」我哀怨地說。

W仍舊一副淡然模樣。「對了，」他慢吞吞地開口，「最近發現個好地方。」

「你的表情看起來並不像有多好。」

他的眼神突然變得認真，「那裡可以喝咖啡，還有人彈吉他唱歌，是我表哥帶我去的。」

「可是我最近不太想喝咖啡耶……心裡已經很苦了。」我興趣缺缺地說。

「那兒也有冰淇淋蘇打。」

「那我點那個。」我勉強贊同。

「不是，」W遲疑地說，「重點是那間咖啡館有人彈吉他唱歌耶……你不覺得很酷嗎？」

我抿嘴沉吟，「嗯，你會彈吉他嗎？」

「我表哥會彈。」W信誓旦旦地說：「等我上高中也要學吉他。」

「好啊，那我幫你伴唱。」愛唱歌的我興致突然來了。

W皺眉，「我覺得我應該唱得比你好吧。」

眉間皺褶傳染，我心裡碎念：就憑你那破鑼嗓子？

「那你自彈自唱，我伴舞總行了吧。」我聳個肩，假裝妥協，後面沒說出口：前提是你真的唱得比我好。

某個星期三，我們約了晚上吃完飯後在米行前碰面，再一起走路過去。W說的咖啡廳，位於主街和港區交界的轉角二樓，某些靠窗的位子可以看到停泊在碼頭的船、從天上展翅飛過的黑鷺。我們不是來看風景，所以選了舞台前排的座位。

「哎呀，好害羞喔。」離舞台太近讓我有些不自在。

「這樣才看得清楚表演的人在彈什麼啊。」

表演從下午五點半開始，每次一小時，中間休息三十分鐘，然後再換下一組歌手。我們抵達的時候正好是休息時間。我點冰淇淋蘇打，W選柳橙汁，兩人都有些緊張，左顧右盼。

舞台燈忽然亮了起來，一位理著小平頭、戴著銀框眼鏡，書卷氣質的男子拿了把吉他上台，開始鏗鏘鏘地調起音來。

「喔，他的吉他是Ovation[8]耶。」W讚嘆。

「歐貝森？」

O、va、tion，W一個音節、一個音節清楚念了一次，「很有名的圓背吉他，我表哥說等他彈得更好之後也想換這種。」

「有什麼不一樣？」我看著吉他上長得像葡萄的圓孔，好奇地問。

「背是圓的啊。」

我白了他一眼。

「聽說音色很好，不過我也沒聽過。」W憨憨地笑了。

沒有開場白，調音結束的書卷男自顧自地唱起歌。平時在收音機裡聽到的西洋老歌突然變得立體鮮活，逼近臉龐、湧入耳裡，我置身在音牆包圍的空間中，感動到幾乎滅頂。

「太強大了。」我目瞪口呆，喃喃自語。

「上次我跟表哥和他朋友坐在角落打牌，沒想到在第一排聽那麼震撼。」連平時冷靜沒啥表情的W都雙眼發亮，驚嘆不已。

〈Casablanca〉[4-3]、〈Close to You〉[4-4]、〈Hotel California〉[4-5]……一首接一首，魔法襲擊耳朵，音符化作翅膀，不凋的青春穿越一個時空再穿越另一個時空，我們張開雙臂飛翔。

忽然樂聲停止，一位身材瘦削高挑的長髮男子佔據了視線。他拿了把樂器、在舞台的高腳圓椅坐下，書卷男笑著說了些什麼，他點點頭，將樂器接上導線，試彈了幾個音。

渾厚低沉的樂器聲傳入耳裡，低八度的MiLaSoFa共鳴胸腔，以爲心臟唱起歌。

「是貝斯啊。」W興奮地雙眼發亮，「我還沒有現場聽過。」

「天啊，他好帥喔。」我臉頰發熱，胸口奏起搖滾樂。

吉他聲清朗揚起，熟悉的〈Because I Love You〉[4-6]如花瓣落下，幾句後流暢的低音音符滑入耳裡，天哪，我從來不知道這首歌如此令人心動。

回家的路上，我和W都沉默不語，直到相館門口。我探頭看看店內，父親和母親似乎正準備熄燈。

「這不是普通的咖啡廳吧。」

「嗯，好像叫做民歌餐廳。」

「你一定要好好的學吉他。」我心有所感地說。

「嗯，我一定要好好學吉他。」W堅定點頭。

接下來的日子，只要沒有課後輔導，我們一定會相約到民歌餐廳報到。相較於W的目不轉睛，我是別有用心，暗自期盼能遇上那個不在演出班表上的名字。只有零與一的擲骰子遊戲，昭然若揭的落寞和歡喜，連遲鈍如W都看出我朝思暮想的究竟是什麼。

某個下著淅瀝大雨的夜晚，原以爲期待會被大雨阻隔，卻喜出望外收穫前來串門子的貝斯手。也許因爲見過幾次、是有印象的熟面孔，當一曲終了，他低下頭喝口水，然後抬起頭，對我微微一笑。我的視線原本就黏在他臉上，突然對視差點心臟逃家，連忙臉紅地別過臉。樂聲再次響起，從來只擔任和聲的他居然開口了，我錯愕張嘴，目不轉睛看著閉上雙眼、專心歌唱的他……

「這不是〈Forever Young〉嗎？上禮拜英文老師才教過。」W轉頭對我說。

「天哪，他的歌聲好有磁性、好迷人喔，怎麼沒出專輯？」我彷彿沒聽見他說的話，只是讚嘆。

回家路上，我對今天的新發現感到驚奇和興奮，意猶未盡地哼哼唱唱。

「對了，你看到了嗎，」我雀躍一跳，難以置信地說：「他看著我對我笑耶。嚇死我了，我覺得心臟最近怪怪的……」

W淡淡地看了我一眼。「我發現你還蠻容易喜歡上某人的。」

「會嗎？」我微微偏頭，「就只是喜歡，又不犯法。」

「可是喜歡又不爭取。」

「怎麼爭取？」我停下腳步，不知道W想說什麼。

「就告白啊。」

我一愣，心裡對從未思考過的事感到愕然，嘴巴卻不服輸回道：「想說的時候我就會說啊。但是說了然後呢？」

也許是我的語氣有點衝，W的表情突然變得有些怪怪的，「也對，你幾歲他幾歲，你們根本是不可能的事。」

在我的腦袋裡，喜歡就只是單純的喜歡，沒有所謂的然後，但是被看破、說破，甚至評斷「不可能」，自尊心不太愉快。

我受傷的目光釘住W，他睇眼研究了半晌，忽然好像明白了什麼。「還是說，你只是喜歡『喜歡某人』的感覺？」

「自我陶醉的意思嗎？」我沒好氣回嘴。

W噗哧一笑，臉上僵硬的表情瞬間鬆開。「獨生女還真可怕，喜歡自己跟自己玩。」他一副不敢苟同地搖搖頭。

「你自己還不是獨生子。」我瞪了他一眼。

「我、是、嗎？」沒想到W居然露出疑問的表情。我好笑地等待還嘴，結果他只是無所謂地聳了肩，沒多說什麼。

就當他默認，這一局算我贏。

然而，飛揚的日子並沒有太久。那年夏天，因爲貨運量大幅衰退，碼頭工會即將解散的消息鬧得沸沸揚揚。

「完蛋了，我家的米賣不出去了。」W一副世界末日來臨的表情。

「大家都要搬走了，沒有人會來我家洗相片了。」我也哭喪著臉。

「早就沒什麼人去你家洗相片了，大家都用數位相機看看就算了。」

「我也有數位相機啊，」我不服地反駁，「但是我還是會挑喜歡的相片沖洗出來啊。」

「那是你啊。你以爲所有人都像你一樣不嫌麻煩。」

「什麼麻煩，」我提高聲量，「這是紀念，是情懷，你這個不解風情的人不會懂啦！」

W一時語塞，「不過，你家不是本來就要搬到台北去了。」

隨著街坊鄰居紛紛搬離居住十多年的小區，我家也決定結束相館每況愈下的經營，搬到台北西區改作進口服飾買賣。

「沒想到千禧年還沒到，我們就要先 say goodbye 了。」我忽然感到有氣無力。

「對厚，千禧年耶。」W反而露出鬆了口氣的表情，「反正會世界末日，洗相片、買米什麼的好像一點都不重要了。」

我白了他一眼，一副「聽你在講」的表情。

「反正要世界末日了，我們來幹點什麼事好了。」

我眨了眨眼，好奇W口中的「什麼事」。

「你沒看過放水燈吧，」W問，「要不要去親眼看看？」

農曆七月的祭典遊行最後，會在遠處的海濱施放水燈，我從來只有聽說但沒看過，畢竟那兒離小區有段距離。

「對呀，以後說不定就沒機會看了。可是怎麼去？」

遊行那晚，W不知從哪兒弄來輛摩托車和兩頂全罩式安全帽。

「你……這……」太過驚訝的我不由得結結巴巴，看看安全帽、又看了看他毫無所謂的臉。

「跟我表哥借來的。」W一臉得意。

「……你十八歲了嗎？」我一時間感到錯亂，「可是我還沒十八啊，我們不是同年嗎？」

「反正都要世界末日了。」W聳肩，看來毫不在乎。

「不行吧……被抓到就完了。」

「安啦，今天晚上警察都去支援交通管制了，」W把手上的安全帽遞給我，「戴好就不會被發現了。」

哇，我驚嘆地看著他，向來不惹眼的乖乖牌行徑背後，居然也有這麼一顆熱血的心，不禁令人刮目相看——這一看才發現，不知什麼時候W已經長得比我高了。

「這吉他吧？」我指著放在座位前頭的樂器。

嗯，他點點頭，「我表哥教了我新歌，唱給你聽。」

走吧！

我們無事抵達濱海高地，從這兒可以望見鬧騰的放水燈儀式。「遠遠看，不要湊熱鬧比較安全。」

「哇，我從來不知道有這個地方。小區以外其實也挺大的嘛。」

W點頭，「不是我們的勢力範圍嘛。」

夏夜星空閃爍，遠處傳來若隱若現的嗩吶聲，海面點點燈火漂流而去。「花那麼多錢、那麼多功夫、做得漂漂亮亮的水燈，燒掉眞可惜。」

「本來就是爲好兄弟做的邀請函，你不給人家不知道有招待。」

我一聽這話，忽然覺得吹拂在身上的風有點涼涼的，手臂起了雞皮疙瘩。

「你什麼時候搬家？」W話鋒一轉。

「下個月。」我回答，胸口有點悶。

「對了，我唱我新學的歌給你聽。」他從樂器套子裡拿出吉他。

他撥了幾條弦，頗有架式地調了琴頭的旋鈕，清了清嗓子。「我唱囉……」

我嫌囉嗦地揮揮手，興奮又期待地盯著他的臉……

吉他前奏一下，我立刻聽出是齊秦的〈外面的世界〉[47]，我們在民歌餐廳經常聽到的歌。

W並不擅長時下流行的飆高音，共鳴位置讓他的歌聲帶了點鼻音，也同時附著了某種吸引人的特質，會讓人想一直聽下去，這首歌很適合他的聲線。聽著歌詞裡的祝福，我眼眶發熱，默不作聲。

一曲結束，W放下吉他轉身，打開摩托車的椅墊，拿出一罐飲品。「送你。」

「送我？」雖然帶著濃重鼻音，我還是故作爽朗，好奇地接過W遞來的東西——居然是罐啤酒。

「喂，你十八歲了沒！」

「你剛問過了。」W一派自若地說。

我深深嘆了口氣。車都騎了，一小口啤酒應該算不上什麼吧？

「放心，我就喝一小口。我們待久一點酒退了再回去。」

我抓抓腦袋，雖然不情願，但好奇心確實大過心裡的不安，加上跟W在一起覺得安心……

「我們兩個眞的是什麼壞事都一起做耶。」我好笑地說，然後打開易開罐，啜飲一口……「天哪，好苦！」

「眞的嗎？比咖啡還苦？」

W好奇地接過我手上的啤酒，也喝了一小口。

「天哪，這什麼鬼。」他吐了吐舌頭。

「好像很苦的汽水。」

「無法理解表哥他們怎麼會愛喝這種東西。」W搖搖頭。

「我寧願喝咖啡。」我嫌棄地說，「但是要加牛奶就是了。」

「這東西就算加了牛奶也不能喝，」W把啤酒罐放在一旁的草地上，怨嘆地說：「枉費我還偷偷帶了出來。」

「那送給好兄弟們好了。」我福至心靈地提議。

W大力點頭表示贊成。我們朝放水燈的方向以手代香拜了拜，然後將罐內的啤酒倒在地上。

「這樣就結束了耶。」W坐在草地上，仰望星空。

「這樣就結束了呢。」我點點頭，試圖找尋屬於我們的那一顆星。

夏日風暴轉瞬卽逝，揮別兒時玩伴所剩無幾的小區，我們的童年時代正式畫下句點。

【耳朵記憶】

4-1. Alphaville〈Forever Young〉，《Forever Young》，1984，WEA。歌手黃鶯鶯與周華健皆曾經翻唱。

4-2. Jason Donovan〈Sealed With a Kiss〉，1988，PWL Records。翻唱美國歌手 Brian Hyland 的西洋老歌。

4-3. Bertie Higgins〈Casablanca〉，《Just Another Day in Paradise》，1982，Kat Family/Epic。

4-4. The Carpenters〈Close to You〉，《Close to You》，1970，A&M/Polydor。

4-5. Eagles〈Hotel California〉，《Hotel California》，1977，Asylum Records。

4-6. Shakin' Stevens〈Because I Love You〉，《Let's Boogie》，1987，Epic Records。

4-7. 齊秦〈外面的世界〉，詞曲：齊秦，《冬雨》，1987，綜一唱片。

【眼睛回憶】

8. Ovation：美國 Ovation Guitar Company 所製造銷售的同名品牌木吉他。特色爲圓背琴身、枯葉飾片上大小不一的葡萄音孔、可直接連結音箱。

5. 不愛我的我不愛

Track：王菲〈不愛我的我不愛〉[5-1]／《寓言》

感謝從不要求學業成績的父母隨我愛塗鴉的興趣，讓我毫無懸念地應屆考上職業學校的廣告設計科。千禧年平安無事地到來，新生活在二十一世紀裡熱鬧奔騰。

跨至千禧年、農曆年前的某一天，口袋裡的呼叫器響起。我拿出一看，上頭顯示著陌生號碼。

「您好，請問哪裡找？」我找了公用電話回撥。

「還您好哩，」熟悉的聲音透過話筒傳來，「你什麼時候那麼有禮貌了。」

「你……」我開心地叫道：「居然有行動電話，眞不愧是少爺。」

「什麼少爺，坐吃山空罷了。」W的聲音裡透著笑意。「怎麼辦，沒有世界末日耶。」

「所以你特別買了行動電話，聯絡我這個倖存者嗎？」

「是我媽不放心我一個人在台北讀書，逼我一定要帶，這樣有什麼事隨時找得到人。」

「台北那麼繁華，人那麼多怕什麼。」

「所以才擔心啊，」我可以想像W此刻一定滿臉不在乎、還聳了聳肩膀，「人多壞人也多。」

「眞羨慕你，我還是小 call 機啊。」

「總之，跟你說一聲……不過有事沒事都別找我，新生很忙。」

「忙什麼？」我不以爲然地嘟起嘴，忽然想到，「吉他社肯定很忙吧。」

「還好。我有基礎。」

「迷倒一堆妹子所以很忙？」

「……是有一些聯誼沒錯。」W頓了下，倒也爽快承認了。「你什麼社團？」

「攝影社。」我回答，「有時候會去電影欣賞社串門子。」

「看來你也很忙嘛。」

「都是志同道合的人，還挺有趣的。」我對新生活非常滿意。「對了，我聖誕節有收到大寶和小寶的卡片。」

「哦，他們好嗎？」

「有一張他們在海邊跟穿泳裝的聖誕老公公合照，好好笑。」我笑著說，沒說出口的其實是我快認不出他們了。小寶還好，就是身形抽高了些，旁邊的大寶，已經長成大人樣，說不出來的陌生。

「南北半球季節顛倒嘛，眞有趣。」W沒察覺我心裡的蜿蜒，開朗地說。

「對呀，看到照片更有實感。我們眞的距離好遠喔。」我輕輕嘆了口氣。

「前幾天我有遇到欣瀅。」

「哦，她好嗎？應該更漂亮了吧。」

「嗯，近視好像加深了。」W答非所問。

「才高一升學校的壓力就那麼重啊。」我又嘆了口氣。「小洋和船長好像沒消息耶。」

「沒有世界末日，應該在哪裡活得好好的吧。」W倒很看得開。

「也是啦，沒消息就是好消息。」

「那就先這樣囉。跟你報告一聲我的電話號碼而已。」

我們沉默了會兒，彼此都對於掛斷電話這件事有些猶豫不決，彷彿一掛上電話、回到各自的現實，從此不相干。

「啊，沒零錢了。改天來聯誼吧。」不知爲何我忽然冒出這麼一句。

W一愣。「好啊，你再跟我說，我也去問問學長。」

我們就這樣斷斷續續地聯絡著，有時辦個聯誼交流彼此的世界，有時相約看場電影順便轉交給他的情書。拿把吉他自彈自唱的W果然非常迷人，一曲陳昇的〈風箏〉[52]聽得女孩們如癡如醉。在那些女孩眼中，性格冷淡，笑起來卻露出反差萌的憨傻模樣，就是歌詞裡那貪玩又自由的風箏，不知道誰能把握。我知道心儀他的異性很多，有些也是自己熟識的同學，所以不太願意介入W和女生之間的往來，免得爲難，他倒也很有默契地不怎麼提起這一部份。究竟誰是他心目中「有靈氣的女生」，我想時候到了自然就知道了。反而我還蠻常向他提起隔壁班的男生、對自己照顧有加的學長，可惜心動、揪心的情節總是在我的生命中缺席。對於我的戀愛腦，W每回都下了相同的結語，「這不過是人對人的好感罷了」。年少輕狂的十六歲，我們彈著吉他、高唱情歌，對愛情不懂裝懂是種樂趣，說喜歡誰不過是生活的調劑，唯一確實的，是我們之間剛剛好的距離，保持著剛剛好的關係，和兒提時候一樣。

升上三年級的新學期，尚未展開新生招募活動之前，某天攝影社辦公室出現個陌生臉孔，濃眉大眼，讓人忍不住聯想起《蠟筆小新》[9]裡的主人翁。

「你是……？」

對方看我一臉困惑，露出靦腆的笑容，不好意思地說：「我看外頭貼的，這裡是攝影社沒錯吧？」

我點點頭，不知所以地望著他，眨了眨眼。

「我是剛轉學來的，資訊科……」L自我介紹。

喔，我恍然大悟，「三年級了還要參加社團嗎？」

「我在之前的學校就是攝影社的，」L拿出擺在背包裡的單眼相機，「想找地方洗底片。」

我看著他手裡的單眼相機，眼睛一亮。

「啊，這不是很久以前的α9000，好懷念喔！」我睜大眼湊上前去。那是Minolta[10]在80年代中期推出的機型。

L訝異地點點頭，「嗯，我爸的遺物。」

我睜大眼的表情一時間收不回來，原地停格。

「我很小的時候他就過世了，其實我沒什麼記憶。」似乎是看我一臉尷尬，L淡淡解釋。

「我……我爸以前也有一台，我小時候很多照片都是用它照的。」我結巴地想解釋什麼，「只記得很重。」

「功能有點複雜，不過在我手上只是普通的相機。」

「我的相機是Minolta X-700，對我來說也夠用了。其他人大都拿Canon或Nikon，Kodak的數位相機也蠻多人有的。」

「以我的技術應該不用浪費買新的。」L自嘲笑道。

「我也差不多，」我吐了個舌頭，笑說：「如果可以我真想買一台Fuji的消費機，可以隨身帶著走。」

「你眞的是攝影社的嗎？」L好笑地問。

「我是隔壁電影社的。」我開玩笑說，用手指著社辦右半邊解釋，「我們合用社團辦公室，因爲眞正的社辦拿去當暗房了。」

此時幾位二年級的學弟妹走了進來，我簡單介紹了L，說想借暗房洗底片，接下來就把新人交給他們招待問候。

第二次見到L，是在攝影社和電影欣賞社合辦的迎新會，就是到附近的豆花店吃碗甜品、聊聊天。

提早到達的我坐在角落，一邊用耳機聽音樂、一邊瀏覽最新的電影雜誌。

「聽什麼？」有人拍拍我的肩，我抬起頭，眨了眨眼。

「Minolta？」L提示。

我這才想起。「你加入攝影社啦？」

「隔壁的，電影欣賞社。」L似笑非笑。

「真的嗎？」我皺起眉，不確定他是認真還是玩笑話。

「不過社費是繳給攝影社，」他露出頑皮的笑容，「畢竟我借用了暗房，還有專人指導。」

我笑了開來，「這我就放心了。」

「不過你好像是社費繳給攝影社，卻拿了隔壁的電影雜誌欣賞？」L看到我手上的雜誌，挑眉質疑。

「他們辦活動的時候我可都會去支援。」我連忙解釋。

「活動？」

我用力地點點頭，「像挑選電影鑑賞的片子啊、喝下午茶討論電影心得啊、和學生會聯合舉辦全校性的看電影活動啊……」

「喝下午茶也算支援嗎？」

我一愣，接著皺眉表示不滿：「重點是『討論電影心得』好嗎。」

L大笑起來，看來捉弄我會讓他很開心。「在聽什麼？」他指指我拿下的耳機，我遞給他。

「唔，是陳綺貞啊。」他一將耳機塞進耳裡就聽出來了，做出彈吉他的手勢，「她挺漂亮的。」

這次換我挑眉。「我覺得你這個人還蠻會畫錯重點。」

「會嗎？」他隨著節奏搖頭擺腦起來，「我覺得專輯封面蠻重要的啊。」

重點在這兒嗎？我好笑地看著他，沒想到他倒一副坦然，左耳塞著耳機，對我挑眉弄眼唱起了〈還是會寂寞〉[5-3]。

社員們陸陸續續進入店內，氣氛一下子熱鬧起來，L轉向之前幫他洗照片的學弟寒暄。我看著與其他人禮貌談話的他，和方才耍寶模樣判若兩人。這人還真有趣，我的嘴角不禁上揚。

L給人的第一眼印象雖然平凡，體格不過胖也不瘦，不算高但也不矮，沒特別帥但不能說其貌不揚……除了兩道酷似野原新之助的濃眉，整個人就是一個剛剛好。性格貼合外表，剛剛好的溫和親切、剛剛好的靦腆開朗，而剛好同爲攝影社團的我們，剛好聊得特別來，一切的一切都讓我感到自在的剛剛好，讓彼此很快熟稔起來，沒多久更自然而然地每天晚上抱著電話不放。

白天，我們在社團切磋攝影技巧，討論焦距散景、富士和柯達軟片的色調呈現；晚上回到家，守在電視機前收看八點檔日劇，由迷死人不償命的藤木直人和長腿江角眞紀子主演的《愛情革命》[11]，接著又繼續抱著電話，聊柴門文的《東京愛情故事》[12]和《庫洛魔法使》[13]中操著可愛大阪腔的可魯貝洛斯、聊最喜歡PlayStation的《Final Fantasy》遊戲系列中哪一代，聊清甜的陳綺貞宛如天使的歌聲，聊好想養一隻《哈利波特》[14]裡的嘿美，聊學校裡的風雲人物、聊誰美誰可愛，聊哪門課的老師最嚴厲、聊期末要交的報告……天知道哪來那麼多毫無冷場的話題。

寒假來臨。我照慣例準備返鄉度假。出發前一晚，電話熱線依舊。

「蔚之妍，」L忽然叫了我的全名。還好小時候有練過，這回心臟只有原地蹲跳。

「我會想你的，很想很想。」

沒想到他居然在冬夜裡呈了杯酸柑橘加蜂蜜的熱水果茶，讓我全身都像處在爐火旺盛的房間，一片暖烘，「哎喲，我會每天打電話給你的啦。」

眞的？

眞的。我信誓旦旦。

L在寒假期間找了份打工，偶而也受同學之託到學生會幫忙，日子過得比放假前還忙；而我則是第一次帶了牽掛回老家，看到相思豆編成的手環想到他，吃到好吃的Q糯粄條也想到他，連和親戚一家去逛油紙傘老店時，也忍不住買了把當伴手禮。

「聽說禮物送傘不好耶。」堂姊猶豫勸說，「會散。」

遺傳嬸嬸白皙肌膚的堂姊也是遠近馳名的美女，氣質秀雅，追求者衆的她戀愛經驗不明，但和趨近於零的我相比肯定正數。

「哎喲，送給朋友沒關係啦。」不是我不信邪，而是我和 L 的關係並非他們所想——即使每晚不厭不倦地通電話。

「阿妍，先去洗身（seˋ siinˊ）。」今天我們到稍遠的蝴蝶谷遊覽，從外頭回來風塵僕僕，嬸嬸穿上工作圍裙到廚房準備晚餐，要我先去洗澡。

「食飽後去。」我回答，然後從玄關的鐵罐裡抓一把零錢到家門前的公用電話亭報到。

「今天去哪裡玩了？」原本只是抱著姑且一試的心情，沒想到電話居然接通了，L溫柔的嗓音傳來。

「咦，你今天比較早回家耶。」我訝異地說。

「好像有點感冒。」他咳了兩聲，「原本在學生會幫忙，就早點回來休息。」

「喝點蜂蜜檸檬試試。」我有點擔心。

「沒事，一年感冒個幾次很正常。」

「是嘛？」我懷疑，難道是自己身體太過勇健？

「你昨天不是說要去哪裡玩？」

忙碌又身體不適的他居然還記得昨晚的對話，眞令人開心。

「對呀，去參觀油紙傘，還去了蝴蝶谷……對了，買了禮物給你。」

「是什麼？」

「等回去你就知道了。」禮物是驚喜用的，不能先說。

「等你回來應該差不多就快開學了吧？」

沒有寒假作業的高中生活還眞快活，不需要提早回北部趕作業，但就像長大後陸續離家的堂兄姊一樣，光鮮世界吸引我全部心思。

「等我回去，我們去看《神隱少女》[15]。」我期待地說，「還有《艾蜜莉的異想世界》[16]也快上映了，國外影評說很不錯。」

「好，想看什麼都可以。等你回來。」

L柔聲允諾，我跳進軟綿的雲裡。

「阿妍，食飯囉～」堂姊對著門外叫道。

我應了聲，依依不捨地結束通話。

開學第一天，我將帶回來的伴手禮送給L，他的表情有些複雜。我以爲一切如前，但他的身影逐漸消失在社團。

「我們什麼時候要去看電影？」遇不到人的我只好在電話裡探問。

「最近學生會忙。」L的聲音透露著疲憊，「我們科上的學妹想選學生會長。」

他說的是甫入學就吸引衆多關注的美女學妹，身材高挑、皮膚白皙，有對雙眼皮很深的大眼睛。

「她不是在和籃球隊長交往？」

「嗯，不過最近分手了，心情不太好，我想盡量幫她。」

「她心情不好你怎麼幫她？」我感到莫名其妙，人家失戀能幫什麼忙？幫她把人追回來嗎？

「就……陪在她身邊啊。」L輕聲地說，語氣裡含有太多感情，我再怎麼遲鈍都聽得出來。

你陪在她身邊，那我呢？焦躁莫名，應該是糖的戒斷症狀上身。

「她其實不像外表看起來那麼亮麗堅強。看她那樣子，我很心疼，很心疼……」

L喃喃訴說憐惜，是誰在我胸口鮮榨葡萄柚，豐盈多汁又酸又苦。

我緊咬下嘴唇，什麼話都說不出，曾經肩並著肩、分享耳機　起聆聽的〈告訴我〉飛進腦中，如今他的淡漠我的絕望成了現實，眞是切合情境的BGM，我爲自己的感性哭笑不得。

睡不著。

爲了轉移力，我拿出前陣子父親去東京批貨時，在中古商店找到的《東京愛情故事》DVD，放進電腦光碟機。

「完治（カンチ，Kan chi）～」知道心愛的男人情意遠離，莉香強顏歡笑、一如既往地呼喚他的名字。我看著嬌俏的鈴木保奈美飽藏哀傷的眼神，眼淚不知不覺掉了下來。

鈴鈴——

電話聲響起，我擤了擤鼻子，拿起話筒。

「還沒睡啊？」W劈頭這麼問。

聽到熟悉的聲音，原本緊繃的情緒瞬間放鬆下來。

「我睡了你還打電話來？」我沒好氣回答。

「你的聲音怎麼怪怪的？」

「沒，想睡了，剛剛打了好幾個哈欠。」我遮掩地說。

「在幹嘛？」

「在看《東京愛情故事》DVD。」

「嗯，電視版的莉香的確讓人印象蠻深刻的。」

「漫畫版也讓人印象深刻，方向不太一樣就是了。」

W沉默了會兒。

「電視版的莉香還蠻像你的。」他忽然冒出這麼一句。

「我？」難以想像愛得如此深情的莉香和自己有何相似之處，我故意笑說：「我沒那麼可愛吧，鈴木保奈美笑起來時，淺淺的笑窩看得我都快融化了。」

「搞不好你長大之後也會有。你爸不是也有笑窩？」

這種遺傳有可能長大之後才會出現嗎？我噗哧笑了，「真要說，憨厚的完治跟你也蠻像的。」

「哎呀呀，不敢當、不敢當……」W呵呵笑了起來，「我們一定要這樣三更半夜地在電話裡互相吹捧嗎？」

「是你先開始的。」我回嘴。

「哎喲，我不是那個意思啦。」他頓了下，「我是說你像莉香一樣開朗、個性鮮明，卻又傻氣又遲鈍……」

「等一下，遲鈍的人應該是你吧。」我反駁。

「……不能因為我笑起來傻傻的就認為我不精明吧。」W反對。

「也是……」我不甘心地摸摸鼻子，表示認同。

「總之，她太善良又太天真了。」

「會嗎，我覺得她很聰明啊，都知道完治的心已經不在了。」

「她明知道完治喜歡別人卻硬要接近，本來就可以預期悲傷的結局了。」W超然評論。

「說不定完治會喜歡她超過初戀啊？」

「所以我說你天真啊，」W輕笑一聲，「而且很善良，搞不好和她一樣吃虧了也不吭聲，跟情敵做朋友還拱手讓人。」

「愛情哪有什麼吃不吃虧，就只是受傷了而已。」我心有所感，輕聲地說。

「哎喲，這麼感性啊……」W揶揄道，停了半晌，「你跟轉學生還好吧？」

我想起自己曾經提過，新學期社團來了位有趣的轉學生，聊得挺來，沒想到他還記得。

他一問，內心壓抑的委屈倏地湧出，酸楚衝上鼻頭。我一邊抽抽搭搭、一邊將發生的事告訴W。

「看來你有在好好長大嘛。」他的反應倒是輕鬆。

「什麼意思？」我吸了吸鼻子，一頭霧水。

「我本來還不知道你要保持『人對人的好感』多久……」說到這，他忽然笑了。

啥？我還是不明白，而且，笑點在哪？

「你喜歡他吧。」W斷言。

「喜歡？」我大吃一驚，「我對他不是那種感覺。」

「那爲什麼會哭呢？」

「不知道，」我把臉埋進手臂，搖了搖頭，「……只是很難過而已。」

還眞是遲鈍。W嘆了口氣。

掛上電話，覺得心情好多了，我站起身，打開窗戶，讓冷空氣冰鎮腦袋肌膚和可能浮腫的雙眼，隨口哼了段旋律，才發現是王菲的〈不愛我的我不愛〉。

原來如此。我想起王菲堅毅、有個性的嘴角，忽然想通了什麼。說起來，L稱不上我的理想型，或者說，他從來沒給我「對，就是這個人」或是「好喜歡這個人」的心動感。然而和他對話是愉悅的，這點無庸置疑。他的談吐溫和，聲音低調溫柔，通話時似乎有種迷幻電波在線路裡竄流，甜蜜持續送進耳裡，整個人被大腦分泌的多巴胺搞得酥麻朦朧。

我們宛如一對戀人。當時同社團的人這麼說。

我們彷彿一對戀人。我笑著否認，心裡卻甜孜孜的。

回想起來，兩人交往甚密的那段日子就像一首練習曲，試探彼此心意的音符、旋轉棉花糖般的氛圍，以及最後漸行漸遠的心痛旋律……我們用相似的體裁譜寫一曲類情歌，在獲得彼此所需的體會和能量之後，在下標題完成之前，揉成一團丟進垃圾桶，就此分道揚鑣。

【耳朵記憶】

5-1. 王菲〈不愛我的我不愛〉，詞：林夕、曲：Adrian Chan，《寓言》，2000，科藝百代。

5-2. 陳昇〈風箏〉，詞曲：陳昇，《風箏》，1994，滾石唱片。

5-3. 陳綺貞〈還是會寂寞〉、〈告訴我〉，詞曲：陳綺貞，《還是會寂寞》，2000，魔岩唱片。

【眼睛回憶】

9.《蠟筆小新》：『クレヨンしんちゃん』，日本漫畫家臼井儀人的作品，1990年開始連載至2010年。

10. Minolta：日本相機製造商，2003年與Konica合併，2006年Konica Minolta退出照相機及影像事業。α9000（自動對焦）及X-700（手動對焦）皆爲80年代發售的底片相機。

11.《愛情革命》：『ラブ・レボリューション』，由江角マキコ、米倉涼子、藤木直人主演，2001春季月九，富士電視台。主題歌〈KISS OF LIFE〉，平井堅。

12.《東京愛情故事》：『東京ラブストーリー』，日本漫畫家柴門文於1988年的作品。電視劇男女主角爲鈴木保奈美和織田裕二，1991冬季月九，富士電視台。主題歌〈ラブ・ストーリーは突然に〉，小田和正。

13.《庫洛魔法使》：『カードキャプターさくら』，日本漫畫團隊CLAMP的作品，1996年開始連載至2000年。2016年以新篇章重啟連載至2023年。

14.《哈利波特》：*Harry Potter*，英國作家J．K．羅琳的奇幻系列小說（1997—2007），共七冊。電影版《哈利波特與魔法石》於2001年底上映。

15.《神隱少女》：『千と千尋の神隠し』，宮崎駿導演的動畫電影，2001，吉卜力工作室。

16.《艾蜜莉的異想世界》：《Le Fabuleux Destin d'Amélie Poulain》，Jean-Pierre Jeunet導演，法國喜劇電影，2001，UGC。

6. 命運指定遇見你

Track：孫燕姿〈遇見〉[6-1]（電影《向左走向右走》插曲）／《The Moment》

「我去許阿姨那兒看型錄，你顧一下店。」母親對坐在一旁看漫畫的我說。我手中拿著最新出版的《NANA》[17]，嘴裡敷衍地應了聲，精神還在707室遊蕩。

職校畢業後，我在父母經營的進出口服飾店幫忙。

結束相館、離開小區之後，我們搬到台北西區。母親過去織品店的同事在五分埔有間成衣批發的鋪子、兼賣日韓潮流服飾，她建議母親在西門町開間類似的店鋪，增加銷路、減少單獨進貨的壓力。她們用一定的進貨量壓低價格，再根據客源分別，增減調配各自店內的進貨，是雙贏的做法；而父親也利用從前在K城委託行的人脈，加上他獨到的審美眼光，每隔兩、三個月到東京的問屋（とんや）（批發商）尋寶，幫忙帶一些特別設計的服飾和Made in Japan的雜貨回來。他將部分商品留在自店販售，增進不少財源，因此我們日子過得還算不錯，也讓我能在畢業後毫無就業壓力，幫家裡生意、偶而接些同學就職的廣告公司外包的設計案，悠悠哉哉過日子。

「你沒有其他想做的事情嗎？」入伍前最後一次見面，W問我，「雖然我們都有繼承家業的選項，但好像就只是那樣，總覺得有點沒勁。」

我緩緩地搖搖頭，「那你想做什麼？」

「我對車子蠻有興趣的。」

「黑手？」W在學校主修電機工程，我想像原本保持乾淨、拿取穀物的雙手沾滿黑色油污。

「不一定是黑手。」W思考著說，「我想自己的工程背景，在面對客戶時應該更能發揮優勢。」

「喔～」我誇讚地說：「果然是商家的孩子，很有生意頭腦嘛。」

別看W外表老實，他那傻憨的笑容從小就極有長輩緣，雖然沒有伶俐口才，但散發出來的氣質很讓人信任。

「你不想發揮自己的專業嗎？」

「唔，我有幫店裡設計網站，除了新一季的服裝，我爸每次帶什麼新鮮好玩的回來，都會放上網讓人搜尋。」

「只做這個不會大材小用？趁年輕去外頭闖一闖，說不定能闖出一片天。」W語氣平淡，說出來的內容卻很熱血。

從沒聽他誇獎過我，但話裡似乎有一定程度的肯定，聽起來挺讓人高興的。不過高興歸高興，對於自己想做的事，心裡還真沒底。

「那你有想過退伍後要去哪兒發揮優勢了嗎？」

「和汽車相關的營業部吧。」W沒具體說明是哪一家公司，但看來心裡有譜。

「看來你心裡已經有底了，」我佩服地點點頭，「真好……」

「最近出來逛街的人少，」母親從許阿姨那兒回來後，神色看來有些緊張，「不只我們這裡，五分埔那邊也不樂觀。」

「附近的醫院好像出現病例了。」父親也皺著眉頭，「對岸聽說蠻嚴重的，暫時不好去香港。」

「包裹送到店裡記得消毒，」母親轉頭囑咐我，「和人接觸的時候口罩記得戴好。」

「SARS有那麼可怕嗎？」在自家店裡過著盡情畫圖、看漫畫、不問世事的我，也不禁感染了緊張，這才發覺經常來串門子的送貨小哥也不常出現了。

「新聞整天都在報，這病毒沒藥醫的。」

「前兩天隔壁巷子賣乾燥花的小姐聽說送到醫院去了。」

該不會送貨小哥也一起進到醫院了吧？他倆挺要好的……

送貨小哥總是趁來店裡送貨時，和我聊天聊到隔壁巷子去，明裡看似要追我，實則心有所屬，這點我倒是心知肚明。

「如果情況惡化，東西進不來也出不去，我們就成了孤島了。」父親擔憂地說。進不來也出不去？孤島？聽到這話的我忽然喘不過氣，有種被剝奪自由的感覺。

我一如往常待在店裡，若想喘口氣、去公園畫畫，得先爲臉蛋加件外套。路上來往的行人儼然成了ACG裡的覆面人物，活力喧囂的城市倏忽沉默，肅殺之氣蔓延；而我的身體也漸漸出現異樣，老覺得胸口隱約有什麼在騷動……好似原本待在安逸窩裡的胖鳥，因爲知道展翅就能飛翔，所以成天懶散，現在忽然一個籠子扣上來，就想飛了。

整天接觸來自日本流行事物的我，不知何時萌生了「上京」的想法——雖然無法乘坐新幹線——我也想像NANA一樣，到新奇陌生的世界看看，也許能遇到另一個自己也說不定。然而最關鍵的，還是因爲去年底過生日時，不知道是社團裡的誰的學妹帶來的國中同學的學長的遠房親戚的表哥，從東京回來跨年的T。

我的生日是每年最後一天，通常假慶祝生日之名、行跨年派對之實，每次參加的人既多又雜，一個邀請一個，場面十分混亂。那天，我一眼就看到T。應該說，在名爲我的生日派對上，任何進門的人都會先被帶來面前，至少得說聲「生日快樂」，才能開始心無旁鶩地玩樂。

「是那個〇〇的表哥。」音樂太大聲，我聽不清楚，只是頷首微笑，視線卻不由自主地黏在來者臉上，那副似笑非笑、莫測高深的表情……怎樣，耍神秘嗎？

「欸，你的歌。」有人把麥克風遞給我。

我在嘈雜的環境中時而舉杯時而揮手，有一搭沒一搭地把歌唱完。

「〈Can You Celebrate〉[6-2]，安室的歌。」T不知何時坐到我的身旁，「你的日語發音挺準的。」

我禮貌微笑，暗自期盼胸口歡鬧的得意沒偷溜進眼底洩密。

「聽說你家做日本的生意？」在KTV包廂的吵雜人聲和偌大音樂聲中，T靠近我耳邊大聲地說。

淡淡的香味襲來，和父親清涼的鬍後水不同，有點像柑橘混雜著青草的味道……嗯，還蠻好聞的。

「我爸會去東京採購。」我摀住一邊耳朵，湊到他耳旁大聲喊道。

「我在東京念大學。」

「什麼……？東大？」

「東、京、的、音、樂、大、學。」T一個字一個字講。

我訝異地看著他。這位看起來怪神秘的人物是玩音樂的？

「念什麼？」

「Saxophone。」

「哦，Kenny G[6-3]？」我腦中浮現長捲髮的Saxophone手和優美的演奏聲。

「他拿的是Soprano。我吹的是中音Alto。」

見我露出疑惑的表情，他似乎想進一步解釋，但環繞的音樂聲和談話聲實在太大了，他放棄地笑了笑，幾乎用吼的說：「周末我有表演，來看嗎？」

我歪著頭，裝作考慮一下後便答應了，留給他前幾天才新辦的行動電話號碼。

日本新年和西方國家同步，學校假期從年末直到跨年後數日。爲了和高中時代一起玩樂團的朋友參加 Live House 的新年演出，聖誕節前最後一堂課結束，T 立刻搭了飛機回來。

「你先到練團室，我們再一起過去。」他傳了訊息過來。

我依照訊息上的地址前往。練團室在地下，抵達通往地下室的入口時，門前站了兩位像是大學生的男孩在抽菸，我向他們表示自己要找的人，其中一位指著往下的階梯，「他在樓下練團。」

我走下階梯、穿過狹窄的通道，看到一扇厚重的大門，門上嵌了塊方形的玻璃窗，可以窺見練團室裡的情況。我一眼就看到 T。

說是樂團，但和原先的想像不同，沒有漫畫裡打扮奇特的人物，個個都是很普通的大學生樣，除了 T。我總是能一眼就看到他，也許和裝扮有關，今天他穿了件飄逸的白襯衫，戴條銀色的十字架項鍊，略帶陰鬱的氣質和印象中玩音樂的人物頗爲吻合。我隔著玻璃看他專注吹奏 Saxophone 的模樣，雖然聽不見音符，但有點吸引人……

沒一會兒樂聲結束了，大家紛紛收拾自己的樂器。T 整理好後、提著琴盒走出練團室，一見我就招手笑說：「來啦。」

語氣中的親暱和熟稔，彷彿我們已經相識許久。

「你的手錶好特別。」他一抬手，我立刻注意到那隻厚實的金屬錶，很搖滾的感覺。

他舉起手腕，得意地說：「這是我在東京的古著店找到的，你看……」

他按了個鍵，內層跳了出來，「聽說這在國外的樂團很受歡迎，表演到一半受不了的時候很有用……」

我眨眨眼，不明所以地看著他。

「可以藏毒品啊，哈！」他有趣地看我一臉驚愕，「不過我可沒在用喔，只是聽說而已。」

我愣怔地點個頭，從未聽聞的新鮮話語讓人心跳加速，手起雞皮疙瘩。

「走吧，我們坐團長的車去，他是我高中同學。」

大夥兒見我同行也毫無奇怪，大概T事先提過。

我們從一個地下室來到另一個地下室。

爲何不乾脆在地底鑿個通道呢？我眞想投書建議都市開發單位。前往Live House的路上大塞車，短短十分鐘的路程，我們遲到了將近個把鐘頭。

「快輪到你們了，快點。」一位貌似工作人員在門口焦急地說，深怕表演開天窗。

T和樂團成員們從後頭的藝人通道進入後台，我則從前門進入展演空間，門口的Guest List有我的名字，眞是榮幸。

台上的樂團似乎正表演最後一首歌，十分鐘後，在全場歡聲中簾幕降下，準備換場。

電吉他規律地刷起節奏，接著電貝斯炫技出場，兩相交融後，一串吹奏音符不甘示弱地闖入……

啊，是Sax！

隨著氣勢磅礴的鼓聲加入，簾幕緩緩升起，不知爲何我竟有種想尖叫的衝動，心臟堅定地和大鼓私奔，拜金的眼睛耳朵卻被閃亮亮的金屬簧管挾持。

啊，是T！我總是能一眼就看到他，雖然想別過頭看看其他人，看看我最愛的貝斯，但視線無法轉移。

樂團所表演的都是我從未聽過的曲子，但依然聽得津津有味，T時而俏皮時而悠揚的Sax樂句，讓人心馳神迷。五首曲子的最後一首，是抒情搖滾，T吹出來的音色，深情而憂傷，隱藏著孤單和寂寞——那是他的心情嗎？那是他內心深處的孤獨嗎？那是他靈魂的聲音嗎？

我既困惑又迷惘，只能傻傻地望著他細長的單眼皮、移開樂器時紅潤偏薄的嘴唇、帶著一抹戲謔又充滿成熟男人味的微笑，覺得心痛痛的……

爲什麼是我？我爲何身在此處？是T選擇了我，抑或命運選擇了我們？

表演結束，下一個樂團接力演出。我走出展演空間，T已在門外等我。我們到附近的咖啡廳吃著簡餐、隨意聊天。

「好聽嗎？」

我點點頭，「不過那些歌我都沒聽過。」

「嗯，都是自己寫的。他們是創作樂團。」

「那麼厲害。」我語帶驚訝，其實和內心料想相同，「不過沒想到 Sax 跟搖滾會那麼合。你是學古典樂的嗎？」

「我主修爵士。」T 的嘴角掛上初三的月，隱晦驕傲的光。

「爵士？爲什麼會想去日本學爵士，那不是美國的音樂嗎？」

「高中暑假我到 L.A. 遊學，在酒吧遇見從日本來玩的 Saxophone 手。」T 說，「我們在酒吧裡一起 JAM，玩得很開心。」

「JAM？」

「JAM 在音樂界的用法，簡單說就是即興表演。我和他都很喜歡爵士樂。」

「那個日本來的 Saxophone 手？」

T 點點頭。「因爲很喜歡他的風格，所以多聊了幾句，才知道他是從東京來的音樂生，主修爵士。」

我了解地點點頭，「因爲喜歡那種風格啊。」

T 笑開了，「對呀，和平常聽到的爵士不太一樣，帶著都會時尚感的風格。」

我上下打量，「說起來，你看起來挺時尚、現代的感覺。」

T的嘴角止不住笑意，「是穿著嗎？」

「穿著啊、長相啊，感覺都很都會。」我聳聳肩說。

「我應該過幾年還會再變吧，才剛去東京一年。」

「咦，你不是高中畢業後就過去了？」

「是啊，我高中畢業後就過去了。」

我迷惑地盯著他。「所以你跟我同年？你不是誰的表哥？」

「沒錯啊，我表弟跟我同年。」T困惑地回望我。

天啊，看起來成熟老練的T居然和我同年！他的人生是有多滄桑？

看我一臉難以置信，T感覺受到打擊，「你……該不會覺得我很老吧？」

我連忙搖頭，「只是預期你比我大個三、四歲。你跟其他人看起來不太一樣……」

我歪著頭仔細端詳，想不出T的成熟感來自何處。

「果然還是穿著打扮吧。」我決定當個好人。

「那以後你幫我挑。」T語出驚人。

以後？我們還有以後？他不是要回日本了嗎？怎麼講得一副還會時常見面的樣子？

「你不是過兩天要回東京？」

T點頭，「後天的飛機。」

那？我疑問地看著他。

「你可以來找我啊，我帶你到處逛逛。」

我愣了一下。對呀，還有這招，只不過……T的意思是想和我保持聯絡嗎？

「乾脆你也來東京念書好了。」又語出驚人。

「講得眞輕鬆，一副打開任意門就可以通往東京似的。」我當他開玩笑，沒眞的在意。

「你不是說你爸會到東京來批貨嗎？」T的眼神十分認眞，「無論生活或是世界都是連結的，就看你敢不敢想、敢不敢要。」

我再也藏不住內心的驚愕，這果然是年長的人才會講的話啊！

他說的是，無論生活或是世界都是連結的——只要別遇到SARS。

♪

小說和日劇裡經常出現的「東京」，從來就只是個熟悉而遙遠的地名，我知道自家店裡有許多物件來自那兒，我知道它的璀璨繁華乘載了無數憧憬，但終究只是扁平的印象而沒有實質意義，直到遇見T之後，這兩個字才開始鮮明而立體起來。

我靜下心，開始準備留學考試。

幼年時期在老家接收的日語流行歌曲錄音帶，例如出生前的中島美雪[6-4]、荒井由實[6-5]，還有松田聖子、中森明菜[6-6]、小泉今日子[6-7]等偶像明星，再加上後來自掏腰包買的少年隊[6-8]、小室家族[6-9]、LUNA SEA[6-10] 專輯，對於成長過程反覆聆聽日本流行歌以及自青春期以來熱愛日劇和動漫的我來說，準備日語留學考試不算太吃力。就這樣一邊幫忙家裡的生意，一邊整理這幾年來累積的繪畫、海報、網站設計，以及參與過的學校期刊、雜誌等作品，合併裝訂成冊，順利趕在十月中前，將申請資料寄送至設計學校。

離紅黃織錦、風掃落葉尚有段時日的早秋，我初次踏上日本國土，毫無阻礙地在機場搭乘成田特快、順利抵達預定的澀谷飯店，驕傲的同時卻也感到驚奇——爲什麼？爲什麼完全沒有違和感？對於新來乍到、映入眼簾的一切，人群、街道、商店招牌……都如此理所當然。喔，日劇眞可怕。

在房間安置好行李後，我按捺著興奮的心情，若無其事地到處走走逛逛。

啊，是ハチ公（Hachikō）呀！我想起漫畫裡 NANA 將另一位 Nana 取名「小八」的由來，忍不住笑了出來。

啊，澀谷站前交叉口！眞的好多人喔！我張大眼睛，等待綠燈時候人流交會的盛大演出。

啊，是 109 大樓！得親眼瞧瞧金色頭髮，把臉塗得黑黑、嘴唇白白的辣妹。

就這麼獨自逛了會兒，吃了碗（有點鹹的）牛丼，便乖乖回去飯店休息，爲隔天的考試養精蓄銳。

應該還不錯。面試時幾乎都聽得懂，對於「爲什麼想來這間學校」、「喜歡哪位設計師」、「對未來的期許」等意料中的問題，回答也應該還算得體，面試的老師們似乎挺喜歡我交出去的作品集，來回翻閱始終面帶微笑。走出校舍大樓時，我呼了好大一口氣。

回飯店的路上，瞥見路旁的公用電話亭，決定先撥通電話……

又是一個地下室。位於高田馬場車站附近的大樓B1，狹窄的小店。我一眼就看見身穿黑色合身上衣的T，胸前依然是那條銀色十字架項鍊……有機會該問問他的信仰。

「嘿，你來啦。」完全不像久別重逢，T坐在靠牆的位置，舉手招呼。

我走到對面的位子，隔著圓桌坐下。

「今天是JAM Day，我和朋友來玩。」他向我介紹身旁一位留著大鬍子、戴金框眼鏡、身穿花襯衫的男子。「這是廣瀨(Hirose)。」「他是Sio。」

Sio？我疑問地望向T，只見他笑著解釋：「你的名字。我覺得叫Sio很適合，雖然你長得蠻甜的。」

我的名字和「塩」同音，日語念法類似Sio。我開心地點頭，「眞可愛。」

廣瀨也點點頭，「かわいいね(kawaiine)（可愛呢）。」

「你叫他Hiro就可以了。他前女友是中國人，所以會說一點中文。」

「我上去玩。」廣瀨拍拍T的肩，然後向我點個頭，走到舞台區和其他樂手們一起即興表演。

「好久不見……」我頓了頓，「好像沒有這種感覺耶。」

「見到你眞好。」T微微一笑。「待幾天？」

「兩個星期。下星期結果就會出來了。」

「那我們可以常常見面了。」

「你應該也很忙吧，我可以自己四處逛逛。」

「想去哪兒？帶你去御台場看夜景如何？」

「就是那個很多日劇都會出現的摩天輪嗎？」我瞪大雙眼，浮出愛心。

T笑得很開心。「還想去哪裡？」

我猶豫地想了想，「過幾天我爸也會來東京，我要陪他去馬喰町批貨，然後一起回去。」

「辦正事重要。」他理解地點點頭。

「不過如果順利，明年二月之後就一直待在東京了。」我滿心期盼地說。

「可以常來看我表演。」

我用力點了個頭，大大的上弦月掛在臉上。T淡淡一笑，舉措成熟。

「我上去和大家JAM一下。」

他拿起身旁的Sax，步入略嫌擁擠的樂手區。空間裡充滿我不太能理解的音符和節奏，但是大家的表情看起來很愉悅，身體也隨著韻律自在擺動，我想，這就是爵士吧，不是用聽的，是用來享受的。我的視線黏著T，Double Bass附和胸口怦怦地跳，和歡快的Sax一唱一和。

隔天傍晚，我和T約在月島站，吃了文字燒，再一起搭乘百合海鷗號前往東京灣內的人工島「御台場」。

「哇，台場耶！」我在廣場蹦蹦跳跳，沒想到能距離摩天輪那麼近。「好像在作夢喔。」

「看到實物不是應該有眞實感嗎？」

「可是，是我和你在台場耶，你不覺得很像作夢嗎？」我特別強調「我和你」三個字。

「好像是我把你拐到東京的。」T輕笑。「這樣改變別人的人生好嗎？」

「還沒確定呢，得先考上學校再說。」

風帶來熟悉的海水味，也帶來熟悉的香水味，夾雜著淡淡的木質菸草。

「那是什麼味道？蠻好聞的。」

T偏著頭，用手指著自己。我嗎？

我點頭。

「你是指香水嗎？這是ISSEY MIYAKE的男香。」

「味道挺特別的……我還是第一次遇到那麼好聞的男生。」

T愣了下，「我身邊不少人都會噴香水啊。」

我瞇著眼、想了想，然後笑了出來。「使用效果大概因人而異吧……搞不好是這款香味把我引到東京來的。」

T定睛看著我，認真地說：「我會負責的。」

「你要怎麼負責？」我斜睨著他。

T眼中含笑注視著我，什麼話也沒說。兩人互相凝視了好一會兒，然後相視一笑，往海濱公園走去。

墨藍色水面繫了條銀色腰帶，那是連接台場和芝浦的彩虹大橋，霓虹閃亮的觀光船和璀璨的大樓燈火，耀眼得讓人目不暇給，我忍不住讚嘆：「我小時候也在港邊長大，怎麼完全沒有這種都會感呢？」

「這裡是乾淨、整潔、明亮又時尚的東京啊。」

「不過我也很久沒回去了，說不定也變得像這樣漂亮。」

「也許五十年後吧。」T輕哼了聲，「你也知道日本總是跑在我們前頭。」

「沒想到你這麼媚日。」我笑了。

「這是客觀。」T姿態凜然，「誰不希望自己的家鄉進步又閃閃發光。」

「可是我覺得，有時候懷舊風情也不錯。」

「例如爵士樂嗎？」T理解地點點頭。「老爵士真的美。」

我微微一笑，沒多說什麼。關於爵士樂，我懂得不多，還是不要顯露自己的無知才好。

「這送你，」臨走前，T遞給我一張專輯，「送給爵士初級生的禮物。」

我看著手中的CD，Chet Baker的《It could happen to you》[6-11]，「那麼好，還有禮物可以拿。」

「回去要聽喔。」T叮囑，「下次見面我要考試。」

我雙眼發亮，一迭連地點頭允諾，爲我們的「下次見面」。

農曆新年，好不容易約到工作忙碌的W出來見面。退伍後，他進了一間日系汽車百貨當業務，忙完了新進訓練接著又有堆積如山的工作，我們很久沒有好好聊天了。

年節假期，細綿冬雨不費吹灰地將人們掃往南方，車不成流，路上一片空蕩。W大年初二的班只到下午，我們約了看電影，是去年上映後票房長紅、改編自幾米繪本的《向左走．向右走》[18]。

「天哪，沒想到我們竟然淪落到看二輪片了。」

「長大後時間好像越來越少了。」

「想想前年我們還是悠哉悠哉的學生呢。」

「悠哉？」W悶哼了聲。「悠哉的人只有你吧。」說到這，他不覺皺起眉頭，「你怎麼可能會沒時間看電影？」

「我在準備考試。」

「考什麼試？」

我咳了咳，坐正身子，正經地看著W，「我要去日本念書了。」

「啥？什麼時候？」W睜大那細小的眼睛，滿臉不敢相信。

「過完年就出發了。」

「什麼時候發生的事？我怎麼沒聽你說過？」

「就……SARS那段期間我想了很多……」

W挑眉，露出狐疑的眼光。我忍不住笑了出來，再也憋不住地將來龍去脈仔細道出。

「啊，是眞愛啊，」聽完後的W止不住點頭，「我就知道，有一天你會爲愛走天涯。」

「爲什麼？」

「因爲你浪漫啊。對於自己所認定的肯定狂熱。」

「會嗎？你之前不是說我一直停留在人與人之間的好感，沒有向前一步的勇氣嗎？」

「我是說你不會爭取。」他糾正，「……表達好感這部分很主動，但對進一步發展並不積極。」

「這次不一樣了吧。」我將下巴抬得高高的，爲自己能讓W刮目相看感到驕傲。

他心有所感地嘆了口氣，「我想是眞的喜歡，才有足夠的熱情驅使你行動。」

「剛剛電影裡女主角唸的……突然爆炸的熱情？」我試著回想方才電影中的句子，翻譯自波蘭詩人辛波絲卡的〈一見鍾情〉[19]。

「是『迸發』啦！」W無奈地看了我一眼，「不過後頭那句，什麼變幻無常的，感覺不太吉利……」

他甩甩頭，換了個話題：

「不過虧你每天玩樂還能生出一本作品集，而那本作品集居然被認可了。」

我傻傻地笑了，「運氣好吧，不過……」

W挑眉等我接下來的話。

「我雖然覺得自己蠻混的，整理作品集的時候還真嚇了一大跳，原來我什麼都參了一腳，校內各式各樣大大小小的刊物、校外的比賽，還有跟國外姊妹校合作的創作展，不知道爲什麼大家都會來找我合作，明明我成績也不是最好的……」

「從小大家都愛圍著你，要你畫些什麼。」

「那是小時候啊。」我嘟起嘴，「可是高中的同班同學，幾乎每個人都蠻會畫的。」

W看著天花板思考了會兒，然後聳了聳肩。

「應該還是有點差別吧。專業的我也不懂，但是我也喜歡你畫的東西。」

「爲什麼？」

「就……愉快吧，用色很特別，看了心情會很好。」

哦？我疑惑地看著W，有聽沒有懂。

「沒想到你居然會早我一步到日本去，看來我也要好好加油了。」W突然說。

「你也想去日本？」我好奇地問。之前沒聽W提過有這方面的規畫。

「如果我在公司表現好，可以升成儲備幹部，就有機會到東京的總公司訓練。」

「好啊好啊，你來找我。」我既興奮又期待，「我們一起大鬧東京。」

「你還是好好談你的戀愛吧，祝你一切順利啊。」他舉起只剩冰塊的柳橙汁想跟我的咖啡拿鐵乾杯。

我吐了個舌頭，爲內心的羞澀戴上調皮的面具。

夜漸漸深了，工作結束後又接著看電影聊是非的W看起來有些疲憊。或許還有些悶悶不樂？

【耳朵記憶】

6-1. 孫燕姿〈遇見〉，詞：易家揚，曲：林一峰，《The Moment》，2003，華納音樂。

6-2. 安室奈美惠〈Can You Celebrate？〉，詞曲：小室哲哉，1997，avex trax。

6-3. Kenny G：Kenneth Bruce Gorelick，美國爵士薩克斯風手，來自西雅圖。

6-4. 中島美雪：中島みゆき（1952—），日本創作歌手，1975 年出道，約有百首作品華語翻唱，著名的有：林慧萍〈約定〉，葉蒨文〈時代〉、〈忘了說再見〉，王菲〈容易受傷的女人〉，鄭秀文〈愛的輓歌〉、劉若英〈原來你也在這裡〉……。

6-5. 荒井由實：松任谷由実（1954—），日本創作歌手，1973 年發售首張專輯『ひこうき雲』（飛機雲），爲日本 20 世紀後半至今最有影響力的音樂人之一。

6-6. 中森明菜：（1965—），80 年代與松田聖子兩強競爭的偶像及實力派歌手。

6-7. 小泉今日子：（1966—），80年代最受歡迎的偶像歌手之一，著名女演員。

6-8. 少年隊：由錦織一清、植草克秀、東山紀之組成的少男偶像團體，1981年出道，台灣小虎隊及香港草蜢皆翻唱過其作品。

6-9. 小室家族：由音樂人小室哲哉（1958—）擔任製作的電子舞曲流行樂派，代表藝人團體包括樂團globe、TRF、華原朋美，鈴木亞美以及安室奈美惠等。

6-10. LUNA SEA：日本視覺系搖滾樂團，1992年出道，著名歌曲〈I for You〉爲富士電視台《神啊！請多給我一點時間》主題歌，紅遍亞洲。該劇亦爲金城武及深田恭子的成名代表作。

6-11. Chet Baker：美國爵士小號手及歌手，西岸冷爵士（Cool Jazz）的代表人物。《It could happen to you》爲其1958年推出的歌唱專輯，Riverside Records。

【眼睛回憶】

17. 《NANA》：日本漫畫家矢沢あい的作品，1999年開始連載，2009年休載。

18. 《向左走．向右走》：繪本作家幾米的作品。2003年改編電影上映，由金城武和梁詠琪主演。主題曲：梁詠琪〈兩個人的幸運〉（粵語）／〈向左走向右走〉（華語），詞：林夕、曲：金培達。

19. 〈一見鍾情〉：〈Love at First Sight〉，波蘭詩人辛波絲卡（Wisława Szymborska）的作品。

7. 群青日和

Track：東京事變〈群青日和〉[7-1]／《教育》

Elara是我在東京認識的第一個朋友。

在設計學校開學前，我申請了短期的語言學校，同組的Elara比我年長兩歲，是從希臘來日本遊學、有著一頭深棕長髮和深邃眼眸的漂亮女孩，每次看到她的藍眼睛，燦燦陽光下的白色石頭屋總會浮現。

「你下課後要去哪？」和Elara較爲熟悉後的某一天，她忽然這麼問我。

「我要去看朋友表演。」那天T和同學們有個非正式的發表會，在新宿。

唔，她眼珠俏皮地轉了轉，「我可以一起去嗎？」

「你今天不用打工？」

Elara身兼數職，總是かね（kane）、かね（錢）的掛在嘴上，說自己的興趣就是賺錢，又能趁機認識新朋友，練習日語，一舉兩得。

「覺得無聊了。想放假。」

難得看到她如此懶洋洋的模樣，看來是發生了什麼，但我沒多問，下課後兩個人高高興興地一起往山手線車站走去。

「這是我語言學校的同學，Elara。」我向T和廣瀨介紹。這陣子常見到廣瀨，兩人熟絡許多。

「哇，大美女。」

「你的眼睛好藍。」T對Elara說。

「是地中海的藍。」Elara微微一笑。她這種等級的美女應該聽過不少讚美的話，應對自如。

兩人上台表演的時候，Elara問：「哪一個是你男朋友？」

「只是朋友而已。」我覺得耳朵熱熱的，「戴項鍊的那個。」

她一邊看著舞台上的表演，一邊淺笑點頭，「Nice。」

我轉過頭看著她，Nice是什麼意思？是指表演還是指T？不過兩者應該都可以說是「Nice」吧。

我想不透，視線回到舞台上。

發表會結束後，也許是Charlie Parker[7-2]輕快自信的saxophone樂聲助興，大家都喝了許多啤酒。

單身的廣瀨很明顯對Elara感興趣，不斷找她攀談。我因爲早起加上不習慣夜生活，感覺有些累了，便靠著牆壁假寐起來。

「要不要先送你回去？」T靠近身旁，在耳邊輕聲地問。

我緩緩睜開眼，懶懶地說：「不順路。我坐最後一班電車回去就好。」

「太晚了我不放心。」

「我住的那區路燈還蠻亮的。」

「不放心就是不放心，」T搖頭，「你忘了我說我會負責的。」

「負責送我回家？」我玩笑地說。

「負責你從今往後的人生。」他凝視著我，聲音輕飄飄的、像根羽毛掉在心上，漣漪擴散。我感覺鼻子浸水，眼眶湧泉，T嚇了一跳。

小小的室內空間塞滿 Cannonball Adderley[7-3] 的歡快舞步，Elara 和廣瀨比拚 Tequila Shot 一杯接一杯，忽然一陣騷動從間隙竄入。

「外面是哪個小鬼在放搖滾樂，那麼大聲。」

醉意顯然的廣瀨衝去開門一探究竟，樂聲前仆後繼擠進門內……

「啊，たくや（Takuya）！」原本趴在桌上的 Elara 一聽到來自外頭的歌聲，立刻舉起雙手興奮大叫。那是前陣子我們都很著迷的富士月九劇《プライド》[20]（冰上悍將）的主題曲，由 Queen（皇后合唱團）所演唱的〈I was born to love you〉[7-4]，倜儻不羈的木村拓哉、溫煦甜美的竹內結子，這對魅力組合讓極凍溫層的冰上曲棍球熱血澎湃、浪漫開花。

午夜的氣息悄悄探入，Freddie Mercury 張揚的歌聲衝進室內，我和T凝望著彼此，讓歌曲代替未說出口的話，在煙霧迷漫中，在狹小空間裡，迴盪。

春暖日和，日劇場景複製，櫻色花瓣從天而降、旋轉飛舞。我一路雀躍，腳步輕盈地飄進設計學校，再次成爲粉嫩新生。

和T的交往已經一個月了，然而混亂、忙碌又繽紛的學校生活讓人目不暇給，我們只能珍惜短暫的周末時光。

「你最近都沒辦法來看我表演呢。」T無奈地看著我。升上大三的他，除了加強樂器的吹奏技巧，重心多放在舞台表現。

「要學的東西實在太多了，」我抱著頭哇哇叫，「平面、立體、色彩、雕塑……什麼都得重新學。」

「眞是可愛的一年生(ichinen sei)（一年級生）。」T摸摸我的頭，愛憐地說。

「好想看《Orange Day》[21]的最終話喔……」我嘆口氣抱怨，「星期天下午有研討會，希望不會拖太久。」

「你還有時間看日劇啊？」T臉色瞬間陰沉。

我直覺該丟出根避雷針，卻不怕死地傻站在樹下，堅持本位。

「很好看耶，主題曲也很好聽，ミスチル(Misuchiru)唱的。」

Mr. Children是我從中學時候就很愛的樂團，我好喜歡他們的《BOLERO》[7-5]專輯，封面是一個外國小女孩在一大片橙橘色向日葵花海前打著行軍鼓，被我列爲此生必聽專輯TOP 10之一。

「你怎麼還在聽那種東西？」是錯覺嗎？頭頂的燈泡似乎閃了一下，提醒我至少逃離大樹。

「那種東西？」T嫌惡的表情讓我覺得受傷，深吸了口氣，做好迎接轟隆雷聲的心理準備。

「……上次我給你的Stan Getz聽了嗎？」他說的是上次見面我從他房間拿的《Big Band Bossa Nova》[7-6]。

唔，森巴舞孃扭腰擺臀突入，正負電荷相擁言和，我鬆了口氣，看來是逃過一劫了。

我怯怯地點頭，「聽了一半……」接著眼睛一亮、作出天眞模樣討好地說：「它很適合視覺設計的作業，可以增加想像力。」

T看來有點滿意我的聽後心得，輕嘆了口氣說：「你應該多聽一些爵士的。」

「可是爵士的鼓點、樂句好難懂喔。」我委屈抱怨。

「不是爵士難懂，是你的耳朵沒進步。」T正色訓道：「所以才一天到晚聽些容易聽的。」

……話不能這麼說吧？我驚愕回視，想說些什麼反駁的話，但見他一臉認眞嚴肅，只好再次招喚舞孃緩和氣氛……我努力滿臉堆笑，內心卻不服嘆氣：音樂這東西，不就應該呈現多樣性嗎？爲什麼不能你儂我儂而是水火不容呢？

我不懂，但承認自己的耳朵不如專業，只能乖順點頭。T雖然溫柔，但藝術家脾性的他在某些地方偏執異常。

T呼了聲，像把體內剩餘的氣放掉，聲音轉回溫柔版，「難得見面，去吃點好吃的吧。」

「我要吃お汁粉(oshiruko)（紅豆湯），加年糕那種。」我也立刻換上孩子氣的笑容，撒嬌著說。

「你還眞愛吃紅豆湯耶。那可不是正餐。」

「那就うどん(udon)（烏龍麵）和お汁粉。」

T無限寵愛地看著我，嘴裡說著はい(hai)、はい（好），苦笑搖頭。

肌膚與季候的戀曲，從不乾脆的濕黏晉升到毫無扭捏的大汗淋漓時，學校放暑假了。

「終於不用每天頂著大太陽到學校上課了。」高我一屆的安來自韓國，全名是安恩惠，是二年級的插班生，曾在小型的建築事務所當過兩年助理。和我同時入學的她另外選修了一年級的基礎空間設計，好讓自己的根基更扎實。

「每天頂著大太陽到工作室上班有比較不一樣嗎？」我調侃說。

也許是日文不夠好，我倆語速都不快，剛好溝通無礙，常坐在一塊兒上課。爲了打工同時累積相關經驗，我們一起應徵由畢業學長們合資的事務所的助理，雙雙錄取。那是一間以商業室內設計爲主要業務的建築事務所，對安主修的空間設計是直接相關，但對專攻視覺設計的我來說領域不大相同。

「我的夢想是讓這兒成爲一間國際化的事務所，爲來自各國的人們提供設計服務。」高大、圓潤的佐佐木前輩兩手插腰、野心勃勃地發表企圖。事務所原有兩組設計團隊，最近又增設了國際組，其實是由佐佐木前輩的團隊兼任，他是我和安的直屬上司。

哈、哈、哈，我和安陪笑三聲，相對無語。原來這就是我們會被錄用的理由。和專業無關，重點是語言能力。

安和我雖然相處良好，但只是結伴的交情，眞正熟悉起來的契機是進入事務所後，前輩們爲我倆辦的迎新會上。

「我們沒什麼一次會、二次會，直接去唱卡拉OK！」佐佐木前輩不愛拘束的場合，認爲從玩樂的態度才能眞正了解一個人。

前輩們帶著我和安兩位新人來到新大久保車站，這兒有許多韓國料理店及華人經營的卡拉OK。雖然早聽說東京一個車站一種風情，但這兒熟悉和不熟悉的語言在空中飛來飛去，根本聯合國。

大夥兒一走進包廂立刻各就各位，佐佐木前輩大手筆地將菜單上的料理點了一輪，其餘人等統計飲料，查歌單號碼、遙控器點歌，鈴鼓、沙搥桌上擺好，各司其職，俐落分工。

前輩們點的大多是日文歌曲或西洋老歌，我雖然看到歌單上有不少華語流行歌曲但不敢造次，乖乖坐在一旁吃炸雞喝可樂，搖頭擺腦小聲附和，安則專攻海鮮煎餅和飯捲，直到熟悉的前奏旋律忽然飄進耳裡……我驚訝地看她站起身、理所當然地接過麥克風，有模有樣地唱了起來……

我甩了甩頭，清除耳朵天線雜訊：沒錯，這是王菲的〈愛與痛的邊緣〉[7-7]，是首粵語歌；沒錯，來自韓國的安正在前方舞台陶醉唱著，發音好像還挺標準。

一曲結束，安回到座位，我張嘴想說什麼，舌頭卻打結了，應該說日語？華語？還是用不輪轉的廣東話打聲招呼？

「黎明是我的偶像。」看我張口結舌的傻呆模樣，安先開口了，用日語。

「妳會說粵語？」我回過神，確定溝通語言。

「我媽喜歡張國榮，我姊愛劉德華，所以我選了黎明，但是只會唱，說話不行。」

雖然我的選擇以上皆非，但一山王菲還是令人有種他鄉遇故知的感動。

「黎明在韓國很紅嗎？」

「當然，應該是最受歡迎的香港男歌手吧。」

「不過，妳剛唱的……」

「那是我學粵語的練習曲，如果有天遇到黎明本人，能和他用粵語對話就太好了。」

我佩服地點點頭，流行歌曲果然是學習語言的好工具，也讓同為異鄉人的我們情誼更加親熱。

周末，佐佐木前輩帶我和安前往位於隅田川近側的藏前。這是事務所新近承接的店面設計案，場地是間舊大樓倉庫。藏前原本就是手作職人聚集的街道，從文具到包袋，洋傘到披肩，多是具有一定規模的品牌代工或經銷盤商……然而隨著產業外移，加上泡沫經濟後不少商家倒閉、地價大跌，有些人趁此接手廢棄的便宜物件，或暫且閒置，或改建爲符合自身需求的商業空間，這回接到的案子正是一例。我們今天算是初訪，主要工作有場勘、量測尺寸，以及和業主討論細節。

「周末也要工作，這一行太拚了吧。」安毫不掩飾地抱怨。

「如果早點結束，一起去看花火吧。」前輩笑著安撫。

原來今天恰巧是一年一度的「隅田川花火大會」。每天沒日沒夜地整理資料，居然差點錯過在東京第一年的夏之風物詩。

我和安雙眼發亮，滿心的不甘願瞬間無影無蹤。我興奮地撥了通電話給T，問他晚上要不要一起看煙火。

「我們今天傍晚在橫濱表演，不確定趕不趕得回去。」T組了個爵士樂團，十分積極爭取校外的演出機會。

是喔……我惋惜地說，這可是我們交往後第一次的花火大會呢。

「到東京再打電話給你。」T沒多說什麼，心思在我未曾踏足的他方。

在舊倉庫迎接我們的是兩名打扮時髦的女性，看來相當年輕，會是這裡的業主嗎？

小妍？

其中一名苗條亮麗、皮膚有些黝黑的女子走上前，用腔調有些奇特的中文不確定地呼喚我的名字，眉頭微蹙。佐佐木前輩和安聽不懂她說的話，但也順著目光轉向我，四人同時滿臉疑惑。

「我想起來了！」女子睜大雙眼，恍然明白，「你是蔚之妍對吧？」

你是……？

我對面前妝容細緻、穿著時髦的美人毫無印象。

「金俞麗啊，跟你同個小學的。」女子指著自己，一臉期盼地看著我。

我皺起眉。金……難不成是黑美人？

韓僑第二代的黑美人大約在小學四、五年級時候舉家搬回韓國，印象中曾聽大人說過是周遭不友善的氣氛所致。

天哪，這傢伙記性也未免太好了吧！還是……我的長相十多年來都沒變的意思？

「金俞麗！」我佯裝自己從沒忘記這個名字，模仿日本小女生尖叫的模樣，用日語說：「妳變得好漂亮、好像大人，我都認不出來了。」

「我本來就很漂亮，而且我們的確已經變成大人了。」黑美人打趣回答，不過自信的表情看起來並不像玩笑。

雖然不知道前因後果，在場的人似乎都聽出來我倆原本相識。

小學時候的朋友。我轉身向另外兩人說明，順口用了「友達」這個詞。

前輩和安睜大雙眼，爲此等巧遇頻頻點頭。

「你怎麼會在東京？」黑美人問。

「念書。妳呢？」

「我念專門學校。回韓國後多讀了兩年才趕上進度，同學都得叫我언니(eonni)。」

언니是姊姊的意思。安幫忙注解。

「那爲什麼會在東京……？」

「後來我跟언니搬來東京投靠고모님(gomonim)，就是我爸的姊姊……」黑美人想不出中文的稱謂，皺起眉頭。

這麼說來黑美人的命運似乎還蠻輾轉的，我同情地想，倏地心念一轉，不對，在這講求國際化的時代應該說是種幸運吧。

「爸爸的姊姊叫姑媽。」另一位膚色白皙的美女忽然開口，字正腔圓。我們轉過頭，只見她盈盈地笑說：「待會兒再聊吧，我們先談工作。」

「我是金兪和(KimYu-Hwa)，是這次的委託人，她是我妹妹金兪麗(KimYu-Ri)。」她改用日語向大家自我介紹，對話恢復爲商業模式。

「應該怎麼稱呼好呢？」佐佐木前輩和委託人交換了名片，來回看著兩位金さん。

「叫名字就可以了，我們念美國學校的時候也是。」

「那……YuHwa 和 YuRi……」前輩試著發音確認，兪和含笑點頭。

趁其他兩人和店長寒暄時，我仔細端詳她的面容，鵝蛋臉，雙眼細長、單眼皮，皮膚白淨透亮，確實是很典型的朝鮮美人。當然妹妹俞麗也美，同樣有著韓國人的輪廓，但容貌更現代。眞要說的話，姊姊像《冬季戀歌》[22]裡清雅溫甜的崔智友，妹妹則是膚色黝黑版的野蠻女友全智賢[23]，各有風情。

像是猜出我內心的想法，黑美人靠近我輕聲地說：「我媽是台灣人，我比較像媽媽。」

我恍然點頭，兩人抿著嘴偷偷笑了起來。

俞和是位服裝設計師，求學時候就在品牌服裝的設計部門打工，畢業後以助理設計師的身分繼續工作了兩年，這次的開店計畫除了交易穩定的韓流服飾之外，更創立自己的品牌，讓店內空間成爲展示據點，能和顧客坐下來喝咖啡交流、甚至提供當場客製修改。進一步了解委託人的需求細節，量測空間、門窗等各項尺寸後，今天的工作就算告一段落。告辭之際，黑美人忽然提議：要不，一起觀賞花火大會？

時間是下午四點半，人潮已經開始湧入周邊街道，往隅田川方向前進。「我租的公寓在廄橋附近，屋頂可以看花火(はなび)。」俞和說。

「隅田川花火大會」有兩個會場，第一會場在位置較北的隅田公園段、介於櫻橋和言問橋之間，第二會場就在俞和說的廄橋和上游的駒形橋之間，公寓所在佔了地利之便，不需要從老遠地方和人群摩肩擦踵，樓頂就是個輕鬆觀賞煙火的好地方，這個提案相當誘人。

「那我們先去買些食物和酒回來。」沒等前輩點頭，黑美人自顧自地拉著我往外頭走。

第一次參加花火大會的我可眞開了眼界，沿途設置了滿滿的屋台，販售炒麵、章魚丸子、烤花枝、啤酒、可樂、棉花糖等……連廟會裡撈金魚、吊水球的攤販都有。周邊不少道路被封了起來，只允許行人通過，三、五成群穿著各色鮮艷浴衣的妙齡女孩在路上穿梭，眞是太符合我心中的繽紛夏日。

黑美人像少女般蹦蹦跳跳，嘴裡喃喃哼唱，好心情表露無遺。

「在唱什麼？」

「大塚愛（Ōtsuka Ai）的新歌啊，」黑美人邊唱邊搖晃。「〈Happy Days〉[7-8]，你不覺得很應景嗎？」

「那麼開心？」

「對呀，居然遇到小時候的玩伴，今天眞是好日子。」

我有點摸不著頭緒，我和她算是小時候的玩伴嗎？我們有熟絡到久別重逢會高興成這副模樣嗎？

「其實比起花火節，我本來打算去 Fuji Rock 看東京事変（Tōkyōjihen）[24]。啊～好想去新潟（Niigata）避暑啊……」她忽然冒出更讓人摸不著頭緒的話。

「Fuji Rock 是？」

「是個搖滾音樂節，會有很多 Indie 樂團表演，在新潟。」

「在新潟……那爲什麼說『東京事変』呢？東京發生什麼事了嗎？」

黑美人瞪大眼睛望著我。「你不知道嗎？東京事変，椎名林檎（Shiina Ringo）的團啊。」

「Ringo？」唔，蘋果樂團……應該是青森來的吧？某個青森的 Indie 樂團原本打算去新潟，卻不知爲何跑到了東京大鬧一場，所以是「東京事變」嗎？

「她是很有名的新宿系（shinjuku kei）女王……」黑美人看著一頭霧水的我，試圖解釋但放棄了，「有機會我帶她的CD給你。」

我楞傻點頭。她輕輕一笑，可愛酒窩現形，倏忽話鋒一轉：

「你知道嗎，我們在台灣的時候被當成外人，沒想到回到韓國，還是被當成外人。」她自顧自說了起來，「剛回去的時候我韓文說得不好，唯一的安慰就是收到小渼的信，那讓我感覺自己還是有朋友的。」

我想起來好像聽說過小渼和搬回韓國的黑美人的時尚通訊。

「你們那時候爲什麼搬回韓國啊？」

「那陣子我爸每次出去和朋友喝酒，都會吵起來，那些大叔大伯說韓國人斷交沒義氣、忘恩負義，喝醉了還會罵我們是韓國狗。我爸覺得日子難過，決定帶我們回老家。」

這些事我還是第一次聽說，訝異地不自覺張開了嘴。

「不過我爸和우리（uri） 할아버지（halabeoji）、就是和我爺爺不合，講沒兩句話就大吵大鬧，後來又搬了幾次家，最後언니帶著我來找姑媽，就是那時候很多東西遺失了，和小渼斷了聯絡。」黑美人的臉上掠過一絲落寞。

「本來以爲投靠姑媽後情況會好轉，沒想到日本人那麼討厭韓國人。」她噘起嘴，表情萬分無奈，「我姑媽早就歸化、姓氏跟她旦那（danna）（丈夫），不說沒人知道，但是我和언니的名字一聽到姓就知道是韓

國人，經常被大小眼。」

我點點頭，「聽說日本人蠻排外的，不過我遇到的人都還不錯……」

「事情不是排外那麼單純，是改不了高高在上的殖民心態……」黑美人忿忿不平地說完，又迅速將情緒收斂起來，「你運氣不錯，沒碰到那種偏執的老頭。」

我的歷史不好，對上個世紀的恩怨情仇持保守態度，「年輕人應該比較好吧？我看安和其他同學都處得不錯。」

「年輕人當然……」黑美人偏頭想了想，「能不能用日語順利溝通比較重要。」

她微微蹙眉，「不過偶而報章雜誌總愛掀起新仇舊恨，對在日朝鮮人很不友善，連帶我們這些新來的韓國人也一起遭殃。」

「玩政治的人怕失去話題吧。偏偏很多人吃這套，嫌生活太平靜。」我略有領會。

「還好從小到大對這種冷眼招待也習慣了，不過……」

她望向遠方不知焦點何處，幽幽地說：「沒有比被自己人當作外人更令人難過的。」

我看著她的側臉——光滑、細緻的年輕肌膚，捲翹的睫毛開闔間隱約可見陰霾——對於己身什麼也沒做卻被迫加入幾代前的恩怨，我感覺胸口緊迫，如同身受。

突然間她轉過頭，見我一副咬到苦瓜的表情不覺愣了下，接著哈哈大笑起來。

「放心，我差不多也學會了如何製造朋友。」

「製造朋友？」

她口中冒出的詞句意味不明。

「你不覺得這句日文很傳神嗎？」她微微一笑，「友達作り(tomodachi zukuri)，朋友是花心思製造出來的。」

我偏著頭，覺得哪裡怪怪的。

「這世上沒有得來不費工夫的東西，友情也許無價，但是得付出才能換來。」黑美人侃侃而談自己的價值觀，沒有一絲心虛。

「我以爲朋友是志同道合、自然而然發生的事。」我率直表達意見。

她若有所思地看著我好一會兒，然後輕笑了聲，「對お嬢さん(ojōsan)（大小姐）來說大概就是這麼回事吧。」

我讀不懂她臉上的表情，忽然覺得頭有點痛，連忙換個話題，「對了，你在學校學什麼？」

「珠寶設計。」黑美人眼神一亮，瞬間神采奕奕，「我最喜歡那些キラキラ(kirakira)（亮晶晶）的東西了，讓人心跳加速、百看不厭……你們學校在哪？」

「渋谷。」

「哇，我們學校在原宿(Harajuku)，很近耶。下次約去表参道(Omotesando)逛街。」

好啊。我表示沒問題。

「我們總共有五個人，每種都買一些回去吧，再買一堆啤酒……」黑美人開心地屈指數著，「你們都沒開車吧？」

「佐佐木先輩（Sasaki sempai）載我們來的。」

「那他少喝點，酒退了再走。」她不以爲意地揮揮手，看來我的回答絲毫沒有影響啤酒的採購數量。

我突然注意到她的左手食指上戴了只很可愛的指環，像朵花。

「這是牡丹嗎？」

黑美人轉過頭，「你說這個嗎？」她高舉著手，嘴角都快勾到耳朵般得意，「我用石榴石（zakuroishi）和瑪瑙（menō）做的，我最愛的花。」

我誠實點頭，「眞的很漂亮。妳的手眞巧。」

「剛開始練習研磨的時候，磨得坑坑巴巴的……這個期末作業還算過得去。」

「現在的成品已經很漂亮了。」

「以後會更漂亮。」黑美人自信滿滿，「等我姊的雜貨倉庫裝潢好，也會展示我的作品（sakuhin）。」

「眞好，那算是實現夢想了吧？」

「實現夢想？」黑美人偏頭想了想，「要能賺錢養活自己才是眞的吧。」

也是。受過苦的孩子果然比較務實。

「我們快點買一買回去吧，免得我姊在背後說我壞話。」黑美人開玩笑說。

我倆手提大包小包，一路有說有笑地往公寓前去。

煙火大會從傍晚開始，從公寓樓頂望去，不遠的川邊、橋上都人群滿載。夏季日落得晚，七點過後仍一片光亮。花火陸陸續續打上天空，慢慢點燃氣氛。由於在都心施放，加上隅田川的河寬狹窄，施放的煙火大小有限，所以將重點放在花火的主題，並且利用速度調配讓視覺感受高潮起伏。屋頂平台上除了我們，還聚集了不少公寓的住戶、朋友，大家夥兒一起吃吃喝喝，隨著煙火施放驚嘆連連，歡樂加乘。

「你們知道隅田川花火大會的前身是兩國開河祭（両国川き Ryōkoku kawabiraki）嗎？」博學的佐佐木老師開始爲我們這些異國來的孩子上課，「最早是爲了追悼亡靈，後來成爲夏季開始的宣告，納涼的遊船也開始行駛。」

「先輩是土生土長的東京人嗎？」安問。

「是的，我家就在對岸、兩國再過去的深川，以前是木材聚集場，不過那是我出生前的事。江戶的下町文化正是沿著隅田川周邊展開，川端康成《東京の人》[25]故事背景就是發生在兩國花火的時代。」

「所以先輩小時候是在兩國那邊看花火嗎？」安又問。

「我沒那麼老……」佐佐木前輩一手按住心臟，表情受傷。安噘起嘴，不表示任何意見。

前輩拉拉身上的衣服，清了清喉嚨，繼續上課：「我出生那時候，花火大會已經停辦多年，因爲都市建築密集、隅田川周邊道路繁忙，最重要的還是河川污染很嚴重，家庭汙水啊、工廠廢水什麼的……就像條臭水溝，魚蝦都沒了。」

我們不約而同地吸了吸空氣，除了帶些海潮氣味，談不上清新但也還好。

「現在是整治後的成果。我出生後沒多久花火大會就重啟了，改到現在的地點。隅田川花火雖然不是最大最精采的，但是最能代表下町文化、具有傳承意義。」

我想起小時候住在K城，離家不遠的那條大河，寬幅更窄、更像是條臭水溝，不知道未來是否也能重生爲貼合居民日常的生命之河？

一串煙火打上、花形散落，衆人驚呼。

我偷偷瞧了眼手機，沒有任何訊息，看來T並不打算給個驚喜。

「怎麼了，彼氏(kareshi)（男朋友）？」黑美人眼尖，打趣地問。

我淡淡一笑，算是默認。

「你不是剛來東京沒多久，那麼快就有彼氏啦？」

「台北認識的。」暑氣正盛，就算入夜涼風徐徐，還是臉熱。

煙火施放從暮色持續到黑幕降臨，越夜越美麗。其中有一段色彩繽紛，絢爛宛如樂園的花火秀，讓人看了心醉神迷。演出接近終了，重點秀出現——數十、數百發花火一批又一批地被打到空中，以黑夜帷幕爲背景繪出令人目不暇給的百花齊放圖，每個人都停止動作、張大了嘴，被那轉瞬卽逝的絢麗攝去了魂魄，心神蕩漾。

大會結束後，從觀覽現場一路到地鐵站周邊擠滿了排隊入站的人們。啤酒杯不再大汗淋漓，零星氣泡自杯底上升，心底微弱的渴望意興闌珊。我一邊喝著常溫的瓶裝水、一邊聽安用家鄉話與黑美人姊妹閒聊，喧囂已遠，夜空無星，直到人潮漸散，佐佐木前輩也差不多酒醒，這才告別黑美人姊妹，歡喜離去。

【耳朵記憶】

7-1. 東京事變〈群青日和〉，詞：椎名林檎，曲：H 是都 M，《教育》，Virgin Music。

7-2. Charlie Parker：Charles Parker Jr. (1920–1955)，美國爵士薩克斯風手，外號「大鳥（Yardbird）」。

7-3. Cannonball Adderley：Julian Edwin "Cannonball" Adderley（1928–1975），美國爵士薩克斯風手。

7-4. Queen〈I was born to love you〉，詞曲：Freddie Mercury，《Mr. Bad Guy》，1985，Columbia Records。

7-5. Mr. Children《BOLERO》：日本樂團 Mr. Children 第 6 張專輯，1997，TOY'S FACTORY。

7-6. Stan Getz：Stanley Gayetski（1927–1991），美國爵士薩克斯風手。《Big Band Bossa Nova》，1962，Verve Records。

7-7. 王菲〈愛與痛的邊緣〉，詞：潘源良，曲：黃卓穎，《菲感情生活》，1999，新藝寶唱片。

7-8. 大塚愛〈Happy Days〉，詞曲：愛，《Happy Days》，2004，avex trax。

【眼睛回憶】

20.《プライド》（冰上悍將）：由木村拓哉、竹內結子主演，2004 冬季月九，富士電視台。

21.《Orange Day》：『オレンジデイズ』，主要演員有妻夫木聰、柴咲コウ、成宮寬貴、白石美帆、瑛太等，2004 春季日曜劇場，TBS。主題歌：Mr.Children〈Sign〉。

22.《冬季戀歌》：《겨울연가》，男女主角分別為裴勇浚（배용준）和崔志友（최지우），2002 月火劇，韓國 KBS。

23.《我的野蠻女友》：《엽기적인 그녀》，由車太鉉（차태현）和全智賢（전지현）主演的韓國愛情喜劇電影。

24. Fuji Rock：フジロックフェスティバル（FUJI ROCK FESTIVAL），日本搖滾音樂祭，舉辦地位於新潟苗場滑雪場。

25.《東京の人》：日本諾貝爾文學獎得主川端康成的作品，1954 年 5 月至 1955 年 10 月於北海道新聞連載。

8. 關於月的陰晴圓缺

Track：蔡健雅〈雙棲動物〉[8-1]／《雙棲動物》

事務所的工作不算複雜，主要將前輩們的手寫資料輸入電腦後依照案件歸檔，有時做些簡單的翻譯。工作場所氣氛和樂，學習建築相關知識也挺有趣，轉眼間新學期即將到來。我趁著暑假尾聲搬出校方安排的Share House，在距離代代木車站十分鐘路程的地方租了房，展開獨居生活。一房一廳的物件，客廳可充當趕作業時的工作空間，也方便父親來東京採買時短居，更期待我和T只有周末見面的情況能有所改善，他可以經常來，也無須趕搭深夜最後一班電車。可惜事與願違，著急於前程的他每晚都會找朋友相聚，與開學後課業繁重、早出晚歸的我依然不常相見。

天氣轉涼，白日的太陽雖然死命抓著夏天尾巴，但氣力衰弱，日落後暑氣瞬消，得添件外套才不會著涼。我和安雖然無法整天待在事務所，但仍三不五時去露個面，幫忙做些瑣碎雜事、交流感情。某天，不知是誰提到郊外山區楓葉已逐漸轉紅，前輩們你一言、我一語，決定在冬天來臨前耍一下青春，到山上露營。

「這周末我想和同學一起去甲府露營。」

「跟誰去？」T削著吹奏時要用的竹片，漫不經心地問。

「就暑假一起打工的安，還有事務所的幾個先輩。」

「那個……叫佐佐木的？」

我點頭，「先輩也會去。」

「你不覺得你們走太近了嗎？還一起去露營。」奇怪，新買的打火石棒還沒啟用呢，怎麼傳來淡淡的火花煙味？

「他只是很照顧後輩的前輩。」我趕忙滅火。

「是嗎？我看他別有居心。」

「你想太多了。要別有居心也是對安，她比我漂亮多了。」

「這樣好了，」T放下手中的Saxophone，提議說：「之前去橫浜（Yokohama）的時候，覺得那邊的港口挺有風情的，帶你去走走？」

我歪著頭，抿嘴思考了會兒，小時候看過大和和紀畫的《橫濱故事》[26]，的確很想去走走呢……「橫浜什麼時候去都可以。這周末我比較想去山上看紅葉。」

「非去不可嗎？」T皺起眉頭，「我們難得這個周末可以整天在一起。」

「那一起去？」

如預想般，他對這個提議嗤之以鼻，「我不想放假還得應酬。」

「你周末經常跟一群人到處表演，我也都跟著呀。」

「那不一樣。」T揮揮手，表情明顯不悅，「難得我這個周末沒有表演……」

「你偶而也可以平日晚上來找我啊。」

「這個時期對我很重要，要練習、還要多建立人脈。」T沒有直接拒絕，但試圖曉以大義。

「所以我才說『偶而』啊，」我的火氣也上來了，「爲什麼一定要每晚、每晚和那些人見面呢？」

「一個外國人在這裡要獲得認可有多困難你不會懂！」他提高音量，「就算我實力不輸人，獲得機會的總是別人……」

「那你把實力練到贏別人不就好了！」我不假思索地回嗆。

濃密烏雲瞬間飛上他的臉，還來不及防備便已雷聲大作，「我覺得你去打工之後就變了，變得蠻有自信的嘛，我的話都聽不進去了，連你都看不起我嗎？」

突如其來的指責如狂風灌進耳裡，「我哪有……」我下意識回嘴，但聲音微弱，雨積在眼眶。

心事複雜。我當然沒有瞧不起他的意思，雖然他陰晴不定的性子叫人畏怯，但我自認仍一如當初熱烈愛著，眞的是我變了嗎？究竟是哪裡不對了？

愛著，但同時擁有喜歡的生活、和喜歡的人相處，算自私嗎？

愛著，更希望他能多花些時間陪伴，期盼愛情能對流相饋，算任性嗎？

如果這樣算是自私和任性，那麼他對我的要求，要聽話、要乖順、要善體人意……又算是什麼呢？

我了解T的脾氣一旦上來，再辯駁恐怕換來雷聲不絕，只好安靜雙唇任憑積雨逕自滑落。

T見我掉淚，握緊雙拳按捺怒火，最後深深地嘆了口氣，「想去就去吧。」

陰霾隱身黑幕之中，冰冷的夜風竄進屋裡。

晴朗好日。我和安搭了其他同事的車前往露營地，平地的楓葉已老綠但尚未轉紅，隨著高度上升，被山風的冰涼指尖掃過之處漸層著色，眼前一片紅黃層疊，秋意盎然。我開心地打開車窗吸收芬多精，腦中喧囂汰換，感覺神清氣爽，選擇上山果然是對的。車子駛入營區，遠遠就望見佐佐木前輩正將後車箱的露營器材陸續卸下，身旁還站了位身材高挑的美女和兩個蹦蹦跳跳的小男孩。

「先輩，沒想到你小孩都兩個了，還以為你跟老婆仍是二人世界呢。」安走上前，順手接了露營燈。

「我結婚都十年囉。」佐佐木前輩朗聲大笑，「看不出來吧，我是童顏嘛。」

我和安乾笑了兩聲。前輩不以為意，繼續開朗介紹：「這是我老婆Akiko（あきこ），漢字寫做東『亞紀』行之『子』（東亜紀行の子（tōA Kikō no Ko））。」他對自己畫蛇添足的介紹詞似乎十分滿意，接著又指著一旁正在爭搶足球的兩兄弟，「Tetsuya（てつや）是不熬夜的『哲』學人是『也』、八歲，Ken（けん）是『健』康六歲。（てつやは徹夜しない（tetsuya shi nai）の哲学屋なり（Tetsugaku Ya nari）、八歳（hassai），けんは健康六歳（Kenkō rokusai）。）」

我和安面面相覷，在腦袋裡反芻前輩複雜的介紹詞時，如銀鈴般悅耳的聲音響起，「你這樣介紹人家反而被搞糊塗了，」亞紀子笑著對我們說：「叫我 Aki 就可以了。」

「Aki 是我研究生時期的大學後輩，」佐佐木前輩完全不受打擊，得意持續膨脹，「她可是菁英，在會計師事務所上班，年收比我高很多。」

佐佐木前輩不像一般的日本男人，對妻子的成就是發自內心感到驕傲。

「見到你們眞是太好了，」亞紀子盈盈笑著對我和安說，「我的曾祖父是韓裔，祖母是華裔，看到你們感覺好親切。」

我和安不約而同驚嘆了聲，原來亞紀子的家族那麼國際化。

「還不只這樣，Aki 的祖父是荷蘭人，她阿姨嫁給美國人……」佐佐木前輩對妻子國際化的家庭組織如數家珍。

我和安的嘴巴張得更大了。

「難怪先輩想做全世界的生意。」安恍然大悟說。

「對呀，完全不害怕外國人，而且還很友善。」我猛點頭，「很多日本人一聽到英文就往後退。」

「如果沒有這點胸襟，怎麼追得到我老婆。」佐佐木前輩自賣自誇。

「你們是初戀吧？」安問。

前輩愣了下，欲言又止。「他確實是我的初戀。」亞紀子大方開口，「不過那時候喜歡他的女生可多了。」

我們一臉不可思議，但基於禮貌，不再繼續追問。

「所以先輩你到底大我們幾歲？」安突然回到最初的話題。圓潤的佐佐木讓人看不出年齡。

「這是秘密。」

「肯定三十好幾了。」

「我難道不能十八歲結婚生子嗎？」

「我可不想未成年就跟你結婚生子。」在旁整理調理器具的亞紀子語氣淡定地回嘴。

全員哈哈大笑。

我們預約的是森林裡的露營地，其他前輩從管理室租了帳篷、桌椅等裝備回來，選定位置鋪上防水，開始敲釘搭帳。

「快整理吧。待會兒去附近的美術館走走，我特地帶兩個孩子來培訓美學素養。」

「什麼美術館？」之前沒聽前輩提起，我好奇地問。

「附近有剪影畫（影絵[kagee]）的美術館，藤城清治[27]這位大師聽過吧？」見我一臉茫然的表情，亞紀子在旁補充，「我們從小都是看他的畫長大的，像《生活手帖》[28]啊，還有童書《銀河鐵道之夜》[29]啊……」

「啊，宮澤賢治的。」

亞紀子點點頭，「先生今年八十歲了，還在繼續創作喔。」

我佩服地睜大眼睛，一輩子熱愛不減持續創作，那麼厲害的藝術家的作品，非得去朝聖不可。

「回來路上在森林撿些松果當燃料吧。」

「看能不能撿到栗子，秋天吃栗子飯最棒了。」

「我還向管理室訂了附近採收的野菇，無論燒烤或煮湯肯定香氣十足。」

聽著夫妻倆的對話我嚥了嚥口水，想像待會兒能吃到用當季食材烹煮的美味料理，秋天果然最適合露營了。

露營回來隔周，T興高采烈地打了電話來，「寶貝，我收到你寄的明信片了。」

「很漂亮吧。」被他的好心情感染，我也興奮起來，「我們去看剪影繪，藤城清治先生(Fujishiro Seiji sensei)真的好強大。」

「不是去露營嗎？」

「是啊，還順道去了美術館見学(kengaku)。先輩說他們小時候都是看先生的絵本(ehon)長大的。色彩超鮮艷、難以想像的繽紛好驚人，還有こびと(Kobito)（小人）也好可愛喔～」

T對這個話題似乎沒啥興趣，只敷衍地應了聲，「晚上我去找你。」

「好啊。」我開心地跳了起來。

「可能會稍微晚一點，我跟朋友小聊一下，可以嗎？」

居然會顧慮我的感受，看來低氣壓逐漸散去，我倆之間終於迎來晴朗好天。

沒問題。我歡喜回答，開始思考要買哪些零食等他過來。

氣氛和樂。夜晚氣溫低寒，兩個人緊緊窩在一起，看了NHK的深夜連續劇、喝了點紅酒，片尾甜美輕唱，是大塚愛的〈大好きだよ。〉[8-2]（好愛你。）……浪漫氛圍漂浮，愛侶分享彼此氣息甘甜如蜜，直到某人瞥見茶几上明信片的署名那一刻，戛然而止。

「那傢伙還寄明信片給你。」T拿起被隨意擱在一旁的明信片，滿臉不悅地端詳。

「因爲好玩，大家互相寄了明信片。」

「你也寄明信片給他？」

「我是寄給安。」

「怎麼那麼湊巧他就寄給了你？」

「是抽籤決定的啊。」

「抽籤這種東西要作弊還不簡單。」T的怒氣又上來了。

「他就像哥哥一樣。」我大嘆了口氣。

「你不知道那些認乾哥、乾姊的都是有企圖的嗎？就是找個理由把對方放在自己身邊。」

「我是說他對我就像哥哥對妹妹一樣。而且人家老婆不知道有多美……」我辯解。

「所以你也對他有意思囉？」T完全不理會我說了什麼，自顧自地質疑。

我翻了個白眼、不知道該如何解釋，當一個人對美麗的事物視而不見，所見盡是挑剔，費盡唇舌也是徒勞。

「你不要生氣啦……」我不再正面辯解，改採撒嬌策略。

「那你承認自己錯了。」他冷冷地說。

我抿起嘴，掙扎著是否應該順他的意，「……嗯，我錯了。」

「那去寫悔過書！」他指著桌上的紙筆，語氣依舊冰冷。我不可思議地瞪大眼睛。

「你必須證明自己眞的知道錯了。」他堅持地將筆塞進我手裡。

看來想要撫平他的怒氣只能照做了，雖然我不明白自己錯在哪裡……悔過書這種東西，有範例嗎？

接下來的日子，我們依舊時常爲些小事爭吵，他不開心、我掉眼淚，最後都是我道歉、寫悔過書，才得以換來和平。騷動平復再翻攪又平息循環上演，舔舐傷口將每一道結痂作爲愛的證明，一路拖曳到了年末。

12月29日，東京下雪了。這是今年兩個人共度的最後一夜，我們特地買了個小蛋糕提前慶祝我的生日及提前跨年。

「我第一次看到雪。」我歡躍地看著窗外。

「以後每年我們都會一起看雪。」T輕輕摟著我的肩，聲音溫柔。「二十歲，生日快樂。」雖然離情人節還有段時間，但Chet Baker低聲吟唱的〈My Funny Valentine〉[8-3]美麗迴盪在關了燈的幽暗室內。

「跨年不能去看你表演，ごめん(gomen)（對不起）。」

母親來電話，說父親最近身體不太舒服，我想趁假期回去探望。

「不能陪你一起過生日，我也ごめん。」

跨年演出是T好不容易得到的機會，派對上會有許多重量級的人物現身，他不想錯過。

「這是送你的禮物，預祝表演順利。」我拿出特別挑選用黑色皮繩串起一雙翅膀墜飾的頸鍊，

「表演時可以和十字架那條交換著戴。」

「ありがとう(arigatō)（謝謝）！」T面露驚喜，「寶貝對我最好了。」

明知道下星期又能見面，但即將身處不同土地使得離情依依，讓彼此分外珍惜此刻。難得和平的一夜，我向窗外的雪花許願，希望這樣的歲月靜好，可以持續永遠。

下午回到家時，父親和母親剛從醫院回來。幾個月不見，父親原本清瘦的身材似乎更單薄了，雖然看起來有氣無力，一見我仍露出開心的表情。

「學校一切都好嗎？」

我點了頭。看見消瘦的父親讓鼻頭酸酸的。

「黑眼圈好像重了點，經常熬夜吧。」熟悉的寵愛眼神，臉龐帶著淺淺的笑，我總是懊惱自己沒遺

傳到他嘴角的笑窩，所以不夠可愛。

「要學的東西很多，可是很有趣。」我故作輕鬆答道，努力掩飾酸楚。

「對不起啊，今年沒有幫你準備生日禮物。我和你媽都忙。」

我一聽霎時紅了眼眶，連忙別過頭去，略帶哽咽說：「那種事沒關係啦。你不是身體不舒服嗎。」

「我還好，還好……」父親安慰說，但誰都看得出來一點也不好。

「醫生怎麼說？」

「醫生開了藥，排了過完年再去進一步檢查。」母親回答，接著說：「我做了你們父女倆愛吃的高麗菜封，再炒兩個菜如何？」

我點點頭，「結果出來記得跟我說喔。」

父親體力欠佳、無法到郊外踏青，我們待在家享受天倫之樂，像往常一樣看電視、聊天，說些在學校發生的趣事，三天後，我飛回東京。

兩周後的一天，手機整日狂響，我顧著忙手裡的期末作業，不想接電話。其實這份作業沒有這麼趕，我只是害怕，總覺得那鈴聲透著危險不安、令人恐懼的氣息。

直到傍晚，我終於無可奈何地按下通話鍵，母親斥責的聲音傳來：「你怎麼都不接電話！」

我沒說話。

「你爸在家裡跌倒，送到醫院後沒多久就昏迷了。」

「檢查結果到底是什麼？」

「胰臟癌，之前就照出來了。」

「怎麼沒跟我說？」

「我也沒跟你爸說，怕他會害怕。」母親哽咽，「他連不舒服的事都不想告訴你，是我堅持要你回來一趟……」

掛上電話，我立刻衝往機場。

在飛機上，我做了個夢，夢裡回到赴東京考試時候，陪父親去馬喰町批貨。採買結束後我們到藏前的咖啡廳休息，望著行走於隅田川的遊船、波光粼粼的水面，我猶豫地說：「把你和媽丟在家裡眞的好嗎？你們需要人幫忙吧。」

「都走到這了，你怎麼反而膽怯起來。」父親慈愛地看著我，笑說。

「不是說『父母在，不遠遊』嗎？」

父親大笑了起來。「我雖然從小就不要求你讀書，可是也不能只讀一半啊。」

「還記得下一句嗎？」他問。

我想了想。

「父母在，不遠遊，」父親頓了頓，「遊必有方。」

我醒來，淚流不止。

小而簡單的喪禮，南部的親戚、街坊鄰居和生意往來的夥伴都來上香致意，W也來了。

我原本是無淚的，一見到他卻「哇」的一聲哭了出來。他帶我到外頭稍作休息。

「我沒有爸爸了……」我說，眼淚撲簌。他輕拍我的背。

「唱歌給我聽。」心情稍微平復，我要求說。

「不適合吧。」關於禮俗W比我懂得多。

「我爸喜歡聽歌啊。我的腦袋裡一直在播陳珊妮的〈來不及〉[8-4]……」我望著遠處，哀怨輕唱。

完了，又淚如湧泉了。

W沉默了好一會兒。「點你爸喜歡聽的吧，〈甜蜜蜜〉[8-5]？」

我轉頭看了他一眼，眉頭微蹙，「不適合吧。」

他聳個肩，「不是有首用蘇東坡的《水調歌頭》[8-6]譜曲？」

我偏著頭，思考遲鈍了會兒才接上線，「人有悲歡離合，月有陰晴圓缺，此事古難全……」

W握住我放在膝上的手，一起望向遠方。

失去從小到大疼我、愛我，被我視為知己的父親，心情空盪盪地回到東京，迎面而來是另一個空蕩蕩。我和T似乎分手了，我不太確定。最後見面那天，只能用直覺腦生存的我，心不在焉吃著面前的食物，沉默不語，T看來也滿臉倦容，不知為何起爭執的我倆都覺得累了。

「我們分開一陣子吧，」T說，「我想好好地完成學業、衝事業……」

「這和我們在一起有衝突嗎？」

「有你在我會一直分心，」T皺眉，表情有些不耐煩，「常會想著要陪你然後搞得成天心神不寧，想做的事也做不了……」

「你就去做啊，我接下來也會很忙。」

「你不懂。」T搖搖頭，忽然轉成溫柔版的語氣：「你就讓我專心的去衝，好嗎？」

我點了頭，表示應允，但話裡的真意沒聽明白，只知道接下來的日子他失去了訊息。

整個春假我都在事務所和藏前之間來回奔波，確保設計和工程團隊溝通無誤、並按圖面施作；若現場遇到問題也要即時和前輩反應，討論能否修改。收尾的那天，佐佐木前輩到工地驗收，金氏姊妹也來了，大夥兒決定去居酒屋慶功。連日的緊繃好不容易鬆緩下來，我心情大好，忍不住撥了電話給失聯好一段時間的T，接通時還開朗地打了聲招呼。

「怎麼是你……」T原本爽朗的招呼聲瞬間陰沉，「有什麼事嗎？」

明顯感受他的冰冷和不悅，我隨便找了個理由，囁嚅地說：「我還有些東西在你那……」

「東西我會寄回去給你。」

冰做的利刃劃破胸口，好痛！

「……我們分手了嗎？」我深吸口氣壓下痛楚，鼓起勇氣問。

「我們不是談好了嗎。」T不帶一絲情感，態度和過去判若兩人。

一道閃電落下。

「……你是不是有別人了？」我脫口而出。世界靜默。

「我去找你好嗎？」我小心翼翼央求。

T持續沉默了好一會兒，然後深吸了一口氣，像終於下定決心，「你不要再打電話來了。我有喜歡的人了。」

腦袋裡「轟」的一聲，忽然有種世界崩塌的感覺。

「你說要我放手讓你去做你想做的事，就是這樣的事嗎？」我歇斯底里大喊。

「我本來也對她沒那個意思的，」T辯解，「她感動了我。」

「感動？你還真感性啊！」我諷刺說。

T似乎想回些什麼，但最後還是放棄了，低聲地說：「算了，反正事情就是這樣。」

他掛了電話，我嚎啕大哭起來。

原本在一旁和大家說笑的黑美人立刻察覺我的狀況，她一個箭步衝上前，雙手緊緊擁抱著我，在耳邊喃喃說著：「不要哭，不要哭……」

不知過了多久，等回過神，我們一群人已經身處六本木的一間 Lounge Bar。

「今天的 DJ 很有名。」兪和笑著對我說，試圖用和煦溫暖我失溫的雙眸。

我低下頭看著自己的手，十指冰冷但一切無恙，我還在呼吸，我活得好好的，但爲什麼心那麼痛，痛到好像失去了知覺卻仍知道很痛。我無意識地喝著他們遞給我的調酒，橘黃漸層，眞美。

「我第一次失戀也是二十歲。」兪和淺笑道，「那時候我好氣，追我的人那麼多，怎麼就選了一個見異思遷的傢伙。」

原來那麼美的兪和也曾經被愛情傷過。

「我和我男友也是吵吵鬧鬧、分分合合，搞得我後來都不想和別人哭訴分手什麼的，超丟臉……」

「其實，很少人是一次戀愛談到底的。」佐佐木前輩混在一群女孩中，淡淡說出。從不談論自己感情生活的安難得透露了些。

「你和 Aki 不是初戀？」安問。

「我的確是她的初戀，但是那時候我有女朋友，後來她也交了男朋友……」前輩解釋，「我們也是繞了好大一圈才確定彼此。」

「要怎麼樣才能確定彼此呢？」俞和向人生的前輩請教。

「我是覺得，兩個人在一起能加分比較重要……」前輩看了我一眼，語重心長地說：「如果只是不斷地彼此消耗，或許早點放手比較好。」

也許這句話太過實際，大家都不發一語。

「我是經常失戀啦，」黑美人打破沉默，吐舌頭說，「甩人和被甩都有，總是大哭大笑的，很習慣了。」

「妳以爲每個人都像你一樣活得驚心動魄啊。」俞和調侃妹妹。

我嘴角抽動了下，試圖微笑，但沒有成功。我知道大家嘗試著安慰我，然而感受這種東西畢竟沒個標準，每人所能承受的痛感也有差別，只能說，有這份心意就夠了，要跨越還是得靠個人。

酒過幾巡，一個熟悉的身影出現，我揉揉自己的眼睛，懷疑自己看錯了，站在 DJ 台旁聊天的是廣瀨？

我走上前，確定是他，內心十分訝異，「Hiro，你怎麼會在這兒？」身爲爵士 Saxophone 手的廣瀨居然出現在 House music 的場子。

「我朋友今天在這裡表演。」

看來他是個海納百川、交遊廣闊的音樂人，和我熟識的另一人不同。

「Hiro，我們分手了。」寒暄幾句，我決定誠實以告。

「有聽說。」

哼，看來早在今天以前，T就已經對身邊的朋友大肆宣揚我倆分手的消息。

「跨年那天，你朋友有來。就是之前和你一起、有漂亮的藍眼睛那位。」

我驚訝地看著廣瀨，腦中蛛網循跡，和Elara很久沒聯絡了，沒想到她會跑去看T的表演？

「不就是個跨年嗎？」我不敢置信，一場跨年帶來這樣的改變。

「其實她還蠻常來捧場的……」廣瀨語帶保留，緊接話鋒一轉，自嘲笑道：「我前女友就是一個跨年跟別人跑了。」

我看著眼神閃爍的廣瀨，知道有些話不能說不想說也沒必要說，至少不該是從他口裡吐出。算了，就算找到了線索又有什麼用呢，孰是孰非都無法改變我和T感情破裂的事實，我放棄追究。

「……我真的很愛他。」我的聲音聽起來細細的，很卑微、很哀怨，話一說出口，眼眶又紅了。

「我知道你很愛他，看你的樣子就知道了。」廣瀨同情地點頭，「你們都還年輕，還有機會，有沒有心就看你們自己了。」

輕快跳躍的電子鼓在空間迴旋穿梭，慵懶虛幻的龐大音牆像層薄紗覆蓋意識迷濛，耳邊卻有清晰歌聲傳來，蔡健雅的〈雙棲動物〉加入混音，我的視線也一片模糊……

【耳朵記憶】

8-1. 蔡健雅〈雙棲動物〉，詞：小寒、曲：黃韻仁，《雙棲動物》，2005，華納音樂。

8-2. 大塚愛〈大好きだよ。〉（好愛你。），詞曲：愛，《大好きだよ。》，2004，avex trax。

8-3. Chet Baker〈My Funny Valentine〉，詞：Lorenz Hart、曲：Richard Rodgers，《Chet Baker Sings》，1954，Blue Note Records。此首爲翻唱。

8-4. 陳珊妮〈來不及〉，詞曲：陳珊妮，《我從來不是幽默的女生》，1999，友善的狗。

8-5. 鄧麗君〈甜蜜蜜〉，詞：莊奴、曲：印尼民謠，《甜蜜蜜》，1979，歌林唱片、香港寶麗金。

8-6. 鄧麗君〈但願人長久〉，詞：蘇軾、曲：梁弘志，《淡淡幽情》，1983，歌林唱片、香港寶麗金。

【眼睛回憶】

26.《橫濱故事》：『ヨコハマ物語』，日本漫畫家大和和紀的作品，1981 年開始連載至 1983 年。

27. 藤城清治：日本國寶級影繪作家，1924 年生，百歲仍創作不輟。こびと爲其作品中經常出現的角色。

28.《生活手帖》：『暮しの手帖』，日本生活雜誌，1948 年創刊。

29.《銀河鐵道之夜》：『銀河鉄道の夜』，日本作家宮沢賢治（1896—1933）的童話作品。歿後由遺留草稿編輯修潤而成。

9. 每個人都是天使……嗎？

Track：中島美嘉〈火の鳥〉[9-1]、《Music》

忽然收到W的訊息。

我在東京。

我嚇了一跳，趕忙回覆，哪裡？

日本橋附近。

退伍後，電機科畢業的W進入夢寐以求的日商汽車用品公司當業務，至今工作已經滿兩年了。之前曾聽他說過也許有機會到總公司培訓，回台灣後就能成爲管理幹部，看來他表現得不錯，有好好發揮那傻憨得人疼的天賦。

我們約在銀座的居酒屋。

「你居然知道這種店！」我笑著坐下，拿起濕毛巾擦手，臉上無法掩飾久別重逢的喜悅，音量也不覺提高。

近新橋車站、位於橋下的居酒屋，聚集不少結束一天工作、回家前想先喘口氣的上班族。由於在電車站旁，就算喝遲了也不怕趕不上終電。

「我來一星期了，每天忙著認識人，都快變成這條街的常客了。」W的臉上也止不住笑意。

「看來你得好好練練酒量了，日本上班族的喝酒文化很可怕的。」我恐懼地搖搖頭，「我常看到有人醉倒在路上，真是……」

「這星期我大概沒清醒回宿舍過。」W親身經驗，只能苦笑。

我們注視著彼此，微笑不語。

「沒想到你真的來了，」我促狹說：「看來日本人也吃你憨憨傻笑那一套。」

「欸！」W作勢想揮我的頭，「那你怎麼不去先生面前笑一笑，說不定就PASS了。」

「我長得沒你善良。」我無賴地吐了個舌頭。

「拜託，我也是很拚好嗎……」W誇張地嘆了口氣，「你不知道我把市面上所有汽車的使用說明、還有我們店裡全部商品的型錄都背起來了。」

喔？雖然無法想像規模，但似乎是件很了不起的事。我睜大雙眼，頻頻點頭。

「不過也是恰巧日本的取締（torishimari）（董事）來巡視的時候，我被派去當司機陪了整整十天，他才發現我原來那～麼能幹。」W邊說邊搖頭，露出討人厭的得意表情，「他說我跟他年輕時候一樣努力，現在很少有年輕人這麼拚了。」

「所以你的傻笑沒派上用場嗎？」心裡雖然佩服，嘴上還是損他一下。

W悶哼了聲，不甘願地點個頭，「……也算有吧。取締很信任我。」

我哈哈大笑。

「你呢？有什麼我錯過的嗎？」這小子很機靈地轉換話題。

我歪頭想了想。

「我失戀了。」

W的臉色波瀾不驚，點個頭平靜地說：「我想我也快了。」

「你有女朋友？」我倒是立刻波濤洶湧，大吃一驚，腦中回想起那些鎩羽而歸的女孩們，沒想到世上居然有人能收服這傢伙的心！

「公司的前輩。」W聳了肩，表情清淡，「朝夕相處自然而然就在一起了，接下來應該也會分隔兩地自然而然分手吧。」

「她不打算等你這個前途有望的青年？」

「她想結婚了。」

喔……我點點頭，表示理解。

「不過我還以爲你會守著初戀直到結婚耶。」

W努力睜大他的小眼睛，「這年頭沒有人一次戀愛談到底的啦。」

「有啊，我堂哥就是。」我不服氣，「他對我堂嫂，就是他的初戀，超級死心塌地！」

「他不算我們這個世代的。」W否決。

「你就是爲自己的變心找藉口吧……」我取笑說。

「我跟我的初戀連戀愛都沒談，說我變心也太嚴苛了吧。」

我偏頭想了想，說得也是，W從來沒有和自己的初戀談戀愛的跡象，就連初戀的存在也只是個都市傳說。

有什麼新鮮事嗎？他問。

「……我發現大家都在看《One Piece》[30]！」

「《海賊王》啊，在台灣也很紅，好像改名字叫《航海王》了。我回學校社團發現學弟們在看，眞的不錯。」

「我不行，它實在不符合我的審美……」我撇了撇嘴角，不敢苟同。

「看魯夫在追尋夢想的路上遇到各式各樣的人，挺有意思而且蠻有共鳴的……」

「那是因爲你也在追尋夢想的路上吧……我這個沒有夢想的人只對喬巴有共鳴，哈。」

「你只對寵物有共鳴，譬如被NANA豢養的ハチ、《ハチクロ》(hachikuro)[31]（蜂蜜幸運草）的花本はぐみ(Hanamoto Hagumi)（花本育）……」

「等一下！說はぐ是寵物太失禮了吧，她是天才藝術家耶！」

はい、はい，W舉雙手投降。

「不過，就算是喬巴也有自己的夢想啊。」

「所以我連寵物也不如？」我兩手一攤，撒潑耍賴。

他雙手抱胸，鼓著臉頰，無可奈何地盯著我看。

我扮了個鬼臉，然後才正經地說：「我和你不一樣，我覺得每天過得安穩就好了……」

「你不覺得有點大材小用嗎？」W又說了和當年一樣的話，而這次我動搖了。確實，學校的課業充實有趣，事務所的打工也有意思，還有接手父親的採買任務、追逐流行趨勢頗具挑戰……也許自己眞的能再多做什麼，只是那個「什麼」目前還很模糊。

W盯著我好一會兒，不知爲何笑了，「也是，你還要快兩年才畢業，慢慢想也行。」

我一愣，然後也跟著笑了，看來方才我們各自上演著內心小劇場，劇情就自個兒腦補。

「對了，SPITZ的〈ハチミツ〉（hachimitsu）[9-2]（蜂蜜）……」我的思緒突然跳回花本育。

「那不是我們小時候發行的歌嗎？」

我詫異地看著他，有點佩服。「你居然知道？我最近才在《ハチクロ》動畫上聽到。」

「我是在表哥那邊聽到的。他那時候很迷樂團。」

「小時候應該聽不懂，現在聽到覺得挺青春的。」我哼起輕快甜蜜的旋律一邊搖頭晃腦。

「對呀，當時才十歲的我們不是受衆，但是等我們來到對的年齡，聽這些歌依然感覺青春、不會過時，這點很不簡單。」W欽佩地說，「我記得那時候也常聽 Radiohead 的《The Bends》[9-3]。」

那是什麼？我眨眨眼，表示沒聽過。

「那是英倫搖滾，你應該很不熟。」W笑了，「還不錯，有機會可以聽聽看。」

「對了，你記得黑美人嗎？」我忽然想起。

W皺起眉，瞇眼思考著，然後緩慢不確定地說：「那個搶你彼氏的？」

我翻了個白眼。「拜託，船長不是我的男朋友好嗎。」

他露出招牌的憨傻笑容裝無辜。

「她和她姊是我打工的事務所的客戶。」

「那麼巧？」

「對呀，我壓根忘記有這麼一個人，沒想到被認出來了。」

「那怎麼辦？」

「就裝熟啊。」我哈哈笑了兩聲，「不過她們兩姊妹都蠻好相處的，對我很好。」

W挑眉。「你相信曾經背後捅你一刀的人？」

「你想太多了，都小時候的事情了。而且當時只是聽說，究竟發生什麼事也沒人說得清楚……」我輕鬆地揮了揮手，「現在大家都長大了。」

「長大了才可怕吧，可以使的心眼更多。」

W難得露出不以爲然的嚴肅表情，防備的言論讓我有些錯愕。

「你什麼時候變成一個疑心鬼？」

「我只是想提醒你，小心一點，不要成天傻頭傻腦……」他正色直言：「你家開相館，賣的是色彩絢麗的夢想，你在那個家長大，自然也天眞爛漫、不知人間險惡。我家是賣五穀雜糧的，和你不一樣，我看過各式各樣的臉孔討價還價佔便宜，那種爲了不到半兩少得可憐的米故意扶一下秤的人還眞有。說生存也許太沉重了，但有些人爲了得到自己想要的，什麼事情都做得出來。」

我眉頭微皺，疑惑地看著W，覺得眼前的他和過去自己熟悉的、總是憨憨笑著的男孩有很大差距。

「你怎麼說的好像曾經遭遇天大的背叛一樣？」我故作輕鬆地笑了，想打破這股嚴肅。

他不買單，且越說越激動：「在公司，有人會因爲考績時間近了，故意把上司交代的文件不拿給當事人，謊稱忘了；發包給廠商，也有人因爲無法趕上交期而反過來哭訴自己的老婆病了、在動手術所以來不及……」

說不定是眞的啊……看他一臉正經，我決定縫起嘴巴。

可惜表情藏不住心事，W盯著我好一會兒，臉部肌肉漸漸放鬆、態度收斂，最後淡淡補了句，「你該不會以爲這些是電視劇裡的劇情吧？」

他的話讓我不是很舒服，彷彿自己是個不經世事的大小姐，而外表熟悉的他內裡卻像換了個靈魂

——成熟、世故，不再是過去純然無垢的男孩。又或者，他只是把話一直藏在心裡，用憨直的笑容走騙天下，是我從未真正了解過他。

察覺我的不自在，W立刻使出招牌笑容置換空氣，倏忽變更話題：「我來之前跟女朋友去看了《現在、很想見你》[32]。」

這招挺有效的，我的眼底立刻出現紅色愛心。

「《いま(ima)、会いにゆきます(ainiyukimasu)》，竹內結子好可愛對吧。從《プライド(puraido)》的時候我就好喜歡她。」

「《冰上悍將》我也挺喜歡的，不過《いまあい》的氛圍更好。聽說那部片是在長野(Nagano)拍的。你去過嗎？」

我搖搖頭，說起來自己未曾離開首都圈，最遠只到兩個小時車程的甲府。

「等過陣子、看什麼時候比較不忙，一起去走走？」

「那部電影不是雨季嗎？剛好梅雨季快到了。」

「下雨天溼答答的，不太好。」在多雨城市長大的W不愛雨日出遊。

「會有很多豔麗又大朵的あじさい(ajisai)喔，比你的頭還大……」我引誘地說，「你知道我爸在陽台種的繡球花吧，就是那個。」

他聳個肩，「我才剛來，沒休假。」這點倒是實際，W接下來好一陣子的周末行程肯定滿檔。

啊！我忽然抱著腦袋，開始哀號。W滿臉疑問。

「暑假前，我有個很難的報告要交，現在還在頭大呢……」

他嘴角上揚的程度有些誇張，「果然是学生（gakusei）耶。」

「羨慕嗎？」我抬起下巴，不知在驕傲什麼。

「不，我覺得可以賺錢挺好。」他頓了下，收起燦爛笑容，話帶猶豫：「你們家大丈夫（daijōbu）？」

「目前還好，」我知道他想問的——關於父親離開之後。「委託行阿姨的女兒剛好學校畢業了，我們會一起接手批貨這塊，阿姨讓我抽成、補貼些生活費。」

W露出「那就好」的安心表情。「那你呢？」他又拋出個疑問。

我眨了眨眼，不確定地看著他。「我打工的錢還夠生活。」

W緩慢點了點頭，欲言又止。我裝作沒看到，繼續自顧自地說：「不過自己租間房有點吃力，會搬去Share House和同學一起住。」

「嗯，身邊有人互相照應還是比較好。」他沒再多說什麼，眼底的關切卻已不言而喻。

就這樣聊著彼此的近況、身邊發生的趣事……臨別時我們沒有互道再見，只是揮揮手、各自走向不同方向的月台。對於很快就會見面的想法，彼此心照不宣。

雨季甫過，迫不及待的太陽已然張牙舞爪撲上身來，我和安雖然逃脫戶外的熱氣騰騰，卻抵擋不了室內的焦頭爛額——此刻，我們正在Share House的客廳裡忙著學期末的空間設計作業。

她的立體感比我好，負責作品的主體造型，而我則構思空間中的陳設和視覺呈現，兩人分工合作，互相提出點子。

之前請佐佐木前輩看過設計草圖，一間森林裡的黃色小屋，主題是改善銀髮族獨居生活的 Share House。他邊看邊點頭，「想法不錯。我喜歡入口挑高的玻璃窗，讓空間更有開放感，住的人心情也會開闊；還有黑色管線表露於外的現代感、直接通往廚房的無障礙坡道……屋外讓住民齊聚的篝火台造型也很可愛。戶外的英式庭園很不錯，園藝具有療癒效果，可以維持身心健康。」

他繼續翻看後頁的環境設計和室內規劃。

「Sio，你的色感很不錯。」前輩微笑稱讚，「鼠尾草綠的內牆和蜜桃粉家具搭配，降低明度讓空間看起來沉靜又甜美。如果彩度差一點沒調整好，就會變成美國南方鄉村風格了。」

我和安開心地互相點了個頭。

「不過，你會想在這樣的房間做什麼呢？」他銳利的目光掃向我。

我一愣，歪頭思考，「讀書？」

「能夠讀很久嗎？」

「我不確定……」

「你有沒有發現日本的顏色很淡。天空、山影、花草樹木等等。」

我在腦中快速翻閱對這塊土地的視覺印象，「的確比較偏水彩的感覺。」

「其實人多日本室內設計使用原木色和柔和色系的搭配，就是因爲這樣的空間給人的壓力不會太重。」

「我的色彩用太滿了是嗎？」我思考著。

「這是個耐人尋味的課題。老實說我也不知道這樣的色彩表現是否會產生壓力，尤其對於年長的老人……」前輩建議，「也許可以再進一步思考，關於色彩與空間以及人的心理。」

定稿是一回事，實際做出模型眞的很費工夫，每個細節的量測切割都要十分精準，之後還有組裝不完的部件。好不容易完成了大概，安出門補給咖啡豆，我在沙發上盯著作品左看右瞧，思考哪裡需要補強。

叮咚——

門鈴忽然響了。開門一看，是安熟識的同科學妹，和我們一起修習 Social Design 這門課的小伊。

「安去買咖啡豆了。」

她點點頭，一副知情模樣。她走進玄關，往裡頭一探，「你們作業完成了？」

「完成了大概，還要細修。」

之前她經常到 Share House 找安聊天，對這兒很熟，脫了鞋就自顧自地走進客廳，「哇，感覺眞的很不錯耶。」她脫口稱讚我們的作品。

她靠近模型、四處端詳，「草圖借我看看。」我遞給她桌上放著的設計稿，「有些部分不太一樣，我們邊做邊修。」

「下星期就要交作業了，眞緊張。」她嘴裡嚷著，目光停留在設計圖。

「你們組應該也快完工了吧？」我問。

小伊沒有正面回答，只是點個頭、可愛地說：「我先回去ne（ね）。」

「妳不等安嗎？她應該快回來了。」

「沒關係，我看你們都快完成了，好緊張哦，我得回去趕工。」

小伊前腳剛走，安就提著大包小包回來了。

「啊~買東西果然很療癒。」安看起來神采奕奕，完全不像熬了整夜。

「剛剛小伊來找妳。」我一邊把購物袋裡的東西拿出來，一邊說著。

「她來幹嘛？」安突然瞪大了眼，像隻提耳警惕的杜賓犬。

「她沒說，」我將新買的咖啡豆倒進研磨器裡。「看了草圖之後就走了，說要回去趕工。」

「你給她看了？」安緊繃著臉。

「也不是什麼秘密……」我有些忐忑，不確定自己做錯了什麼。

「太可疑了！」安氣得跳腳，「她肯定是來偷東西！」

偷東西？我不明所以眨了眨眼，設計稿和模型都在，她沒偷什麼啊。

「偷點子啊，你也太沒戒心了。」

「會嗎？只是間小屋而已，有什麼好偷的？」並不是說我們的設計平凡無奇，而是覺得這樣的東西對其他人來說應該游刃有餘。

我們沒時間多想，休息片刻、補充咖啡因後又繼續趕工。

事實證明，安的懷疑沒錯。隔周的作品發表，出現了和我們設計極爲雷同的作品——有著綠色內裝、粉紅色地毯的度假別墅。

「連顏色都抄，這太過分了吧。」

發表會後，我們來到事務所，安對佐佐木前輩抱怨這次的抄襲事件。

前輩淡淡一笑，「這次你們也學到教訓了。還好發生得早。」

「先輩也被抄襲過嗎？」

「這種事在業界很常見啊，我們都稱爲『參考』。」

「參考個鬼。」安怒氣難消，她看了我一眼，又氣又無奈地說：「Sio眞是我見過最沒心機的人……」

「妳其實想說我笨，對吧？」我感到抱歉又丟臉，耳朵熱熱的，「我只是想大家都那麼熟……」

「這個圈子有才華的人很多，常常聽說某人的作品被自己先輩『取走』。」前輩推了下鼻樑上的眼鏡，「不只無可奈何，也讓人覺得可憐。」

「相信自己不好嗎？」我不明白，「爲什麼會覺得別人的作品比較好、甚至奪走呢？」

「才華這種東西很現實，有可能中途就江郎才盡了，或者成名之後爲了保住自己的地位……」前輩盯著我說：「我自己也沒把握、也許某一天會昧著良心把你們的作品當成自己的發表出去。」

怎麼可能！我和安互看一眼，難以置信地望著前輩。

「總之，」佐佐木前輩清了清嗓子，「防人之心不可無，這次就當作經驗吧。」

我們沒精打采地點了頭，算是學到一次教訓，關於活在這個世界不可不知的小常識。

當離鄉的人紛紛回流原鄉祭祖的盂蘭盆時節，委託行的小恬初次造訪東京。我帶著她先去批發商品的問屋逛了一圈，然後到原宿探查年輕人喜愛的流行服裝。金氏姊妹也一齊來了，我介紹她們互相認識。

「哇，你們姊妹的名字合起來就是風和日麗耶。」小恬爲自己的發現驚呼一聲。

「對呀，我可是有名的自帶晴天喔。」黑美人得意洋洋。

「你上次去沖繩（Okinawa）的時候明明就下雨了。」俞和揶揄妹妹。

「誰叫妳吃壞肚子、臨時沒辦法去。」黑美人抱怨。

「少了我妳還好意思說自帶晴天啊。」姊姊取笑說。

黑美人嗔哼了聲，撒嬌著嘟起嘴巴。

「說起來，你們一個是しお（shio），一個叫小恬，是韓國人最愛的甜鹹甜鹹呢。」俞和也發現我們這對組合的諧音。

「所以我們肯定會是好搭檔的，對吧。」小恬眼睛一亮，似乎對未來更有信心了。

「對了，阿姨好嗎？」我問候小恬的母親。

「還不錯，只是店裡的生意慘澹，比你們離開的時候更差了。」小恬皺起眉頭，面露憂慮，「希望之後郵輪可以多帶點觀光客進來。」

「我們批的貨，主要是進到五分埔許阿姨那兒，那邊成衣雜貨的流量大，我家也會拿一部分；少量的設計款，通常是分配在委託行和我家。」

小恬點頭，這些之前母親都有交代過。

「原宿這一帶，大多是年輕人喜歡的流行服飾，設計比較新潮怪異，你看看有沒有喜歡的風格。」

竹下通來往的多是二十歲上下的年輕人，我們擠在人群中邊走邊逛，還買了看起來很厲害的可麗餅。

「其實，我會去東大門拿一些韓國設計製造的服裝和飾品，再車上自己的標牌。」俞和說，「我們祖父是做成衣貿易的，在東大門有許多熟識的店家。」

「難怪你們不是服裝、就是珠寶設計的，原來是家族事業。」我恍然大悟。

黑美人用力點頭，「我姑媽就是服裝設計的老師，我姊是傳承她的衣缽。」

她在原地轉了一圈，「我身上的褶裙洋裝就是在東大門拿的，成熟又甜美，對吧。」

「我們可以多賣些韓貨，」小恬建議，「最近我身邊的朋友都在看韓劇，感覺會火。」

好像挺不錯的。我看著黑美人身上的洋裝，有些心動。藏前店裡陳列的服裝我看過，乍看只是件普通的棉T，卻在邊角有些特別的巧思，也許是不對稱、也許縫個皺褶或加個小口袋，讓一件平凡的衣服變得別緻可愛。

「Sio，你看上的衣服顏色都很特別，下次要不要和我跑一趟韓國？」俞和忽然這麼問。

我眨了眨眼，心跳加速，「可是平常要上課。」

「那就暑假結束前先去一趟吧，我帶你到東大門和南大門逛逛。」

八月的最後一個星期，天氣穩定，很幸運沒碰上調皮搗蛋的颱風。我們順利抵達金浦機場，搭乘地鐵五號線在乙支路四街下了車，沿著道路旁的商家瀏覽逛著。

「這裡大部分是零售商，數量不多可以從這兒買。」俞和指向遙遠的他方，「那一頭才是眞正的批發區，不過晚上才開門。那裡是深夜的戰場。」

初來乍到的我看到這樣驚人的規模，幾乎是目瞪口呆，要從這衣山衣海中挑出自己中意的商品還眞不容易。

「北區這一塊有很多布料和配件，可以請店家客製。我都是拿著設計圖請他們幫忙做好樣本，再送到成衣工廠。」

「還有成衣工廠？」我驚訝地問，一邊東張西望，難不成商場裡頭還藏有廠家？

俞和神祕地笑說：「不在這裡，在後頭山坡上、躲起來的地方。」

「我記得學校專攻服裝設計的先輩都是到日暮里（Nippori）找材料……」

「日本設計的衣服大都外包生產了，到日暮里最多只是挑選布料什麼的，做件樣品、看看效果。」

「可是目前店裡不都是小量採購嗎？」

俞和點頭，「大部分服飾我會到設計廣場附近的百貨挑選，設計師的作品用料好、成品精緻，少量也能購買。」

「那自己設計的呢？」

「兩、三款自己設計的作品，量多，車自己的布標，除了店面，也透過網路線上販售。」

「俞麗說她設計的珠寶飾品也放在網路上賣。」

「是啊，她就愛那些閃閃發亮的東西。每次回漢城，她幾乎都住在配件區了。」

「不過少量也可以請成衣工廠做嗎？」

「當然要有一定的數量。不過那是我們家族配合很久的成衣廠，跟負責的아주머니（ajumeoni）（大嬸）撒個嬌……you know。」俞和聳個肩，調皮一笑。

望不見盡頭的商店街陳列著各式各樣的貨品，看得我脖酸眼花，採買確實是件耗費心智的差事。就這麼走著逛著，忽然被圍籬擋住了通往對面的路。

「被圈圍起來的區域是尚未整治完工的清溪川。」俞和解釋，「這裡原本是高架道路，不過聽說很久以前是條河，可惜被都市廢水汙染了。」

「和隅田川一樣！」我想起佐佐木前輩說過的話。

俞和點頭，「可能是河川規模不同，當時韓國政府的選擇是把河封起來、蓋條高架道路。現在決定把高架拆除，修復河川，建立一座親水公園。」

「市區夏天有座小溪，應該會很清涼。」

「再過一、兩個月就會啟用了，感覺肯定很不一樣。」俞和期待地說。

我環顧四周，這才發現施工地點兩旁的大樓都是商場，看來綿延不絕。我嘆了口氣。

「怎麼，累了嗎？」俞和倒是應付裕如，臉上笑盈盈的。

「這完全不是三天兩夜可以解決的事啊……」

我只計畫在漢城待三天，挑完覺得適合委託行和家裡店內的服飾就先回東京。

「你想找哪一類的衣服，我可以一起留意。」

「像《浪漫滿屋》[33]裡宋慧喬的可愛穿搭，適合小恬這個年紀的女孩子穿的衣服；另外還有像紫雨林（Jaurim）的女主唱那樣甜美帶點小性感的，適合上班族女性族群。冬天快到了，看看有沒有類似《對不起，我愛你》女主角身上那件彩色的針織毛衣裙，啊，對了，還有像Rain穿的花樣特別的襯衫，但是不要太花俏……」我一連串地吐出腦中的計畫。

「哇，沒想到你對韓國潮流也挺熟的嘛。」俞和嘖嘖稱奇。

「沒辦法，誰叫我有個朋友叫金俞麗。」

我吐了個舌頭，兩人相視一笑。

「如果來不及，我也會帶一些回去，你再看看有沒有喜歡的。」

我們如好姊妹般手挽著手繞著東大門周邊不舍晝夜地逛著，餓了就到廣藏市場吃吃喝喝，紫菜飯捲、綠豆煎餅、刀削麵餃子湯……兩天後，我獨自帶著滿足的行囊和依然飢渴的欲望回到東京。

【耳朵記憶】

9-1. 中島美嘉〈火の鳥〉，詞：湯川れい子，曲：內池秀和，《火の鳥》，2004，Sony Music Associated Records。

9-2. SPITZ（スピッツ）〈ハチミツ〉，詞曲：草野正宗，《ハチミツ》，1995，Polydor Records。

9-3. Radiohead《The Bends》，1995，Parlophone Records。

【眼睛回憶】

30.《One Piece》：海賊王、航海王。日本漫畫家尾田栄一郎的作品，於1997年開始連載。

31.《ハチクロ》（蜂蜜幸運草）：『ハチミツとクローバー』，日本漫畫家羽海野チカ的作品，於2000年至2006年連載，電視動畫分爲兩季分別於2005年及2006年播出。電影版於2006年中上映，由櫻井翔（嵐）與蒼井優主演。又，電視版主演爲成海璃子與生田斗真，2008年冬季火九，富士電視台。

32.《現在，很想見你》：『いま、会いにゆきます』，日本作家市川拓司於2003年出版的小說作品。2004年電影版上映，由竹內結子和中村獅童主演。

33.《浪漫滿屋》：《풀하우스》，由宋慧喬（송혜교）與Rain（정지훈／鄭智薰）主演的經典韓劇，2004年水木劇，KBS 2TV。

10. 我們的一天又一天

Track：Lene Marlin〈Another Day〉[10-1]／《Another Day》

搬進Share House已經兩周了。開放式廚房連接共用客廳，三個房間，除了我和安，另一位語言學校的學生上周已經結業回國，新房客聽說這兩天會搬進來。

「我要去看《NANA》，要不要一起去？」

周末，我撥了通電話給W。他也很喜歡《NANA》這部漫畫，改編成電影自然該去朝聖。

「我在埼玉(Saitama)出差。明天吧。」

我們約了隔天碰頭。

預定行程空了下來，正當我無聊地在客廳踱來踱去，思考要做什麼時候，門鈴響了。

「我帶新房客來了。」仲介大叔笑咪咪地介紹我們互相認識。

「他是從加拿大來的，接下來一個月在附近的語言學校讀書。」

我打量著眼前貌不驚人的年輕男孩，身材瘦高，T恤加牛仔褲，用髮膠抓過的頭髮顯示這人應該挺注意外貌，表情酷酷的，不知是否好相處，年紀嘛……感覺是剛突破青春期沒多久的毛頭小子，肯定「年下」。

仲介大叔帶他到房間放下行李後就離開了，留下我和這位新住民大眼瞪小眼。

「你要先整理行李嗎？」我試圖展露友善，微笑著用英文問候。

「我的行李很簡單。」S開口，居然是華語，而且完全沒有外國口音。

見我一臉訝異，他笑笑說：「我是小學才搬到加拿大的。」

什麼嘛，性格還挺平易近人的啊，而且還使用相同母語。我瞬時卸下心防，邀他在沙發坐下。

他左顧右盼，然後指著廚房說：「那邊的香草可以用嗎？」

之前的房客是個愛料理的女生，在廚房的窗台留下幾盆薄荷、迷迭香等，對我和安來說只有觀賞用途的香草。

「你隨意，當自己家。」

他摘了幾片香草的葉子丟進兩個馬克杯中，倒了熱水，然後走回客廳、把杯子放在茶几上。

「等稍微涼了喝喝看。」看他輕鬆自在的模樣，彷彿我才是那位新入住的房客。

我好奇地聞了聞馬克杯中的淡綠色液體，嗯，有檸檬的清香。「薄荷嗎？」

「這是lemon balm tea（檸檬香蜂草茶），可以舒緩焦慮，放鬆身心。」他解釋。

我眨了眨眼，難不成自己看起來很緊張？

「我還蠻喜歡喝香草茶的，剛好看到就拿來用了。」

這人是有讀心術嗎？

我吹了吹熱燙的茶，小心翼翼啜飲了口，香氣在鼻口蔓延，嗯，挺療癒的。

「要加蜂蜜嗎？」

「還好……不過家裡沒蜂蜜呢。」

「那我下次去超市買瓶回來，天氣冷的時候喝熱熱甜甜的不錯。」

我把臉藏在馬克杯後抿嘴笑了起來，這小男生感覺話蠻多的啊。

「你待會兒有什麼計畫？」心情放鬆的我問。

「我想去找女朋友。」

喔？才剛到日本就有女朋友了嗎？

「我們是在網路上認識的。」

我恍然大悟地點了頭，原來是網戀啊，這幾年似乎很流行。

忽然安靜下來。

咦？我應該說些什麼嗎？可是網戀完全超出我的知識範圍啊……怎麼辦？

我轉動眼珠，正感尷尬時候，他果斷起身，指著牆上的時鐘說：「我得先出門了。」

唔，這小子似乎挺會「讀空氣」的，或者真急著找女朋友？

總之不用我費心了。不過看他那副怡然自得，又有點不甘心自己明明是先住民，卻反被當成新人照顧。我跟著起身，笑顏、揮手、目送、離開，以爲這樣做足禮貌，就能向這個毛頭小子展示誰才是「正眞正銘」的留學前輩。

隔天起床時沒遇到安，看了留言板得知她去找指導教授討論畢業作品的方向。我悠哉悠哉地洗漱完畢、換好衣服，正準備出門赴約，突然接到黑美人的電話。

「中島美嘉我知道啊，唱〈雪の華(yuki no hana)〉[10-2]（雪花）那個。」黑美人語帶興奮，「去年有齣韓劇叫《미안하다(mianhada)，사랑한다(saranghanda)》[34]（對不起，我愛你），主題曲就是翻唱那首歌。」

「你也對《NANA》有興趣嗎？一起去？」

「好像不錯，不過我對少爺沒什麼印象就是了……該不會是米行的坊ちゃん(botchan)吧？」

「咦，『少爺』原來是『坊ちゃん』的翻譯啊！」我恍然大悟。

小時候的黑美人和W可說是毫無交集，沒想到居然聯想得起來。

「不會打擾你們約會嗎？」

「怎麼連你都開這種玩笑……」我嗤之以鼻。

約好在戲院前碰面，我揹起背包，方踏出房門，就被廚房餐桌前的陌生背影嚇了一跳。

誰啊？

聽見身後有動靜，那人轉過頭，衝我大方一笑。「喝咖啡嗎？」

「原來是你。」我這才想起，「昨天晚上好像沒看見你？你見過安了嗎？」

「我凌晨才回來。」

「見到女朋友了？」

S點頭，但臉上並無一絲喜悅。「我去她打工的餐廳，可是她很忙沒空招呼我。」

咦？男朋友千里迢迢從加拿大來日本來找她耶……

我無法理解地歪著頭，思考該說些安慰的話。

「沒關係，我待會兒再去找她。」倒是S說了安慰自己的話。「你要出門？」

「嗯，跟朋友約了看電影。」

他似乎很感興趣。「什麼電影？」

「《NANA》，昨天剛上映。」

「矢沢あい（Yazawa Ai）先生！」S眼睛一亮，「我也很喜歡那部漫畫，還有《ご近所物語》（gokinjo monogatari）[35]。」

「對，《ご近所》的人物很可愛，《NANA》的主角看起來比較成熟，不過畫風一樣。」

「當然，都是矢沢あい先生的作品。人物設定有特色，描寫的情感也很有深度，跟一般少女漫畫不太一樣。」S提出見解。

「那你要一起去嗎？」反正已經是三人約會，多一個也沒差。我見他有些猶豫，立刻說：「還是等你女朋友一起去看？」

S只掙扎了一秒，「我跟你們一起去好了。之後她如果想看可以再看一次。」

Share House距離鬧區電影院只有十多分鐘路程，我們邊走邊聊，抵達戲院時W已經先到了。我三步併作兩步跳上前，他看著我身後的S，表情似乎有些訝異。「新房客。」「老朋友。」我介紹兩人互相認識，不知爲何有點心虛，又補了句：「待會兒黑美人也會來。」

「你找了那麼多人來看電影啊？」W似笑非笑，看不出他此刻的心情。

「沒關係啦，反正不是デート（déto）（約會）。」我陪笑說，「你跟你女朋友約會，我保證不會帶一堆人去當電燈泡。」

正說著，穿著碎花上衣搭配牛仔短裙的俏麗身影出現在不遠處。

「唷，精心打扮啊？」我開玩笑說。

「哪有，我平常就這樣啊！」她哈笑兩聲，眼睛骨碌碌地看著面前兩位男性，然後向W伸出手，「你是坊ちゃん沒錯吧。」

W幾乎是直覺反應地立刻伸手回握，禮貌欠身說：「こんにちは（konnichiwa）（日安）、好久不見。」

我噗哧笑了出來，「你這是什麼商業反應啊！」W一愣，露出招牌的憨傻笑容。

「我是他室友。」沒等我開口，S倒是先自我介紹起來，絲毫不認生。

買好票，等待電影換場的空檔，W和黑美人有說有笑，既無陌生尷尬，也無客氣拘謹，他大概忘了前不久還叮囑我「防人之心不可無」，此刻根本沉浸在「他鄉遇故知」的喜悅裡。不過，見他們處得好我也放心了，只是看到黑美人被W逗得哈哈大笑，胸口感覺怪怪的、有點悶，大概是電影院人多、氧氣不足。

「你們認識很久了嗎？」S坐在我身旁，好奇地問。

「我們是從小一起長大的，」我指著W，「愈麗是我們小學同學，來東京之後才偶然重逢的。」

「喔，幼なじみ（osananajimi）、青梅竹馬？」

「幼なじみ沒錯，但不至於青梅竹馬。」

「有什麼不一樣嗎？」S迷惑。

「是孽緣啊，哈哈。」我不知道該如何解釋，自己和W並非一般人想像的青梅竹馬。

「至少還有從小一起長大的朋友。」S羨慕說，「我和小學同學幾乎都沒聯絡了，想當初分開的時候還山盟海誓的……」

山盟海誓？這次換我迷惑了。

見我錯愕，S不好意思地笑了，「這句成語是不是不能這樣用？我中文不是很好。」

喔～原來如此。我噗哧笑了出來，「我還以為你小學時候就跟誰山盟海誓了呢，小女朋友之類的。」

「哈，我小時候胖胖的，沒什麼女生緣。」

我瞇眼看著瘦弱的S，很難想像他小時候胖呼呼的模樣。

「是真的，」S正經重申，「胖胖的，臉頰紅紅的，下次有機會我找照片給你看。」

不知不覺我們聊得十分順暢，兩個人都笑得很真心、很愉快，完全不像初識。我尤其喜歡他喋喋不休時活靈活現的表情，貓似的杏仁眼骨溜溜地轉，和第一眼的酷哥形象完全不同，可愛極了。

走出電影院已是日落時分，原本平凡無奇的層雲鑲上了金邊，遠方天空染上漸層的淡粉橘色，風輕輕的，很愜意的周日夕陽。

「Vivienne Westwood的戒指真帥氣。」黑美人讚嘆。

「歌也很好聽。」W也覺得滿意。

「宮﨑あおい(Miyazaki Aoi)（宮崎葵）演的ハチ真是太、太、太可愛了。」我歡喜雀躍，然後皺起眉頭，「不過蓮(Ren)比想像胖了些。」

「漫畫人物如果變成真人，光是比例就很可怕了。」W不贊同。

「可是兩個NANA都表現得很好啊。」

「中島美嘉(Nakashima Mika)真的好瘦，パンク(panku)很適合她。」黑美人說，「看得我都想買幾件龐克風的衣服了。」

「我覺得搶人家男朋友很不好。」S突然飛出這句話。

我看了他一眼，慘了，該不會是有感而發吧？

「對呀，這樣傷ハチ的心眞是王八蛋。」我故意表現氣憤，希望誇張附和可以緩和他的情緒。

他轉頭對我微微一笑，「不過，人的感情很複雜，有時候也不是自己能控制的……」

我眨眨眼說：「我倒覺得你這年紀不需要想那麼多複雜的事，開開心心享受青春就好。」

「你怎麼講得一副自己很老了一樣。」S不服氣又好笑地說。

「我比你大兩歲，吃點苦很正常……」我說得理直氣壯。

「想得複雜並不一定會吃苦，重點是能不能活得像自己。」S似乎說了很有哲理的話，我不太能理解，停下腳步研究似的看著他。

「我的意思是，每個人對『苦』的感受不同，也有人覺得就算痛苦也很快樂，所以想怎麼活就怎麼活、順著自己的心意吧！」他灑脫地聳了個肩，回應我的凝視。

「痛並快樂著[10-3]，齊秦的歌。」努力消化其中深意的腦袋突然靈光一現，我張嘴吐出。

「咦，被發現了！」他瞬間紅了臉，瀟灑息滅。

「啊，我不是那個意思，只是忽然想到而已……」我連忙解釋，同時覺得欣賞這人臉紅還挺有趣的。

走在前頭的W似乎感覺到什麼，忽然回過頭在我和S的臉上來回巡視，拋了句：「我們去吃飯吧。」然後轉過頭問身旁的黑美人：「想吃什麼？」

人多，吃燒肉好，特別是半生不熟混雜。下火烤、不冷場，五化奏樂、橫膈跳舞，生菜擊出爽脆鼓點。衆人歡樂舉杯，知心話退散，儘管享用青春滿盤。酒足飯飽後，S再度前往女友打工的餐廳碰運氣，我們原地解散，各自鑽入另一個世界。

周五課後，我在Share House的客廳撿到一隻失魂落魄的靈魂。

「你才十九歲，爲什麼沒上大學？」看他可憐兮兮的模樣，我走近主動搭話。

「有啊，學校在豐洲(Toyosu)。」

咦？我記得仲介大叔說是來唸語言學校的啊，八成搞錯了。

「我們系跟這裡的學校合作專案，預計三個月完成。我是因爲女朋友在渋谷，所以在這附近找房。」

他解釋，「而且我是念都市設計的，對大名鼎鼎的渋谷交差点(Shibuya kōsaten)早就嚮往已久。」

「我第一天到東京也跑去那兒。」我深有同感、頻頻點頭。

「還有ハチ公。」

「沒錯~」我倆開心擊掌。

「不過，每天花那麼多時間通勤應該很累吧。」

「日本電車系統發達，坐起來感覺很新鮮，還蠻有趣的。」

「久了就不有趣囉。」我笑潑冷水。

「如果心裡有所期待，應該會一直很有趣。」S話中有話。

「期待什麼？被女朋友冷落嗎？」我直言揶揄，見他面紅耳赤可愛極了，等欣賞足夠，才好心幫忙化解：

「對了，你剛在聽什麼？」我指著他塞了一邊的耳機。

他呆看著一手握住的耳機，又看了另一隻手裡的 iPod，這才反應過來之前正在聽音樂。

「Lene Marlin 的新專輯，〈How would it be〉[10-4]這首歌蠻不錯的。」

「我聽聽看。」

接過他手裡的耳機，我側耳傾聽，旋律輕快、歌聲甜美，還不錯。

我點點頭，又忍不住想取笑，「歌詞寫著不會再見到你耶……這是你的心情還是她的？」

預期效果達成。「你很壞耶~」S立刻哭喪起臉。

我吐了個舌頭，趕緊遞糖安撫，「裡頭還有哪些歌？」

「Lene Marlin 前兩張專輯聽過嗎？」

我眨眨眼，表示「聽不懂你在說什麼」。

「啊，這首歌你一定聽過！」他轉了轉 iPod 上頭的控制圈，將耳機再次遞來。

我一邊聽、一邊點頭，「〈我坐在這裡〉[10-5]，林憶蓮翻唱過。」

S高興地笑了，一迭連點頭稱是。「其實我最喜歡的是她第二張專輯《Another Day》，我放給你聽。」

前奏一下，精準投進好球帶，讚嘆脫口而出：「好清新的感覺！」

我雙眼發亮地繼續聽著，「這歌聲好空靈，還帶著淡淡的憂傷……」

餘音漸弱，我將耳機還給S，晶澈碎石掉落心湖滉漾，「爲什麼？爲什麼有點痛痛的？」

他臉上露出滿意的笑容。

我越來越常遇見S，慌亂的日安、斜倚的夕照，在Share House的某個角落，我們一起聽音樂、向安學做韓國料理，手沖咖啡、餵香草喝水，玩撲克閒話家常、熬夜趕作業分享泡麵……隨著他越來越融入這兒的生活，漸漸沒再聽他提起那位總是稱忙避而不見的「女朋友」。

「我今天在巷子裡發現一間電影院！」

一天傍晚，我正打開冰箱翻找食材做晚餐，S興沖沖進門、直驅廚房，「有部正上映的片，我覺得你一定喜歡。」

什麼片？我歪頭看著他。

走，我們去看電影吧。他抓起我的手。

胡亂拿了隨身背包和手機，我嘴裡一邊碎念、一邊半推半就地被拉出門。他帶著我漩入時光，穿過父喪、失戀堆疊而成的厚重陰霾，重返意氣風發的少年時期。活潑，歡鬧，笑語不絕，青春回歸。

S推薦的是部描寫墨西哥女畫家Frida[36]生平的傳記電影，鮮濃的海報色彩確實打動我心。

我們買了特大爆米花飲料組暫代晚餐，兩人肩並著肩坐著等開演，看我大把大把地將爆米花往嘴裡丟，S覺得好笑，「沒看過有人這樣吃爆米花的。」我得意地點個頭，又抓了一把往嘴裡送。隨著燈光暗下，手部動作不自覺放緩，咀嚼逐漸失能，大銀幕吸引了所有注意，鮮明強烈的色彩一幕幕朝視網膜潑來，力道之大讓人以爲這將是此生眼底最後的豔麗，胸口地動大搖……忽然間有人輕輕將爆米花送至嘴中，閒置的口腔瞬時歡欣鼓舞，我轉過頭對S欣然一笑，甜蜜的又何止嘴角。

走出戲院，我們往Share House方向緩步前行，聊著方才的劇情。

「怎麼樣，喜歡吧。」這並不是疑問句，S清楚抓到我的喜好。

「怎麼可以愛得那麼用力呢。」我輕嘆。

「就像她的畫一樣。」

「可是Diego是個胖子耶……」我皺眉說，「當然胖不是重點，是……看起來很平凡啊。」

「愛情就是抓到一個自己喜歡的點，然後在心底不斷地放大再放大，結果就變得很愛很愛了。」S的回答聽來像是感同身受。

「喔，大情聖經驗豐富喔，這麼有感觸。」我又抓到機會取笑他。

「本來就是這樣嘛。」S不服氣地撇嘴。

「如果眞像Diego說的，他和Frida是born to each other，爲什麼做不到專一呢？」我搖頭嘆息。

「我覺得偷偷摸摸的傷害更大，也很沒禮貌。」S正色說。

「愛情是禮貌問題嗎？」我不確定地歪著頭。

「禮貌是基本，也是尊重。至於能不能遇到讓自己專一的那個人，又是另外一件事了……」

「但是太禮貌會不會反而更傷人？」我提出質疑，「原本相愛的人告訴對方，自己喜歡上別人了……感覺有點殘忍。」

「但是像Diego那樣，心裡愛著Frida，身體卻無法不去搞七捻三的情況也很難辦。雖然他最後還是回到她身邊。」S的表情看起來很困擾。

「身體做不到忠誠，但心裡的愛卻不離不棄……」我偏頭思考，「雖然愛情有很多種形式，但對於無法接受的人來說，痛就是痛吧。」

S聳了個肩。我抬頭注視著他。「一定要愛得那麼濃烈才能換來那麼鮮豔的作品嗎？」

他回望著我，「果然還是愛得太用力了吧。」

我點了頭，「不過，有不費力的愛情嗎？」

關於愛情，我們有著好多疑問，也許窮極一生都無法挖掘出正確答案。

停止對話的我們信步走著，同時在一間咖啡館前停下腳步，看板上的火烤三明治似乎很可口、ナポリタン（日式拿坡里義大利麵）感覺也很美味，而我們的肚子顯然更有默契。他拉開門讓我先進，選了角落的位置享用遲來的晚餐，繼續方才的話題。

「說眞的，你明明還不滿二十，怎麼好像談過很多次戀愛的樣子？」我好奇問。

S沉吟片刻，像在思考如何回答，「其實我……每次戀愛都沒辦法超過三個月。」

我差點把嘴裡的水噴了出來，滿臉狐疑地端詳起面前的人，「爲什麼？是你甩人、還是人家甩你？」

他不好意思地抓了抓後腦勺的髮，害羞地指著自己。

我眨了眨眼，表示「我不懂」。

「我也不知道，就是會忽然覺得什麼都不想動了。」

我歪頭思考，無意識地將手裡的叉子轉了兩圈，低頭吃進一口義大利麵。

「很糟糕對吧。」看來這位情聖甩人也會良心不安。

我慢吞吞地拿起水杯，輕輕啜了一口，「可能是太年輕了吧。」連自己都覺得這話說得敷衍。

S一面聽著，一面隨手抽了張紙巾遞過來，像是預知我下個動作想擦拭沾上番茄醬的嘴。我若無其事接過，內心卻對他不著痕跡的細心感到驚訝，難不成這就是情聖的天賦？

心裡雖然略有所感，但難得遇上如此「趣味(tshù-bī)」的對象，放過就太可惜了，於是我壞心地問：

「不過說眞的，她們都看上你哪一點？」

他眉頭微蹙，「之前有個女友說我長得像竹野內豐還是反町隆史。」

我頓時瞪大雙眼，緊咬著下嘴唇，面露爲難——這可並非存心捉弄而是眞情流露——把這個乳臭未乾的小子說成《海灘男孩》[37]未免也太超過了。

「喂，你眞的很壞耶～」

沒想到我的反應竟然換來S的劇烈抗議，唉，我早就看出這傢伙很注重外表，削邊短髮仍必抓造型。

「沒，我只是覺得應該還有更貼切的人選。」我連忙辯解，且也不算謊話。

「誰？」他斜睨挑眉。

我眨了眨眼，不過這回表示無語。

「……想到再告訴你。」我決定跳過這個話題，清了清嗓子，一臉正經地說：

「所以……不持久讓你感到很困擾？」

「不持久……」他的臉爬上尷尬的笑，「這話怎麼聽起來有點怪怪的？」

我噴了他一聲，但自己也忍不住笑了出來。

「也不是眞的覺得困擾，只是我的朋友都不會這樣，好像只有我不太正常……」

他的煩惱很認眞，表情老實得可愛，我也不好意思再繼續調侃。

「也許有一天，在對的時候遇到對的人就不會這樣了。」

我談的戀愛沒他多，年齡也不過小長個兩歲，回答很心虛。

我們無語對看了一會兒。愛這東西太虛幻，談得煩了，來聊些切身的吧。

「對了，你怎麼知道我會喜歡這部電影？」

我很訝異才認識沒多久，S對我似乎有一定程度的了解。

「Red Cardinal。」

啥？我再次眨眨眼。

「我第一次看見你的時候，腦中跳出了北美紅雀的叫聲。」

北美紅雀長什麼樣子？待會兒上網查查看。

「天氣明明很熱，周圍的空氣卻有一種……很像我踏入森林、聽見北美紅雀的叫聲，當時那種濕潤又清涼的氛圍……」

「你確定不是從戶外走進有冷氣的室內產生了錯覺？」我聽了有點害羞，只好語帶嘲弄。

「也許是吧。」他聳肩，淡淡一笑，又接著說：「剛才我在電影院門口看見海報時，腦中又突然出現北美紅雀的叫聲……」

「因爲海報的顏色嗎？」我再次插嘴，爲了掩飾臉龐莫名的臊熱。

S不置可否，「我覺得是種Sign。你和北美紅雀和Frida，直覺你會喜歡。」

「這是什麼靈異感應嗎？」我開玩笑說，實際卻對「Sign」這個詞心動不已。

離開咖啡館，我們繼續邊走邊聊，不經意穿過公園，幽明間忽然嗅得芬芳滿溢，「這該不會是？」

我驚訝往身旁探去，「是桂花吧？」S也不太確定。

橘黃色成串的小花像聖誕裝飾般懸在樹上，香氣在路燈的映射下閃閃發亮。

「沒錯，這一定是《ハチクロ》裡的金木犀（Kinmokusei）。」觀葉賞花，形色雷同，我肯定地說。

「怎麼覺得這香味讓夜晚的黑更深沉了。」這香氣肯定有魔法，連S都成了詩人。

「好像被吸入異世界一樣，」我陶醉地張開雙臂，迎著微涼風中飄送的花香深深嘆息，「我們眞的在這嗎？我們究竟在哪裡啊？」

「聽說香氣會喚起記憶。」S凝望前方，「以後聞到這花香我一定會想到今晚。」

「北美紅雀與金木犀與男孩，這幅畫我收下了，いただきます（itadakimasu）。」我淘氣地向他一鞠躬表示感謝。

「才不給你，我要自己留著。」S伸手阻擋。

「你是有多自戀？」我嘲笑，他作勢追打，歡聲喧鬧。

整晚，我們聊愛情、聊交往過的情人，聊美學、聊所思所想……繞著通往Share House的路徑一圈又一圈，在月色鋪陳的樂章漫步，誰也不捨畫下休止符。

交往的事我沒有告訴任何人，畢竟S年底就會回加拿大。同住的安也許曉得，忙於畢業製作的她不知是刻意還是無心，經常徹夜不歸，將大部分的空間和時間留給我倆。他像顆火球闖入心靈的冬日，努力將我拉向他所在的季節，我們談著如紅雀羽毛般鮮紅熾熱的戀愛，卻又驚奇相處時如魚似水般怡然自得。他散發陽光下晾曬衣物的清爽皂香，他的親吻帶著清新朝露的濕潤氣息，他緊握的手、撥弄的髮、輕撫的每一寸肌膚，他的伶俐言語、生動表情，不經意的細膩如輕絲掠過心間搖曳……一切的一切宛若血液中的氧氣，讓我能夠順暢呼吸、療癒傷痕，重新輕盈靈魂且充滿生氣。夜色甜美，歡快洋溢，因爲他。

終於到了最後一天。

早知道這段戀情是有時限的。因爲太自在所以無話不談，因爲太快樂所以明白留不住，就像在森林中偶然瞥見的北美紅雀，既爲鮮豔色彩驚喜，也爲轉瞬消逝而惆悵。一切都是必然。

「我回去辦些手續，交了報告後很快回來。」

臨別前一晚，S對我說。

「加拿大是個什麼樣的地方？」我問。

「我們，開始住在西岸，香港人很多，很多人不會說英文或中文，只需要流利的廣東話就可以活得很好。」S笑著回憶，「後來我們搬到東岸，特地不選華人社區，我媽一個人帶著我和三個弟弟，英文又不是很好，我是老大，得逼自己說英文，幫我媽處理生活大大小小的瑣事。」

「難怪我覺得你超齡成熟，跟你在一起有種被照顧的感覺。」

S得意地笑了，我的心卻皺起了疼。

「還有呢？」我篩去過多的情緒，接著問。

他想了想，「多倫多有座電視塔，是世界第一高的塔式建築。」

我面露驚奇，「像東京タワー(Tōkyō tawā)那樣嗎？」

他搖頭，「樣式不一樣，東京鐵塔是山形，多倫多塔比較像根針，高處穿過幾個甜甜圈。」

「怎麼聽起來像是串燒還是糖葫蘆之類的東西？」

「就你愛吃。」他寵愛地捏了下我的鼻頭，我笑著閃開。

「那裡的高樓應該不像東京這麼多吧？」

「市中心的摩天大樓也不少，不過沒有東京這麼密集。」他仰頭看著天花板，像在回想另一片天空，「郊區土地很大，有很多農場和牧場。」

「和北海道一樣呢。有一天我也想住在牧場裡。」我笑說。

「你確定？」S挑眉，意味深長地看著我。

「你能忍受當飼養多年的動物年老、無法工作的時候，為了牧場收支平衡必須將牠送往屠宰場嗎？」

我愣住了。憧憬是一回事，但這樣實際的問題從未想過，或者該說，根本不知道牧場生活有如此現實的一面。

「我這兩年有時候會想，」S緩緩開口，「近代因爲都市化，許多人湧進都市享受便利的生活，不需要自己動手耕種、也不用屠宰殺生，卻也失去腳踩在土地的踏實感，以及放眼望去的青山綠水。高樓蓋越多，眼前的景色就越灰暗。所以現代人渴望回到風景如畫的鄉村，例如退休後的田園生活，以爲從此過著平靜安祥的生活，實際上卻很難面對生存必須的殘忍和種種不便……」

「所以都市越來越重視綠化？」

他點個頭，「習慣都市生活的人們回不了鄉野，只好藉著綠化環境親近大自然，除了節能環保、減緩溫室效應之外，我認爲更多是希望在享有便利的同時也找到心靈的歸屬。」

我點頭表示同意，「我也希望能在都市裡看到更多的森林和花園。」

「環境設計的部分，很有挑戰性。要在生活和使用空間中找到平衡，且必須有美感……」

「感覺很有趣呢。」我高興微笑。

他握起我的手捏了捏說，「有機會和我一起回去。」

我保持微笑，目不轉睛看著他好一會兒，想把身影輪廓容貌細紋全部牢記鐫刻。

「ね，如果哪一天你覺得不那麼愛了，一定要提前跟我說。」我輕聲且認眞地。

「提前說然後呢？」他抿著嘴，表情複雜。

「這樣我就有心理準備，不會有突然被丟棄的感覺。」

「不會有你說的那一天的。」他加重掌心的力道，堅定回答。

「不知道是誰每次戀愛都不會超過三個月。」我故作輕鬆地揶揄，糖衣包裹著微酸夾心。

「這次不一樣。」他看來信心十足，「我把你的事告訴加拿大的朋友，他們都說我這次完蛋了。」

完蛋了？我挑眉。

「……因爲是眞的陷下去了啊。」

「是眞的就太好了。」我淡淡一笑。自信和相信有著微妙差別，得保持冷靜才能看得清楚。

「你別不相信，」S不服氣，齜牙咧嘴做出怪表情，「以後就知道了。」

「對、對，我們以後就知道了。」我忍不住笑了出來，笑容背後，是A-Mei飽富情感的歌聲，一曲〈記得〉[10-6]完全道出此刻的心聲。

以後才會知道的事，現在爭論也沒用，最重要的是，我們會不會有以後？

【耳朵記憶】

10-1. Lene Marlin〈Another Day〉，詞曲：Lene Marlin，《Another Day》，2003，Virgin Records。

10-2. 中島美嘉〈雪の華〉，詞：Satomi、曲：松本良喜，《雪の華》，2003，Sony Music Associated Records。韓文翻唱：朴孝信（박효신）〈雪花（눈의 꽃）〉，《미안하다 사랑한다 OST》，2004，OGAM Entertainment。

10-3. 齊秦〈痛並快樂著〉，詞：李格弟、曲：江建民，《痛並快樂著》，1995，上華唱片。

10-4. Lene Marlin〈How would it be〉，詞曲：Lene Marlin，《Lost In A Moment》，2005，EMI Records。

10-5. Lene Marlin〈sitting down here〉，詞曲：Lene Marlin，《Playing My Game》，1999，Virgin Records。林憶蓮〈我坐在這裡〉，詞：林夕、曲：Lene Marlin，《林憶蓮's》，2000，維京音樂。

10-6. 張惠妹〈記得〉，詞：易家揚、曲：林俊傑，《眞實》，2001，華納音樂。

【眼睛回憶】

34.《미안하다，사랑한다》（對不起，我愛你）：由蘇志燮（소지섭）、林秀晶（임수정）主演，2004月火劇，KBS 2TV。

35.《ご近所物語》：日本漫畫家矢沢あい於1995年至1997年連載的作品。續篇爲『Paradise Kiss』。

36.《Frida》：《揮灑烈愛》，爲描述墨西哥超現實主義畫家Frida Kahlo轟烈一生的傳記電影。

37.《海灘男孩》：『ビーチボーイズ』，反町隆史和竹野内豊雙主演，1997年夏季月九，富士電視台。

11. 糾纏又豈止手心

Track：王菲〈流年〉[11-1]／《王菲》

聖誕節前夕，我和黑美人約在澀谷逛街。節後她們姊妹倆會回韓國一趟，想買些伴手禮回去給親朋好友。

「農曆年我們沒辦法回去，所以趁年末年始（nenmatsu nenshi）回去서울（Seoul）探望爺爺奶奶。」

「Seoul 在哪？」我對這個地名感到陌生。

黑美人一愣，「首爾啊，你怎麼可能不知道，大韓民國的首都耶！前陣子不是才跟我姊去過？」

「我們不是去漢城嗎？」

她恍然大笑，「前陣子中文譯名改了你沒發現，首爾就是漢城啊。坐飛機的時候，飛航地圖上的英文顯示是 Seoul，有印象嗎？」

我疑惑地偏著頭，腦袋裡只有「漢城」這個名字，改成「首爾」聽起來真怪。

「Seoul 在韓文裡的意思是首都、京城的意思，」黑美人解釋，「直接音譯，漢字寫作『首爾』。不過老一輩的人還是習慣講『漢城』，像我姊。」

我看著她頑皮地吐了個舌頭，點頭表示理解。原來如此，大概是種徹底去漢復韓的概念吧，雖然親近感消失讓人有點寂寞，但也有煥然一新的感覺，似乎更符合現代首都的形象。

「你們要回韓國，安也說要忙畢業作品，只剩下我和坊ちゃん兩個閒人不知道要幹嘛。」

黑美人轉過頭，略有深意地看了我一眼，「說真的，你覺得坊ちゃん如何？」

「什麼如何，丟戇人一个（tiu gōng-lâng tsit ê）。」我笑著回答。「傻憨憨的。」

「他長得不算差吧，白白淨淨，穿著也不會俗氣，挺耐看的。」

我回想W的長相，猶豫地點了頭說：「外表的確不會太浮誇。」

「你對他沒感覺嗎？」

我白了她一眼，「拜託，我們都認識那麼久了。」

「你們雖然從小就認識，但那時候民智未開啊。」

「民智未開……」我訝異地看著她，「妳居然會那麼難的用語？」

「我姊常這樣罵我，學起來了。」她看起來挺得意。「不過這不是重點。我覺得你跟坊ちゃん在一起的感覺不錯。」

「你不知道我從中學到高中，都忙著轉情書給他，過得多悲慘！」我哀號。

「愛情這種東西，不是佔盡先機就贏，而是看最後誰在身邊……」黑美人的嘴角微微上勾，心機地說：「那些寫情書的小女生早就被遠遠拋在太平洋的某處，和マイクロプラスチック（maikuro purasuchikku）（塑膠微粒）相依相假了。」

聽到這樣別出心裁的形容，我不覺失笑，無奈搖頭。

我們走進一家賣雜貨商品的小店，店內的喇叭傳來年輕男孩們的歌聲，聽來有點耳熟。

「這是SMAP的新歌嗎？」

「你不知道這首歌？」黑美人瞪大眼睛看著我，「我不是要你一定要看《花より男子(hana yori danshi)》[38]（花樣男子）嗎？」

「就是以前大S拍過的那部漫畫改編電視劇，叫《流星花園》什麼的。」我記起。

「不一樣，現在是嵐(Arashi)的時代呀。」

「他們長相還好吧……」我有些遲疑，不太明白最近竄紅的男子偶像團體魅力何在。

黑美人不同意地看著我，一副「怎麼你一點都不懂」的樣子。「SMAP也沒特別帥啊，爲什麼那麼紅？日本演藝圈重視的是personality traits（個人特質），他們既有才氣又各有所長。」

「我倒覺得飾演花沢類(Hanazawa Rui)的小栗旬(Oguri Shun)不錯，演総二郎(Sōjirō)的也不錯，好像叫做松田翔太(Matsuda Shōta)？」

「他哥哥就是演本城蓮(Honjo Ren)的那個松田龍平(Ryuhei)。」黑美人又露出大驚小怪的神情，好像我是外星人。

「喔~」我緩慢地點著頭，試圖將兩人的長相連結起來，「你還眞清楚。」

「搞不清楚流行趨勢的你才奇葩。」黑美人開玩笑地輕哼一聲。

「我是做視覺設計的，要創造流行才對。」我抬起下巴裝驕傲。

「但是對於時下流行的元素也必須有一定的acumen（敏銳）。」她毫不留情戳破，「等我從韓國回來，帶你去Live House看表演。」

「這也算流行的一環？」

「是未來即將引爆流行的重要殿堂。」她正色地說。

年末，只剩下兩人的W和我既圍不起爐，也沒有興致到外頭找間酒吧和一群陌生人跨年，決定開車到長野看雪。W預訂了間公司同事推薦的山中民宿，聽說還能泡溫泉。

「這雪也太大了吧！」一路戰戰兢兢好不容易抵達民宿的我們，只能守在屋內驚嘆地看著窗外白雪紛飛。

「根本暴雪吧！」W搖了搖頭。

雪積得深，通往露天溫泉的小徑被完全掩埋，民宿主人手寫了張「立入禁止」的牌子擋住出入口。遠道而來的我倆被困在傳統家屋裡，吃了簡單的烤川魚、漬物和跨年蕎麥麵後，坐在燒著柴火的方型囲炉裏（いろり）旁取暖。

「結果還是圍爐了耶。」

「也是啦，我們就像家人一樣嘛。」也許是受到前幾日黑美人的話影響，我刻意撇清關係。

W似乎完全不以爲意，他東張西望，嘴裡突然哼起了張宇的〈猜心〉[11-2]。

「哈哈，房間空蕩蕩的。」我跟著他環顧四周，不禁笑了起來。

「還好、還好，至少我們有『四方爐外，坐了兩個人』。」

「不知道雪什麼時候停，我想去附近的寺院初詣（hatsumode）（新年初次參拜）。」我伸長手、雙掌靠近爐邊。

「對耶，不知道這裡能不能聽到一百零八次鐘聲？」

跨年倒數時，日本寺院會敲響一百零八次鐘聲，驅除佛家所說人生在世的一百零八種煩惱，重獲新生。

「你有什麼煩惱？」在我看來W的事業運是驚人的一帆風順。

「我煩惱明年研修完畢回去後的事。」W語帶含糊。

「我看你在公司發展還挺不錯的，從小就對車感興趣，又成了職業……」

W若有所思地看著爐火，緩緩點頭。

「你呢？畢業後想做什麼？」

「還沒想那麼多，畢業前得先交出像樣的作品才行。」我尷尬地笑著。

「應該還是往視覺設計的方向走吧？」

「還不確定……」我感到茫然，「雖然一直在做平面視覺，但是對事務所的空間設計也很感興趣。」

「總之，會往設計方面走吧。」W聳聳肩，對他來說性質雷同。

「拜託，設計的範圍很大耶。」我白了他一眼，然後點點頭說：「不過應該就這條路……設計很有趣，從無到有的創作很痛苦但也很有成就感。」

「看來你沒再想著29歲的事了。」

「29歲？」我對這忽然冒出的數字感到疑惑——離現在還有六、七年的時間耶！

W倒是似笑非笑，「你中學時不是說只想活到29歲？」

啥？我愣了下，腦中迴路勉強追溯至宛如埋在前世土壤裡的虛弱氣根——那是青春期時對於漫長、看不到盡頭的學生生涯所產生的不耐和厭煩。

「我隨便說說的吧。」

「不會啊，我覺得你當時挺認眞的。」有時候W的記憶力就是這樣好得惱人，「我問你爲什麼是29歲，你還說這樣剛剛好，不會太老。」

「可是我現在已經二十二、二十三了，而且時間還不夠用……」

「還是改個數字、延個幾年如何？」他淡漠的表情看起來很欠揍。

「關係人生的重要數字怎麼能隨便說改就改！」我做出義正辭嚴的表情，擺擺手說：「但是我現在沒心思想這種事。」

「生活太有趣了？」W挑眉。

我誇張地嘆了口氣，「太多設計稿要交了，沒時間想。」

「那我就放心了。」他忍著笑，看起來不只欠揍還很討人厭。

我瞪著他，「你該不會把小時候說的玩笑話一直放在心上吧？新的記憶沒把舊的データ（dēta）覆蓋掉？」

「也沒一直放心上，只是偶而會飄進腦袋……你那時候的表情不像開玩笑。」W無辜地看著我。

「可是我覺得你現在的表情像在取笑我。」我斜睨著他，質疑話裡的眞心。

他連忙搖頭，「我是眞的關心你未來想做什麼……」他頓了下，「不過我妹年紀比你小，都已是兩個孩子的媽了。」

我眨了眨眼，驚訝地看他一派輕鬆。

「確定不是你妹太早結婚嗎？」我皺眉質疑。

「會嗎？可是我也挺想早點結婚的。」沒想到他語出驚人，我一時間反應不過來。

W拿起火鉗撥弄爐裡的炭，冒出的火焰在他臉上擅自分類了光影，我分不清孰眞孰假。

「所以說你妹都兩個孩子的媽了，你這個做哥哥的還在鬼混。」待平定心情，腦袋回復運轉，我似笑非笑地回敬。

「緣分還沒到，沒辦法。」

「同樣的話我還給你。」我眉毛一挑，算是扳回弱勢。

正得意之際，卻越想越不對。

「不過……」我奇怪地歪著頭，「你妹是誰啊？我怎麼不知道你有妹妹？」

「她很小的時候就被送到我阿姨家了。」W倒是輕描淡寫。

「因爲八字？」

「我也不清楚，小時候只知道有個妹妹住在阿姨家，」W聳肩說，「你每年到鄉下玩耍的時候她都會回來。」

「所以是故意避開我嗎？」

W啞然失笑，「意思是我家是她度假的地方。長大後聽說是因爲阿姨不孕，你也知道大人談論這些總是很隱諱。」

「第一次聽說你有個妹妹，眞神奇……好像自己也突然冒出來一個未曾謀面的妹妹。」莫名的情緒讓我感到不可思議。

「她對我來說也很陌生。」W自顧自地笑了起來。「等我結婚時再介紹你們認識。」

妹妹的話題結束，結婚論壇重啟。

「你，爲什麼想早點結婚？」我直驅核心。

W噗哧一聲，「這話題還在啊？我還以爲就這樣帶過去了。」

「你根本在等我問吧。」我揶揄說。他又露出招牌的憨傻笑容。

「有一回你不是和欣瀅到我們家來找我？後來奶奶問我喜歡哪一個……」W邊說邊笑，「那時候我眞的煩惱了好一陣子。」

從那麼久以前的事講起？我頓時五味雜陳，不知道對於自己被扯進祖孫倆的對話應該感到榮幸，還是覺得無聊。

「大人眞的很好笑，」我忍不住插話，「你還記得大寶、小寶嘛，我們家隔壁當老師他們家的……」

「當然。」W點了頭。

「他媽媽也常對我說『我們家兩兄弟你隨便挑一個。』」

「那個年代的人早婚不稀奇，加上又是從小熟悉的對象，感覺很理想。」W揣測說：「也許是喜歡安定？」

「是『習慣』安定吧。不過後來一點也不安定，大家都散了……」我吐個舌頭笑了。

「他們倆不是都被送到澳洲了？」

「對呀，根本完全沒有留給我的意思，還挑哩。」我自嘲說，接著主動投誠，「那你呢，煩惱有結論了嗎？」

「嘿嘿～」W乾笑兩聲，欲言又止，「以後有機會再告訴你。」

「你爲什麼想早點結婚？」枉費我都拿自己當話題減少尷尬了，這小子居然不負責收尾。

「因爲我也是『那個年代』的人啊。」W打哈哈說，看來一開始就沒有回答的誠意。

我嘖了他一聲，轉頭看向窗外舞得忘我的雪花，不發一語。

見氣氛沉默，W知道我不痛快了，猶豫地開口：「我感覺到主告訴我應該要早點結婚。」

「主？」我一愣，「你信天主？什麼時候發生的事？」

印象中他並沒有偏向特定的宗教，如果硬要說，就是他奶奶每天祭拜的土地公爺爺。

「有一段時間了，我以前就常去教會。」低頭翻火的W抬起日光快速瞥了一眼，查看我的反應。

看來在我們分開後的哪一段時間裡，他有了信仰。

「所以是『主』要你早點結婚？」我確認地說。

W點了頭。

「那……如果你喜歡上一個黑人呢？」信仰必須尊重，但惡作劇的假設性問題應該無傷大雅吧。

沒想到我拋出這樣一問，他愣住了，眉頭深鎖，語帶保留地說：「我『可能』會喜歡上一個皮膚比較黑的女生，不過應該『不會』是黑人吧。」

「那麼肯定？如果就是喜歡上了呢？」看他一臉無措，我壞心眼追問。

他抓抓頭髮，長嘆了聲。

「如果『主』安排的對象是她，那就是她囉。」他放棄掙扎，豁達地說。

唔……我抿著嘴，不知該如何回應信仰的虔誠，聽來他是認真的。我環顧四周——

「咦，紙門後有把吉他耶，看來民宿主人也很喜歡音樂。」我驚喜說。

W立刻起身走上前去，拿了吉他撥幾聲，「音還蠻準的，平常都有在用吧。」

「唱幾首歌來聽聽。」我忽然靈機一動，「來舉辦我們自己的紅白吧。」

屋裡沒有電視，閒著也是閒著。

「如果讓你選一首今年的主題歌，你會選哪首？」

「就……王菲的〈流年〉好了，」我低下頭看著自己的手心，笑說：「最近掌紋有點複雜，搞不好是糾纏的心事造成。」

W失笑。「對，你今年也辛苦了。」

我眨眨眼望著他，不明白話裡的意思。

「上半年失戀，下半年好像遇到個挺談得來的對象，結果又離開了，不是嗎？」

我驚訝地瞪大眼睛，他沒道理知道我和S的事，沒想到竟猜得如此神準。

「你應該只見過他一次吧，看《NANA》那次。」印象中他唯一遇到S就是四人看電影那天。

W聳聳肩，「直覺？」他又仔細想了想，「我想是因爲你和他在一起的時候感覺很安心。」

「我看見你也很安心啊……」我不解。

「你看見我的時候是放鬆，因爲從小就認識，就算當著我的面挖鼻孔也無所謂。」

我忍不住笑了出來，「好像是這樣沒錯。」

「可是和他走在一起時你臉上的安心，是種被保護的感覺……我不太會說啦。」

原來從初相識起，S就已經讓我有被呵護的感覺，這種情聖體質絕對是天賦。我點點頭，對W的觀察細微刮目相看。

「不過〈流年〉是幾年前的歌了，如果是今年的呢？」

「今年？」

我歪著頭想了想。本想說大塚愛的〈プラネタリウム(puranetariumu)〉[11-3]（星象儀），又覺得歌詞暴露出此刻想飛奔至愛人身邊的心聲太難爲情，所以改口說：「ARASHI的〈WISH〉[11-4]！」

「唔，是因爲電視劇嗎？」W皺眉，「你還在喜歡偶像啊？」

「不會彈就直說嘛，」我反擊說，「更何況，喜歡偶像不行嗎？」

「可見你還沒長大。」W老氣橫秋地擺起架子。

「不再喜歡偶像就算是長大了嗎？爲什麼？」我不服。

「因爲你開始認真走在自己的人生道路上，不會去迷戀或崇拜一個虛幻的東西。」

「偶像也可以是精神導師不是嗎？很多都很有才華。」

W點了頭，「但是你不會迷戀你的精神導師吧，只會憧憬、嚮往但不會盲目。」

我瞇著眼不甘心地看他滿臉洋洋自得，輕哼了聲，「所以長大後的你，應該連今年出了哪些歌都不知道吧。」

W頓時張大眼，難以置信地說：「你這惡毒的人，明知道我每天忙得像狗一樣！」

「狗爲什麼會每天都很忙？」我冷冷地問。

「你……」W摀住心臟，裝作受傷的表情，「你是說我連狗都不如嗎？」

雖然有點老套，但我還是被他搞笑的模樣逗笑了。

「那唱你『年輕時候』拿手的好了！」我刻意強調他正與青春背道而馳。

W佯裝沮喪地垂下頭，嘴裡碎念：「還眞是聽不膩。」

「這是隨和好嗎，更何況你就唱那些歌好聽。」我再補一劍，贏得這局勝利。

「好吧，」他往上呼了口氣將瀏海吹開，清了清喉嚨，「各位觀眾，接下來爲您演唱的是——陳昇〈不再讓你孤單〉[11-5]，祝今天的壽星生日快樂！」

我瘋狂鼓掌。

柴火在居爐裏發出劈啪的聲音，窗外喧囂沉寂。W唱歌時候眼底深情，歌聲很有磁性，和他的人一樣，聽多久都不會煩膩。我盯著那令人恍惚的眼神好一會兒，然後放棄地別過頭四處探望——算了，我想我永遠看不懂他高深莫測的思緒。因爲看不明白，所以想一讀再讀，是嗎？所以才總是期待見到他，聊些不著邊際的話、做些毫無重點的事，去卡拉OK喝著可樂唱到夜深，從不厭倦，是嗎？在這寂靜宛如永恆的冬夜裡，我眞的以爲，W的歌聲會一直陪在身邊。

我安靜地聽著歌，彷彿掉進冬眠的穴窟，然而時間靜止的錯覺騙不了星月太陽，一眨眼又得告別。

【耳朵記憶】

11-1. 王菲〈流年〉，詞：林夕、曲：陳曉娟，《王菲》，2001，百代唱片。

11-2. 張宇〈猜心〉，詞：十一郎、曲：張宇，《男人的好 新歌精選影音全記錄》，2005，金牌大風音樂、喜得音樂。

11-3. 大塚愛〈プラネタリウム〉（星象儀），詞曲：愛，電視連續劇『花より男子』插入歌，2005，avex trax。

11-4. 嵐（ARASHI）〈WISH〉，詞：久保田洋司，曲：オオヤギヒロオ，電視連續劇『花より男子』主題歌，2005，J Storm。

11-5. 陳昇〈不再讓你孤單〉，詞曲：陳昇，《魔鬼的情詩》，1994，滾石唱片。

【眼睛回憶】

38.《花より男子》（花樣男子）：日本漫畫家神尾葉子的作品，於1992年至2004年連載。2001年台灣改編爲電視劇《流星花園》，由大S（徐熙媛）與F4（言承旭、周渝民、朱孝天、吳建豪）主演，風靡亞洲。2005年日本版連續劇主演爲井上眞央、松本潤、小栗旬、松田翔太和阿部力，TBS電視；2007年推出續篇『花より男了2（リターンズ）』；2008年上映電影版完結篇『花より男子F』。

12. 來自遙遠光年的星光閃耀

Track：Coldplay〈Yellow〉[12-1]／《Parachutes》

從長野回來後，我和W之間有種和解後的親密氛圍，也許是因爲知道不少對方的秘密，總覺得心靈相通起來，連著幾天他每晚都會打電話來東扯西聊。

最初還好，一天、兩天……到了第五天的時候，我覺得有點異常，我倆的交情並不至於此。

「你是不是有話想說？」我開門見山問。

嗯。W終於承認了，「我下星期要到埼玉的研發部門工作。」

「什麼啊，還以爲你要結婚了呢。」我開玩笑說，「去多久？」

「預估是半年。取締希望我有成功開發商品的經歷，所以安排我加入那邊的團隊，未來會更有說服力。」

我沉吟了半晌。

「意思是我們要分手了？」

W輕笑，「分什麼手，埼玉又不遠，我周末還是可以回來一起玩。」

「工作的事不是你說了算吧，」我認真地說：「總覺得開發商品應該會是沒日沒夜的。」

「總之，可能沒辦法像之前那樣經常見面。」

「那也沒辦法，」我聳聳肩，開玩笑道：「所以才說我們分手算了。」

「……分手的話不要隨便亂提。」沒想到W竟然順著我的玩笑話回答。

「是這樣沒錯，不過……」我歪著頭思考，「我們又沒交往要怎麼分手？」

說完我笑了起來，可以想像另一端的W此刻一定氣得牙癢癢，心裡嘀咕。

沒想到W倒是一派淡然，「就……把手分開？」

我翻了個白眼。這傢伙應該天塌下來還是一樣冷靜，真無趣。正這麼想著，突然有種寂寞感湧現，

「咦，沒道理啊……」我納悶地喃喃自語。

「什麼沒道理？」

「我忽然覺得有點寂寞耶。奇怪，又不是第一次分開。」

「我知道啊，所以才一直猶豫要怎麼跟你說。」他似乎早預料到我的反應。

「你又知道了？」

W沒回答，只是自顧自地唱起歌來。

「這時候唱什麼〈風箏〉啦。」

陳昇的〈風箏〉是個頑皮鬼，是個不受控的靈魂，的確有斷線的可能性。

「我要聽孫燕姿的。」我有點煩躁，開始耍任性。

W立卽切歌，換了另一首〈風箏〉[12-2]，這次歌詞斬釘截鐵地宣告切斷羈絆，連回憶都飄散在風中。

「你又不是不回來了，埼玉也不是什麼遙遠的地方，」我皺著眉頭，覺得他的表現著實奇怪，搞得我更加心煩意亂，「我們想見面隨時可以見面啊。」

「不知道，」他的聲音聽起來有些暗啞，很近卻又遙遠，「可能有點不安吧。」

「新任務讓你很緊張吧，」我安撫說，「眞難得你這樣子，我還以什麼大風大浪你沒見過。」

他笑了，「這也太嚴格了吧，我只比你大幾個月而已。」

「以前颱風天，不知道是誰拉著我往海邊跑，說要看浪。」

「嗯，說起來我從小就沒在怕的。」聽來似乎有些信心回歸。

「我這邊你不用擔心，就放心去飛吧。」我豪爽地揮揮手，忘了電話另一頭的人看不見。

「相反了吧。」W輕哼了聲。

「聽說你才是離開的那一位。」我不以爲然。

「可是感覺不是……」W說，語氣有些悶悶的。

「哎呀，你太緊繃了，放輕鬆、沒事、一切會順利的！」我壓下寂寞，奮力踢走陰霾，試圖爲話語裹上陽光。

窗外傳來樹木用力搖頭晃腦的聲音，我朝外一探，原來是風マエストロ（指揮家）呼嘯而至，爲卽

將遠行之人搖滾一曲貝多芬的《Eroica》[12-3]（英雄）。

♪

階梯之上人來人往，階梯之下人聲鼎沸。穿越兩旁貼滿海報的狹窄通道，打開通往異世界的厚重大門，「歡迎蒞臨通往夢想的殿堂」黑美人如是說。

待眼睛適應幽暗，我環顧四周，熟悉的地下樂園，氣氛卻大相逕庭。比起微醺搖擺的爵士酒吧，這裡的溫度高上許多，不少觀眾手拿啤酒低頭晃腦，高潮時還會不約而同舉起手、做出相同手勢，有點像是信徒結構鬆散的布教大會，一旁的黑美人面帶微笑地盯著舞台上賣力演出的樂團，身體隨著節奏自然擺動。

「這就是妳喜歡的樂團？」樂手們在觀眾的歡呼聲中退到後台，我問。

黑美人搖搖頭，「他們只是開場的。唱一些 copy 歌炒熱氣氛。」

「copy 歌？」

「就是大家耳熟能詳的歌曲，讓觀眾進入今晚的演出氣氛。」

「但是他們剛唱的歌我都沒聽過。」

黑美人驚懼地看著我，看來我在她心目中的外星人形象愈加根深蒂固了。

「〈Yellow〉你沒聽過？Coldplay 的名曲。」

她哼了曲子開頭向我確定。

我搖搖頭。

「那〈Don't look back in Anger〉[12-4]呢？我們小時候 ICRT 常在播的。」

我再次搖頭，「我都聽中廣流行網和復興廣播電台。」

「那電視呢？MTV 和 Channel V 總看吧？」

「唔，我大都看衛視中文台、緯來日本台跟國興衛視。」我伸出指頭數著。

「天啊，」黑美人挑眉，露出怪異的表情，「Raidohead 的〈Creep〉[12-5]肯定沒聽過吧。」

這次我點頭，笑了。

「那你是聽什麼長大的？」

我偏著頭想了想，「松田聖子、Dreams Come True、Mr. Children、王菲……」

她一愣，「當然他們也很有名啦，不過我第一次遇到沒聽過 Britpop 的人耶。」

Britpop 就是英式搖滾，在九零年代的英國獨立音樂圈蔚爲風潮。黑美人進一步解釋。

「Radiohead 好像聽誰說過……」我的腦中浮現模糊的記憶。

「待會兒上台表演的樂團，融合了 Britpop 和 J-POP 的搖滾樂，陰鬱又清新。」

我眨了眨眼。「陰鬱」和「清新」這兩個形容詞並列的風格究竟會如何入耳？

「風格有點像 Placebo，但是旋律是陽光走向……」黑美人見我一臉茫然，無奈地聳個肩，「待會兒你聽就知道了。」

一陣騷動。四名年輕人各自帶著樂器走上舞台，冷氣抓住空檔調降溫度的努力又白費了，熱度隨著口哨、歡呼聲往上飆升。和方才的開場團不同，四人的造型服裝明顯經過修整——以白色主體分別搭配薩克森藍、天頂藍等灰藍色系的配件，構成的線條或色塊除了設計感外更增添立體視覺，既優雅又隨興，臉上似乎還化了妝，每個人看來都很有型。

燈光暗下，第一個吉他和弦落下的同時，聚光燈打在背了把電吉他的主唱身上，是位畫了濃妝、看不出年紀的長髮女孩。她一開口，渾厚有力的嗓音讓我嚇了一跳，如此有魄力的歌喉居然出自一個外表纖細的女孩，簡直和 NANA 一樣。

兩把吉他、一把貝斯加上鼓，如此簡單的樂器卻構築成強大音牆迴盪在空間中，果真如黑美人介紹的氣質陰鬱，旋律清新，曲式不乏亮點，的確是不俗的樂團。他們一連表演了五首歌，時而狂野搖滾，時而迷幻抒情，台下的觀眾反應不錯。

「我姊是服裝スポンサー(suponsā)（贊助），不賴吧。」黑美人的重點似乎沒畫在音樂上。

「你怎麼認識他們？」

「主唱是我高中先輩的妹妹。」

「所以跟我們差不多年紀？」

黑美人搖搖頭，「她妹小她六歲。」

「他們表演妳先輩沒來？」

「她對他們的音樂 not interested（沒興趣）。」

「そんなこともあるよね[sonnakotomoaruyo]（也是有這樣的事）。」我點了頭表示理解。

「我想請你幫忙設計他們的單曲封面。」

「可以啊。」我挺感興趣。

「過陣子還要拍 MV，我是女主角喔。」

「MV，電視上播？」

「當然是網路。YouTube 最近很紅。」不愧是走在流行尖端的黑美人，連新興媒體都不會錯過。

「可是，主唱挺上相的吧？」我提出疑問，不明白如此有魅力的美女主唱爲何不擔任 MV 主角。

「她是 storyteller（說故事）的角色。」

「那有男主角嗎？」

「這是首描寫上班族空洞靈魂的歌。」

「他們那麼年輕？」年輕的他們如何寫得出空洞上班族的心聲。

「難道美女沒有悲傷的權利嗎？」黑美人斜睨著我，說了一句聽起來頗具思考的話。

我愣了下，覺得什麼地方怪怪的，「這好像是兩件事耶……」

黑美人俏皮地吐了個舌頭，「這句話我是跟別人學來的。」她想了想說：「我是覺得正因爲年輕又是旁觀者，所以可以很率直地說些什麼。」

「因爲還沒受到社會的汙染，所以敏銳又滿懷夢想嗎？」我笑了，好像有點領會。

「她應該是看著姊姊寫的，さよこ很悲慘，每天残業（加班）。」黑美人皺著眉頭說，「對了，主唱是はる，天気が良いの『晴』。」

表演結束，我們前往通向休息室的走廊，黑美人熟絡地和團員們打招呼，用日語介紹：

「他是貝斯手，Sakaguchi Ryo（坂口涼）、涼爽的『涼』（すずしいの『涼』）。」靠在門口牆邊、腰間別著銀鼠色絲巾的男孩正準備點菸，他不知所以地對我點個頭，「我是涼。」

「啊，俞麗姊。」長髮女孩從休息室的小門鑽了出來，親熱迎上。

「這是我之前跟妳提過，做視覺設計的Sio。」

「這是Igawa Haru（伊川晴），叫她Haru就可以了。」

我有些訝異地看著眼前的美人，原來她並不像舞台上看起來那麼嬌小，但五官立體秀麗，配上精巧的鵝蛋臉，是不折不扣的Camera Face。

Haru往休息室內招手，另外的兩位團員也陸續走了出來。

「這是鼓手，Nagai Daisuke（永井大輔），還有吉他手Fujimori Yuya（藤森悠哉），悠哉是團長，是對外的代表。」

鼓手大輔略帶羞澀地朝我一笑，團長悠哉則是禮貌欠身，冷靜凝視，「接下來請多多指教。」

「今天第一次見面，我們去喝個什麼，讓 Sio 對你們每個人多認識一點。」黑美人宛如經紀人的姿態對大家說。

見過幾次面後，我很快明白悠哉只是樂團代表發言人，實際上決定一切的是團裡的女王暨主要詞曲創作者 Haru。

他們一共準備了三首歌，預計在暑假前後連續三個月各發行一張單曲，其中一首就是由黑美人擔綱 MV 女主角的〈エモくない〉，我依據歌詞內容擅自取了中文歌名〈不動聲色〉，簡稱〈不動〉。

「不知道的人還以爲在說不動明王呢。」黑美人笑嘻嘻地說，轉身向團員解釋。

「那也不錯啊，代表這首歌能爲我們掃除障礙。」悠哉嘴角微微上揚，淡淡表示。

「對了，團名爲什麼叫 Superluminal（スーパールーミナル（Sūpārūminaru），超光速）？」我問。

「因爲我們會以超光速爆紅。」鼓手大輔用天眞的表情燦爛一笑。

「跟你說幾次不是這個意思。」團長悠哉立刻正色說明：

「超光速在天文學觀測上被認爲是種光學錯覺，在計算速度時忽略了其他可能性。」

我眨了眨眼，迷惑地望向黑美人，她也學我眨了眨眼，表示自己也不太明白。悠哉輕嘆了口氣。

「好比說，和小時候比起來感覺長大之後時間變快了，但是時光並沒有飛逝而是維持等速，只是以自身的角度來看，未來是移動的方向，而過去是逐漸遠離的，在感受上就會覺得抵達未來的某個時間點比較快，而過去的時間軸則被越拉越長，讓人有種流動緩慢的錯覺。」

「意思是，不要被自己的感受騙了，要從多角度觀察事情，找出事實？」我不確定自己是否抓到悠哉眞正的意思。

「所以我們如果爆紅其實不是爆紅，而是一步一腳印往爆紅前進的累積，對吧？」大輔的解讀非常堅持「爆紅」這個概念。

悠哉再次嘆了口氣，「意思就是，『感受性問題』是我們所關注的焦點。」

我再次眨了眨眼，看向大輔一臉木然，忍不住想笑，但是又望見其他人認眞的表情，只好點個頭，算是似懂非懂的理解了。

在第一次正式會議上，我提出對這次單曲的想法。

「上回俞和姊是用灰藍色系作爲樂團的主視覺，很有冬日風情。不過這次的單曲發行在夏天，我想使用黎明天空的顏色。」我拿出一張視覺概念圖，是一張朝陽即將升起的天空照片，我將預計使用的顏色做成色盤，並在照片上圈起註解，「地平線藍、日出黃、曙色……魔幻而又充滿希望。」

「可是歌詞裡寫著『黃昏夜色下你不動聲色』」Haru 插進來質疑，「感覺應該是昏暗色調。」

「不過我覺得〈不動〉雖然是描寫被暮色淹沒的空洞感，實際上是期待聽者打起精神、重新拾起多彩的人生。」我表達自己聽歌的感受。

「那是因爲你知道背後的故事吧，」Haru 眉頭深鎖，「你在聽歌的時候加入了自己的想像。我才是創作者。」

「我贊成 Sio 說的，」涼說話了，「黑白灰不適合首發單曲。基本上我認爲〈不動〉這首歌根本不適合首發，太陰沉了。」

Haru 眉毛一挑，「那哪首歌合適？」

「我認爲〈起源〉不錯，磅礴、大氣、絢麗。」大輔也提出意見。

「不是早就決定讓〈不動〉先上？」Haru 不同意，也許這是寫給姊姊的歌，具有特殊意義。

「我覺得，第一首歌是讓大家認識你們，輕快一點比較好。」我試著提出建議。

「而且〈不動〉這首歌的目標聽衆年齡層比較高，也許聲勢還沒打響，就會被人批評年輕屁孩什麼都不懂，只知道無病呻吟。」悠哉說。

「難道美女沒有悲傷的權利嗎？」

一句耳熟的話冒了出來，Haru 挑釁地看著衆人，然後望向黑美人，「愈麗姊也這麼覺得啊。」

黑美人的目光快速掃過每人臉孔，凝重的氣氛讓她無法像平時一樣暢所欲言，只好試著緩頰：

「聽聽大家的意見也不錯，樂團是大家的。」她頓了頓，又繼續說：「不過〈不動〉的確是首別緻的歌，可以充分顯示這個樂團的與衆不同，我挺喜歡的。」

「的確挺特別。」涼摸摸鼻子，認同這個觀點。Haru 露出得意的笑容。

「反正〈不動〉就是首發，視覺該怎麼設計就讓 Sio 試試看吧。」

大家你看我、我看你，對 Haru 的堅持不再發表意見。事情就這麼定下了。

會議結束，大輔像隻可愛的小狗一樣跑來面前，不知爲何他對我的態度特別親暱，總是黏呼呼地喊我「姉ちゃん（neechan）」（姊）。

「姉ちゃん，你別不高興。」

我搖搖頭，微微一笑說：「每個人都有自己的意見，很正常。」

「姉ちゃん提出的黎明天空我喜歡，有種神清氣爽的感覺。」

「不過 Haru 說的也沒錯，以〈不動〉這首歌而言的確太明亮了些，我會調整明度和彩度，試著用再灰階一點的色調。」

「感覺姉ちゃん就是個很明亮的人呢。」

「我個人比較喜歡夕陽喔。」

「姉ちゃん就像太陽消失前的絢麗雲彩，我是緊接在後的幽暗暮色。」

「Magic Hour 嗎？那可是最魔幻的時刻呢。」

大輔搖搖頭，「黑色多一點的藍，就像雲的影子。」

「哪有人這樣說自己的，」我輕輕敲了他腦袋一記，「更何況，作爲影子你也太活潑了。」

「我連在台上表演都躲在鼓組的後頭，注定是當影子的料。」

「對呀，不管前面的人怎麼東搖西擺，都必須穩定踏著步伐的影子。」

「這是鼓手的宿命吧。不穩定表演就完蛋了。」

「所以安定也是種想法，怎麼能說是別人的影子呢。」我拍拍大輔的肩。

「姉ちゃん，你眞像我的後天家人。」

我眨眨眼。

「鼓勵我、安慰我，比我原生家庭的家人還支持我。」

「他們一定也很重視你，只是表達方式不同而已。」

大輔猛烈搖頭，「不是這樣的，對他們來說我只是個殘缺品，是家族的瑕疵。」

「你不是念醫科？」大輔是今年順利應屆考上醫學部的大學生。

「又不是名門大學，而且我覺得自己不是當醫生的料，我怕血，之後一定過不了實習。」大輔沮喪地說，「我註定只能躲在兄上（あにうえ）、姉樣（ねえさま）身後。」

「所以才說自己是影子？」我偏著頭思考，「人生雖然不簡單，但也沒那麼複雜，也許走著走著就能找到自己眞正適合的路。」

「姉ちゃん就是這樣找到路的嗎？」

我沉吟了會兒，「我應該還在路上吧。」

「你不喜歡設計的工作？」大輔好奇地問，「我覺得你很有自信，而且樂在其中啊。」

「我的確是在做自己喜歡的事，」我點頭承認，「可是方向還不確定。畢竟這領域很寬，方向很多。」

「意思是我也不用著急？」

「是呀，先打好底子，一步一步踏實地走，會找到路的。」

「姉ちゃん，你眞是我的太陽。」

「剛剛不是絢麗的雲彩嗎，那麼快就跨界當太陽啦？」我取笑說，「這樣盯著太陽你不怕眼睛瞎掉。」

「這麼說來太陽還是留給Haru，姉ちゃん當絢麗的雲彩好了。」大輔立即反悔，「可以一直仰望。」

我忍不住笑了出來，「不過時間很短暫喔。」

「沒關係，和姉ちゃん在一起的時光，是我心中永遠的Magic Hour。」

這孩子嘴眞甜。我輕嘆了口氣，與他相視一笑。

一個月後，我帶著兩個版本到練團室參加樂團會議，一個是墜入幽暗的黃昏色調，另一個則是即將黎明的偏亮取色。團員們陸陸續續抵達，圍著我看剛出爐的視覺設計，七嘴八舌地發表想法。黑美人因爲有事耽擱，最後才到。

「怎麼那麼熱鬧？」她放下肩上的托特包，向大家走來。「哇，做了兩個版本啊，好漂亮。」

「我喜歡亮一點，感覺有精神。」大輔說，然後對我舉起大拇指一笑。

「兩個版本都挺好，」悠哉盯著圖樣，「聽者對一首歌本來就會有不同的詮釋。」

「邁向黎明感覺是個好徵兆。」涼期盼首發能有好聲勢。

大家的眼光朝向Haru，畢竟她是創作者。

「是都不錯……」Haru猶豫不決地來回看著兩個版本，「不過，我還是覺得黃昏色調更符合這首歌在我腦中的畫面。」

「是啊，還是應該尊重創作者。」黑美人點頭表示附和。

我咬著下嘴唇，表情難掩失望，但設計的工作就是這樣，早就習慣尊重客戶的選擇，所以沒多說什麼。

討論結束後，團員稍作休息，準備開始專心練團。我收拾好東西正想離開，悠哉向我走了過來。

聊一聊？他比了個朝外的手勢，用眼神示意。

我點了頭，身爲團長的他大概想說幾句安慰的場面話。

我們來到練團室樓下的巷子，悠哉點了根菸夾在兩指之間，莫測高深地望著我。

我被盯得有些不自在，正想說些什麼，他先開口了：「你……跟金愈麗是好朋友？」

「我們是小學同學，不過沒聯絡，後來才在東京相遇。」

「所以不算好朋友？」

我偏著頭，猜不出他的意思，「我們現在交情還不錯，應該算是好朋友吧。」

他挑起眉，將自己的手機遞給我，「你看一下這個。」

螢幕上顯示的是他和黑美人間的簡訊內容。

Sio 就是這樣，從來不管人家想什麼。

覺得自己什麼都知道，自己想的永遠是對的。

他的個性就是那樣，表面上笑得很甜，其實很難相處。

我驚訝地抬起頭，看著悠哉。

「基本上你設計的兩個版本都很好，每個人有自己的觀點，我沒意見。」悠哉吐了口菸，不帶一絲情緒地說：「你跟她感情如何，說實話我也不怎麼關心。」

「那為什麼給我看這些？你不怕我找她對質？」

「站在我的立場，我覺得大家都是為樂團好，」他露出不置可否的表情，「既然敢說就不怕被對方知道。」

「我想她有她的理由……」此刻我的心中訝異大於難過，總覺得事情不是表面所看到的。

「我應該沒有扭曲她的意思，至於你看了之後怎麼想，也不是我能控制的。」他超然地說：

「對我來說這只是感受性問題，而世上的緣結緣切，也都只是感受性問題。」

悠哉將指尖的香菸餘燼彈掉，伸手取回手機。

「呃，我可以請教個問題嗎？」

他似笑非笑地看著我錯愕的表情，示意但說無妨。

「請問今年貴庚啊？」

只見他臉上的表情瞬間垮了下來，一副哭笑不得的模樣，「你重點畫錯了吧。」

我搔了搔頭，露出裝傻的表情，其實是一時間無法整理好思緒，不知該說些什麼才好，心裡隱隱不安，難不成眞被W說中了，我又被同一個人在背後捅了一刀？

「在人類的社群中，多數的人都不會堅持自己的意見，而表達強勢的人自然而然成爲領導者，你覺得是爲什麼？」

「……避免爭執？」

悠哉點了頭，「維持表面的和平的確輕鬆省事。」

他望著我，重新露出那副莫測高深的表情。「只是我很好奇，你似乎並不在意這樣的潛規則，是太勇敢還是神經太粗？」

我回望著他，不明白他指的是哪一部分，「我應該也沒有堅持自己的意見吧？」

悠哉笑了，「你雖然沒有堅持，但很直接，那種理直氣壯的態度，對有些人來說可能是挑釁、規則的破壞者……」

我聳了個肩，「規則什麼的，沒那麼嚴重吧。」

「大多數的人一輩子都活在圈圈裡。」悠哉收起笑容，「看不到規則的人很幸福，但也可能很孤單。」

我不發一語地抬起頭，一朵巨大的積雲飄在正上方，底部壓著濃重的灰，看來快下雨了。

【耳朵記憶】

12-1. Coldplay〈Yellow〉，《Parachutes》，2000，Parlophone Records。

12-2. 孫燕姿〈風箏〉，詞：易家揚，曲：李偉菘，《風箏》，2005，華納音樂。

12-3. 貝多芬《Eroica》：貝多芬第三號交響曲《英雄》。

12-4. Oasis〈Don't look back in Anger〉，詞曲：Noel Gallagher，《(What's The Story) Morning Glory》，1995，Creation Records。

12-5. Radiohead〈Creep〉，《Pablo Honey》，1993，Parlophone Records。

13. 你的話是魔法

Track：莫文蔚〈如果沒有你〉[13-1]／《如果沒有你》

清晨，Share House前方的人行道足跡零星，只聽見早起鳥兒和枝間陽光歡欣吵鬧。我在地上畫了隱形方格玩起跳房子遊戲，偶而伸手試圖抓住紛飛的花瓣，用孩子氣掩藏躁動的心情。遠方，一個提了手提包的瘦高身影，從櫻色飛舞中大步走來。我停下動作，站在原地屏息等待，還沒來得及看清來者的臉，就被一把摟進懷中，熟悉的嗓音在耳邊輕聲地說：「想死我了。」在他溫暖的懷抱裡、在他深切的親吻中，我感覺身體每個細胞都快樂得跳起舞來，鼻頭酸楚，有股泫然欲泣的衝動，本以爲不過小別重逢，原來自己如此想念。我略帶羞澀地輕輕推開他，淡淡笑說：「回來啦。」

三個月來，由於忙碌加上時差，我和S大多只是e-mail往返，鮮少視訊，算是眞正的「好久不見」。回到Share House，兩人一如往常肩並肩坐在沙發前，我一邊聽他分享這些日子發生的事，一邊新鮮地摸摸他的耳朵、捏捏臉頰，確認自己熟悉的，安然無恙。

「老頭非要我交一份報告日本專案合作心得。」

S總是沒大沒小地稱自己的指導教授爲「老頭」。

「該補的課補一補，該交的報告提前交，才有辦法趕上這邊的四月開學。」

「還好我的交換申請去年十二月就過了，只是要跑程序……」

「上次是短期交換，兩邊大學合作一個專案發表，所以並沒有跑留學簽證的手續。」

「這次待比較久，身邊的事得先整理好，花了一點時間。」

「這次我可以一直待到明年二月。」

身邊的他一如記憶裡的靈活表情、貓樣的眼睛生動流轉，嘴裡絮絮叨叨說個沒完，我看著，有種此生無憾的心滿意足。

「怎麼啦？」他忽然回過神，輕觸我的臉龐、奇怪地問：「怎麼不說話？」

我微微一笑，搖搖頭說：「聽你說話啊。」

他突然眼睛一亮，開心地執起我的雙手，「黃金周的時候去山上泡溫泉如何？」

提起旅行總教人興致高昂，我瞪大眼頻頻點頭，一同欣喜計畫遊樂大事。

「我喜歡雲霄飛車。暑假的時候我們一起去遊樂園玩。」

「秋天很適合露營，我喜歡聽腳下踩著樹葉傳來沙沙的聲音，還可以撿松果。」

「去年冬天我和朋友遇到暴風雪，今年不會又那麼誇張吧。」

我們做了好多好多計畫，像在純白的夢裡畫上一筆又一筆的鮮豔色彩，滿滿的期待讓心臟發熱、指尖發燙，分不清是興奮還是痛感。儘管隱約覺得和Ｓ之間不會長久，然而他在心中埋下的愛的種子，在等待的這段期間，以思念爲養分長成了大樹，冒出期盼的枝葉、結了奢求的果實。我反覆聽著 Lene Marlin 的〈Another Day〉，暗自祈禱他能夠陪在身邊久一點，理智橫在一旁，心，終究還是認眞了。

♪

MV 拍攝的前幾日，俞和帶了設計好的服飾讓大家試裝。

「因爲主視覺比較暗，服裝我採用較明亮的顏色，」她讓每個人穿上各自的宣傳服，四人圍成一圈背靠著背，「這是曙光之花。」

她採用了我另一張設計稿上的色彩，我又驚又喜地照了張相給大家看。

「天哪，好神奇。」大輔興奮叫道：「我們看起來好亮眼。」

「這樣夏天表演的時候看起來也很清爽。」涼說，很滿意銀灰藍色的無袖設計。

「看來以黃昏意象作爲背景也是不錯的選擇。」悠哉點頭，「有服裝作爲反差亮點，更出色。」

Haru 也贊成地點點頭，表示喜歡。

「언니眞是天才。」黑美人讚嘆地又叫又跳。

「不是天才，只是比你們稍微有經驗一點。」俞和謙虛地說。

「不是每個人經驗多了都可以做到這種程度。」我欽佩不已。

「對了，Sio 待會兒有沒有空？」

我點頭。

「我想去找些亮片之類的配件，待會兒一起去？」

我看了黑美人一眼，「俞麗對閃閃發光的素材應該比較熟悉。」

「我要回去顧店，」黑美人揮揮手說：「我有先給언니一些參考資料的照片，你們去現場看看適不適合。」

服裝定稿會議結束後，我和俞和一同前往日暮里，她熟門熟路地領我往纖維街走去，在一家專賣進口布料的商店前停下腳步。

「其實我是假借找配件的名目，跑來看看 Liberty 新出的布料。」俞和俏皮一笑。

「這牌子的碎花圖案很漂亮，顏色又好，我也很喜歡。」我睜大眼看著架上展示的布料，興奮不已。之前曾看過專攻服裝設計的同學拿 Liberty 的布料做了件春裝，只用了簡單的剪裁和線條，成品看起來很脫俗。

俞和來回瀏覽架上布料，然後請店家抽出一匹洋紅色的薄棉布。

「這顏色適合你，幫你做件背心裙？」

我嚇了一跳，連忙推辭，「不用、不用，我很少穿裙子。」

「那就做件小背心，讓你搭配。」

我抬起頭，目光快速掃過展示架，指著其中一卷水藍色花布說：「這款應該挺適合你輕淡柔和的氣質。用它做件夏季洋裝吧。」

俞和看了眼布料，笑問：「直覺？」

我肯定地點頭，忽然又沒把握地回望她眼底盈盈的笑。

走出商店後，她親暱地挽起我的手臂，語氣溫婉地說：「Sio，俞麗有把兩張設計稿給我看過，我們都很喜歡『邁入黎明』的概念。」

我猶豫地點了個頭，「俞麗也喜歡？」

「是呀。」俞和肯定回答，「那張色彩和氛圍是我這次設計的靈感來源。」

奇怪，黑美人在會議裡表現出的樣子並不像是喜歡啊？我心想。

「最近我在看 Personal Color（個人色彩）的檢定資料，」她接著說：「過陣子沒那麼忙的時候，我想去考個證照，你要不要一起去上課？」

「個人色彩檢定？」

「課程的內容類似色彩溝通學，進一步分析每個人或環境適合的顏色，找出貼切甚至能夠加分的色相組合。對我的服裝設計很有用，我想對你未來的路也會有幫助。」

「其實我還沒確定未來要走的方向……」我抿著嘴，表示困惑。

「好比說我這次設計的服裝，除了破曉色，還根據每個人的膚色、髮色等調整了色調，呈現專屬個人的特別色彩。」

我恍然大悟地點點頭，「所以就算都使用暮藍色，但看起來有微妙的不同……四個人站在一起很有層次感呢。」

「無論什麼設計，都和人的心理脫不了關係。」俞和微微一笑，「是爲人設計，也是設計給人看的。」

「嗯。」我點頭表示贊成。

「多學習這一方面的知識，無論對家裡的服裝進口，或是現在、還有未來的視覺設計，甚至於室內設計，一定都有幫助。」她肯定地說：「Sio 你的色感好，是難得的天賦，可以加強這一塊。」

我驚訝地看著俞和，同時也爲她的話語感動。我們雖然沒有如膠似漆的密切往來，但她像親姊姊一樣關心我、如好友一般支持我，更是賞識我、引導我未來方向的前輩——對於這份可遇不可求的情誼，我心存感激。

「啊啦，這個感覺好像不錯。」她的語氣輕柔，目光卻如搜尋獵物的老鷹般銳利，盯著配件商店裡的陳設。「至少得幫每個人做個三件，夏天汗水多，可以替換。」

好喜歡這樣溫柔、處事俐落的俞和。我吸了吸鼻子，專注地投入挑選。

♪

爲期一年的交換生活，S選擇了往返校園輕鬆的留學生宿舍，我們之間距離三、四十分鐘的車程。

原本以爲熬過三個月的相思，接下來能隨心所欲、想見就見，與分離前的甜蜜無縫接軌，但事與願違——忙著新生活以及認識新朋友的S，很少出現在我面前，就算出現，也總是心不在焉。

「你該不會還有時差吧。」我故作輕鬆地取笑他一臉疲憊。

「學校很忙。」他垂下頭低語。

「忙的話不一定非見面不可。」我心疼他的忙碌，卻也對無法經常相見感到悶悶不樂，複雜的思緒揣在心裡，只能語氣淡漠。

「可是我會想見你啊。」他懊惱地抱著頭。

「我們就各自過好各自的生活，這樣彼此都輕鬆愉快。」我似笑非笑地看了他一眼，自己也不明白爲何要說出這樣逞強的話。

「話不是這樣說，講得一副要分手的樣子。」

「你如果覺得忙不過來，分手也可以啊。」又來了，爲什麼非要使勁刁難、故意試探愛的深淺呢？

「『分手』這兩個字不能隨便說的，說了就別反悔。」他盯著我，眼中升起的不像怒火，而是再次確認？

是我看錯了嗎？爲何他臉上的表情像是鬆了口氣？眼前這人，是我苦苦等待的那個人嗎？總嚷著要我相信他的愛，一心討我歡喜、在身旁溫柔陪伴、貼心呵護；那個只想讓我盡情做自己、自由呼吸，被我視作最好的情人也是最好的朋友，真的是眼前這個人嗎？

如果他還是我認識的那個他，不會這樣無所謂地看著我，他會因爲自己的愛不被信任而鬧脾氣，他會深情地抱住我、哄哄我、再故意戲弄我惹來抗議連篇，兩人又笑又鬧，事情就過去了……然而此刻只能感受著圍繞兩人的低氣壓與不穩定的氣流，離好大越來越遠，酸楚聚湧爲雲凝結成雨，太陽閃躲，走到這景況究竟是他的錯，還是自己設下陷阱爲難了自己？

我嘆了口氣。

「你的心是不是走了？」

他的耳朵紅了起來，低下頭不敢看我。

「我不知道，我還是會想你……可我再也沒有把握，只把心思放在你身上了。」

沒有任何人能把心思只放在一個人身上，這很正常，滿腦子只有戀愛才是異常，我明白，我都明白，但是失望。當初是自己要他坦誠，如果不那麼愛了，得提前告知。畫下句點不是選擇，而是愛末的唯一途徑。

「那不就是分手的意思嗎？」

「讓你決定。」

好狡猾的一句話。我輕笑出聲。

「你擺出這種態度，然後叫我決定？」

說完，我不發一語望著天空快速飛過的雲，啊，好想跟它們一起走啊，走了，就無需面對此刻的心傷難堪，走了，就一了百了。

那晚，我們第一次不歡而散。也許，是眞的散了。

♪

樂團的單曲製作暨發行如火如荼地進行，我白日追著學校課業進度，夜晚和團員相聚，每天忙得不可開交——就算是逞強，也必須讓自己忙碌。

今天廠商會送做好的 CD Sample 到練團室，我們約了晚上練團前一起看樣，如果沒問題就可以進入印刷和壓片階段，而拍攝好的 MV 剪接也在同步進行。眼看單曲發行的日子就快到了，大夥兒這陣子卻無心練團，摩拳擦掌是有的，只是對著電視螢幕。

「進啦！」

才走進大門，倏地感覺整棟樓歡聲雷動，休息室傳來無數大吼大叫的聲音，我探頭一看，不分樂團還是工作人員，全都擠在電視機前。

「姉ちゃん，德國隊進球了！」大輔衝到面前，興奮地拉起我的手又跳又叫。

「你們不練團啦？」我無奈苦笑。

國際足總世界盃在進入小組賽階段後，大家的話題都圍繞在日本國家隊的門將川口能活和旅英球員中村俊輔、中田英壽等人身上，原以為失去晉級十六強的機會，大家的熱度會稍微衰減，現在看來進入半準決賽後氣氛是更加熱烈了。涼轉頭對我一笑，「團要練，足球必須要看。」熟識之後發現他的笑容其實挺和煦，沒那麼冷。

「來，」悠哉丟了罐啤酒給我。「四年一次，先乾再說。」

「最好你們四年才喝一次。」我接住他拋來的啤酒，嘴裡嘟囔著說，順道用眼角的餘光瞥了眼電視螢幕，「唔，阿根廷不是有個音速小子，19號的Messi沒上場嗎？」

「他還太年輕了。」悠哉嘆了口氣，但接著又自信滿滿地說：「不過我覺得他再不久肯定會稱王。」

「德國隊贏了好，」Haru快樂地說：「這樣又可以繼續看到我的Ballack了。」

德國國家隊隊長Michael Ballack是Haru的最愛。

「我等著明天看我最愛的Ronaldo。」我啜了口啤酒，平靜地說。

「姉ちゃん，兩個Ronaldo你愛哪一個啊？」大輔問。

巴西國家足球隊有兩位名叫Ronaldo的球員，一位是身材壯碩的外星人Ronaldo Luís Nazário de Lima，另一位則是球在腳下宛如魔術的Ronaldo de Assis Moreira。

「兩個都愛。」我爽快回答。

「有時我真懷疑Sio的審美。」Haru嘖了一聲，「你就不能喜歡標準型帥哥嗎？英國的

Beckham 如何？」

我還沒來得及回答，大輔就大聲嚷嚷地插話：「Haru 你也管太寬了吧。我が姉（wagaane）就是喜歡有才華的不行嗎？」大輔臉上帶著莫名的驕傲。

Haru 冷哼了聲，「他們這些足球明星，哪一個要才華沒才華，要身材沒身材？重點當然是臉蛋啊！」

我清了清嗓子，慢條斯理地說：「我是真心覺得大羅和小羅長得很帥。黑色人種的五官輪廓美好得像是上天的禮物，深膚色又能夠輕鬆駕馭鮮豔的色彩，每次看到都讓人驚豔。例如高更的大溪地女人如果換個膚色，畫是不是就沒那麼艷麗了？」

只見大輔和 Haru 瞬間愣住，兩人面面相覷。大輔摸了摸鼻子，猶豫地說：「既然我們的視覺設計師都這麼說了，Haru 你覺得我曬成古銅色肌膚如何？」

Haru 歪著頭上下打量大輔，然後露出嫌棄的表情，搖搖頭說：「臉已經沒救了，曬黑看起來髒兮兮，KIMO（キモッ）～」

大輔聞言「哇」的一聲假裝大哭，撲過來抱住我訴苦：「我在這個樂團超沒地位，我就說他們只把我當個影子……」

涼好笑地走上前，摸摸他的頭說：「沒關係啦，想曬黑就去吧。」

悠哉點頭附和，「曬多黑都沒關係，反正……」

「反正你躲在鼓組後頭，觀眾看不清楚。」Haru果然毒舌。

大輔震驚地看著另外三位團員，表情十分受傷，但他很快恢復酷哥形象，冷靜地挑眉說：「樂團要有整體感，要曬就四人一起。」

大家你看我、我看你，像在腦中各自想像其他人上色後的模樣……「我認爲自然比較重要。」悠哉推了推鼻樑上的眼鏡，淡淡地說。

「嗯，刻意曬黑不自然，」涼，迭連點頭稱是，「我們是不做作的樂團。」

「做人重要的是眞心誠意，」Haru正經八百，「外表一點都不重要。你不曬黑Sio也一樣愛你。」

大輔轉過頭，用充滿期待的眼神看著我，我緊咬著下嘴唇，卻還是忍不住笑了出來。

「我對你的愛怎麼是那兩位Ronaldo能比的呢～」嘴甜從來不是我的強項，此刻卻毫無障礙地脫口而出，輕鬆自在，沒有煩惱。

看踢球，緊張刺激；論足球，和樂融融。我喜歡，這樣的感情好。

♪

翌日，在學校開完小組會議，我笑盈盈地和同學道別，慢條斯理地收拾東西，在返回Share House的途中，還蹲在樹叢旁和經過的淺三花貓咪玩了好一會兒，一路蹦躂。

待會兒就要見到S了。昨晚出門前接到他的來電，「我可以去找你嗎？」聲音聽來小心翼翼，不知道想說什麼。傍晚，他會到Share House門前等我，眼看就是約定的時間，我滿懷期待，卻同時湧上等量的不安。

遠遠地望見他坐在屋前的矮階上，我壓抑內心的忐忑，放慢腳步、故作從容地走近，正想說「嗨」，沒想到他抬頭一見我就笑了，惹得我也情不自禁地咧嘴笑著。我們原來是這樣的好朋友啊，原來就是好喜歡、好喜歡這個人啊。

「去吃點什麼？」我問。

「都好。」他點了頭，站起身子拍拍褲子後頭的灰塵，和我並肩走著。

白日餘熱漸消，天仍一片光亮，我們緩緩朝公園方向走去。

「最近剛結束個專題，終於可以輕鬆點了。」S說，「你呢？」

「一樣，學校和樂團兩頭忙。」之前曾提過關於樂團單曲的視覺設計，他說有機會也想去看現場表演。

「是下個月發行嗎？」

我點頭，「發表會能來嗎？」

「應該可以，放暑假了嘛。」他歪頭想了想。

「最近在聽什麼歌嗎？」我隨意起了個話題。

「Mr. Children是一定的。」

眞是令人喜出望外的回答。我眼睛一亮，接說；「世界盃主題曲那首〈箒星(hōkiboshi)〉[13-2]（彗星）！」

S笑了，「有種充滿希望的感覺，聽著人也精神。你呢？」

「嗯……宇多田光(Utada Hikaru)的《Ultra Blue》[13-3]專輯，」我想了想，忽然有點心虛，「還有莫文蔚的〈如果沒有你〉……」

「那首歌不是蠻哀傷的？」他轉過頭看了我一眼，「別聽慘情歌，心情會變差。」

但是你沒在身邊的時候，懂我、陪伴我的是那首歌啊。我看了他一眼，沒說出口。

「雨季那時候常聽，現在沒了。每天豔陽高照。」我抬起頭看著天空，天色已漸漸暗下。

「對了，你喜歡的《ハチクロ》電影版上映了。」

「嗯，蒼井優(Aoi Yū)主演。說不出來適不適合，畢竟はぐ在原作裡是小矮子嘛……」我笑了出來，「雖然我很喜歡優ちゃん就是了。」

「我有看到宣傳影片，主題歌是……」

「SPITZ的〈魔法のコトバ(mahō no kotoba)〉[13-4]！很棒對吧！」我孩子氣地舉起雙手雀躍笑著，一轉頭，瞥見飽含愛意的熟悉目光。

S沒說出他的來意，只是一路不著邊際地閒聊，就像從前一樣，彷彿前段日子的空白從未發生過，他始終在我身邊，走著、笑著，我們一直手牽著手。

來到公園深處的池塘附近，兩人不約而同地停下腳步。我終於按捺不住，決定直奔主題：

「爲什麼來找我？」

他搔搔後腦勺的髮，耳朵漸漸轉紅，「就……想你了。」

我努力佯裝冷靜，卻阻擋不了細胞裡的喜悅分子躁動，一個個你推我擠、爭先恐後冒出。

「我下星期有份報告要交，之後我們一起去富士急如何？」他提議。

我瞪大雙眼，「富士急的雲霄飛車聽說很刺激耶。」

「對呀，我聽同學說很厲害，到時候你可別嚇哭啊。」S取笑說。

「最好不是你嚇哭了。」我開心跳起，俏皮回話。

夕陽很美。落日臨走前大筆一揮，爲不起眼的層雲添了胭脂、灑上金粉，粉紅浪漫偕同黃綠漸層，構築幸福如夢似幻，獻上屬於戀人們的玫瑰色天空。

【耳朵記憶】

13-1. 莫文蔚〈如果沒有你〉，詞：李焯雄．左安安、曲：左安安，《如果沒有你》，2006，新力博德曼。

13-2. Mr. Children〈彗星〉，詞曲：櫻井和壽，2006，TOY'S FACTORY。

13-3. 宇多田光《Ultra Blue》，2006，EMI Music Japan。

13-4. スピッツ〈魔法のコトバ〉，詞曲：草野正宗，2006，Universal Music Japan。

14. 因爲渴望被聽見

Track：Muse〈Butterflies & Hurricanes〉[14-1]／《Absolution》

根據最後討論的結果，スーパールーミナル這次的新歌將採取實體和數位雙軌發行，首支單曲的數位發行當日舉辦現場發表會，接下來每隔一周發布一首新歌至數位音樂平台，凝聚氣勢，而收錄三首單曲的實體 EP，則在音樂祭當日發售。

發表會當天，Live House 外頭聚集不少等待入場的樂迷，牆上的大螢幕反覆播放新鮮出爐的 MV，炒熱氣氛。

看，好像就是她耶……

黑美人出現時，引來不少竊竊私語，似乎認出她就是 MV 裏的女主角，還有人興奮上前要求合照。

我站在出入口附近，剛好目睹她被一群人環繞的盛況，覺得有趣。

結束合照的黑美人笑嘻嘻地向我走來，「沒想到妳先紅了耶。」我調侃說。

「沒想到會那麼多人。」她重新綁好馬尾，甩呀甩的模樣看來嬌俏可人。

「你朋友呢？」她看了看四周，確定我隻身一人。

我搖搖頭，勉強露出微笑。說好交完報告後會再聯絡的S又失去消息，我早該知道。
「坊ちゃん趕不回來嗎？」黑美人若無其事地提起W。
「他說研發進度卡關，暫時沒辦法回東京。」
「太好了，今天晚上玩成瘋丫頭也沒人管。」黑美人刻意手舞足蹈，表現出喜不自勝的模樣，「不過我還是得稍微顧一下形象，免得毀了他們的新歌。」
「搞不好妳會順勢成了模特兒之類的。」我打起精神，不想繼續思考S的去向。
「Whatever，只要能幫我設計的首飾宣傳，」黑美人自信地拍拍胸脯，「肯定大賣！」
「俞和姊呢？」
「她收拾好店面就來，不過應該是開場之後了。大家都進後台了嗎？」
我點頭。爲了讓團員們專心準備表演，我們沒進休息室，只站在門外一邊閒聊、一邊等待俞和與其他合作夥伴到來，今晚他們是專業樂手，我們則專職觀眾。
暖場結束時俞和剛好趕到，我們三人走下階梯，悄聲溜進幽暗的表演空間。
鼓聲節奏透過擴大機傳入每個人的耳裡，與滿是期待的心跳聲合而爲一，聚光燈打下，我們爲スーパールーミナル量身設計的視覺造型躍進眼裡，感動之情油然而生，眼眶濕潤。
做了好幾年設計，總覺得那只是種美感表達，也許是自己的，更多是商業主的，然而此時此刻展現在眼前的色彩、服裝、造型等，各方面融爲一體的完整感，稱作藝術也許太過自賣自誇，但確實是我目前爲止所「成就的最高傑作」，而這份傑作是和那麼多好朋友共同創造，那份難以言喻、滿溢胸懷的充實，其間燃燒的熱血與感受靈魂的激盪，是如此心潮澎湃。

由此爲始，スーパールーミナル展開了忙碌的宣傳行程，團員們神采奕奕，迎接一場又一場的演出。特意選在暑期發行 EP 原就是讓大家無須煩惱課業，專注在樂團表演；而放假的學生粉絲跟著樂團跑行程，同時也吸引不少新朋友加入，在舊雨新知的熱情支持下，衆人士氣高昂，一改過去懶散練團的脾性，衝勁十足。

轉眼來到 EP 首賣日。盛夏的音樂祭是這波宣傳的重點，集聚了世界各國的知名樂團及來自四面八方的獨立樂團，前來觀賞和遊玩的人潮衆多，是極具代表性的的音樂盛典。

「晚上有 Muse，這個非看不可。」大輔鄭重向我推薦，「鼓手 Dominic 是我的偶像。」

「主唱兼吉他手的 Matt 很強人，古典樂底子深厚。」

「不就跟 Haru 妳一樣？」

「我離他還有段距離。」居然聽見 Haru 難得謙遜，這位 Matt 讓我感到非常好奇。

W 也排除萬難前來會合。這是他在東京的最後一個夏天，說什麼也不想錯過這場音樂盛宴。看到好久不見的熟悉臉孔，我瞬間有放鬆的感覺，就像回到家一樣。我們興奮地互擊雙掌，凝視彼此的眼中完全止不住笑意。

「這就是傳說中的NIISAN（にいさん）？」大輔磨蹭上前，目光緊盯著W，略顯敵意。

「我們是從小一起長大的啦。」我大笑解釋。

「哦，那就是傳說中的兒時同伴囉。」大輔滿意地點點頭，向W伸出手。

「Sio和坊ちゃん很久沒見了，一定有很多話想講，」黑美人笑咪咪地拽著他身上的衣服，「乖，我們去吹冷氣。」

「我雖然常常見面也有很多話想講啊……」大輔就這樣不情願地被拉往室內舞台的方向。

我揮了揮手，目送大夥離去的背影，轉頭問W：「想去哪個舞台？」

音樂祭位在海邊，除了臨海的室外主舞台和逃避酷暑的室內館區，還有幾個風情各異的小舞台，我提議前往設在沙灘上並有浪潮聲參與表演的beach stage。

他點點頭，「看看和我們家鄉的海有什麼不一樣。」

初次參加音樂祭的我一路左顧右盼，新奇地看望四周繽紛的裝飾，驚嘆：「有種來到遊樂園的感覺。」

「說起來你沒去過野台呢，在兒童樂園。」W說。

我疑問地看著他。

「野台開唱，北台灣很有名的音樂祭，五月天就是從那兒出道的。」

我恍然點頭，「那爲什麼你去過我沒去過？很沒義氣耶！」

「你人在日本啊。我也是前幾年去的。之前一起玩樂團的朋友還在獨立音樂圈努力，找我去捧場。」

我拍拍他的肩，表示理解。

他接著回憶說：「兒童樂園要爬小山坡，一路上燈光昏暗，有點像我們小時候爬到半山腰的公園看布袋戲，很有鬼月的氣氛。爬得全身滿頭大汗來到最高的舞台，一面吹風一面眺望夜景感覺很爽，有種重回青春的錯覺。」

「夏天來海邊，也很青春啊。」我笑說，「我們應該正在青春的路上吧。」

「所以，當學生眞好。」W嘆了口氣，苦笑說：「我工作了幾年，已經開始覺得垂垂老矣了。」

「專案做得如何？」我忽然想到關心一下他的工作。

「算是突破了瓶頸，下個月就可以送去試作第一批サンプル（sanpuru）（樣本）。」他鬆開肩膀，吐了口氣。

「如果成功就太好了。」

「應該還得來回修改個幾次吧。」他聳了個肩，「研發就是要有耐心。」

「你空降到團隊，沒被人排擠？」我問。

他驚奇地看著我，「一段時間不見，長大了嘛，居然會關心這種問題。」

「不知道是誰一天到晚提醒我人心險惡……」我悶哼了聲。

他淡然一笑，「還好，提過幾次還算有用的建議之後，大家的臉色都和緩許多。」

「看來明年春天能順利回去了。」

「你呢？畢得了業嗎？」W笑說：「看你每天都在玩。」

「什麼玩，我很認眞在做樂團的視覺好嗎。」我抗議叫道，「學校老師還稱讚我提前完成畢業作品呢。」

「他們是你的畢業作品？」

「不是『他們』，是音樂專輯的視覺設計並且和實際商業活動結合，」我洋洋自得地說，「提早半年交卷，厲害吧。」

W完全沒被我的得意感染，只是淡淡地瞥了我一眼：「其他課程應該七零八落、要補的學分一堆吧？」

我倒吸了口氣，摀住心臟做出被擊中的痛苦表情。

「畢業後呢？留在東京？」

「安明年想回韓國發展，我會接替她的工作到事務所上班。」

「她不是空間設計專攻？」W挑眉看著我，一副「你行嗎」的表情。

啊，這傢伙的中文語法崩壞了，我在心裡偷笑。

「我今年也修了不少空間設計的課，很忙欸。」

「我還以爲你會跟我一起回去……」W欲言又止，上下打量起我，「好像瘦了點。看來是眞的很忙……感情很不順齁。」

我撇了撇嘴，眞是那壺不開提那壺。心裡雖然抱怨，但仍一五一十地交代和S糾纏的情況。

「沒遇到其他的對象？」聽完我的故事，W不解地皺起眉。

「有是有，」我嚥了嚥口水說：「但是只要他回來找我後的隔天，對其他人的所有好感都會歸零。」

「你就這麼喜歡他？」

我歪著頭，思考了好一會兒。

「好比說……」

「好比說？」

「剛才我不是嚥了口水嗎，」我回想著和S的相處，「如果是他在身邊，就會立刻遞來水瓶。」

「他知道你想喝水？」

「與其說他知道我想喝水，倒不如說他的專注力全在我身上，無論嘴裡正說著什麼或是耳朵聽到什麼，都不會錯過一絲細節，能夠預測並了解我的需求，及時做出回應。」

W看了看我，然後卸下背包，取出瓶裝水，「哪，給你。」

我噗哧一笑，道了聲謝接過水瓶，然後收住笑容，望向遠方。

「有時候我會想，是不是他的愛太花精神力了，所以才會沒多久就覺得累，想逃。」

「確かに（tashikani）（的確），不是每個人都能把對方捧在手掌心上呵護，更甭說是無時無刻。」

「被捧著呵護的感覺當然很好，不過日子得平淡的過；總是全心神關注、緊繃著，怎麼過得長久呢？」

W安靜聆聽。

「也許他以為一旦鬆懈下來，就表示自己不愛了，但是等在外頭玩夠、休息夠了，又開始想念……這樣的矛盾不斷循環。」

「你不會覺得這種男的很爛嗎？」W語氣倒沒有不滿，只是陳述。

我思索著看了他好一會兒，「確實，以我的立場來說，無法滿足我對愛的需求的他挺糟糕的。」

「不只你，以世俗的眼光來看也挺糟的吧。」

我微微點頭，說：「但是，所謂的對與錯、好與壞，真的能以世俗的眼光為標準嗎？先別說每個人對愛的需求不同，就算多數人的需求是相同的，也無法說是絕對正確啊。」

「你覺得專一的愛不是正確的？」W挑眉。

我搖搖頭，「我是說是非對錯沒那麼絕對。我不能因為他無法滿足我對愛的需求就詆毀這個人，否定他帶來的好。」

W沉默著思考了會兒。

「也是啦，感情的事很複雜。」他輕輕嘆了口氣，「……我看你自己想得挺清楚的嘛。」

「我站在圈圈外頭，自然看得是一清二楚，但是只要他來到面前，又踏回圈圈裡情不自禁地笑了，暈頭轉向的，怎麼可能拒絕呢？」

W沒有說話，可能腦袋正忙著消化我的自白。穿過樹林步道的我們來到海邊，兩人不約而同地停下腳步，看著海浪由遠至近一陣陣襲來，靜靜聽著海潮聲。

「啊，剛才應該買個草莓刨冰再來的。」我張開雙臂迎著海風，頭上的草帽被吹掉了下來，落掛在頸後。

「我剛看到雞尾酒，感覺很夏天。」W指著我們來時的方向。

「バカ[baka]（笨蛋），現在本來就是夏天。」

「你才バカ，如果是路邊賣的烤番薯，就不會有夏天的感覺啊。」

我眼神游移地思考了下，摸摸鼻子說：「好像也是耶。」

「我就說你是バカ吧……」W頓了頓，「無論如何，給得自己個期限，不能無止盡地等下去。」

突如其來的話語讓我不由得驚愕地盯著W。

他撇過頭，自顧自地哼起劉若英的歌。我做出快鈴搶答的動作。

「〈我等你〉[14-2]，哇，那麼久以前的歌啊。」

「說很久，也不過五、六年前的歌，但那時候我們都只是孩子，像上輩子的事了。」W感嘆道。

「一生中都會當過一次孩子，不用到上輩子了……」我搖搖手，一臉正經回說。

他果然如預期般白了我一眼。我做出鬼臉、淘氣吐舌。

「時間好像差不多了。」他看了眼手腕上的錶。

我抬頭看著天空，「希望不會下雨。聽說昨天超大雷雨。」「嗯，他們要表演了，過去看吧。」

我重新戴好帽子，兩人往另一頭的小舞台走去。

舞台前方的場內出現不少在發表會看過的熟面孔。在氣氛火熱的音樂祭，打過照面、半生不熟的都是好朋友，我們興奮地相互揮手、開心招呼，共享盛夏陽光的熱情，全身上下每一個細胞都感動涕零。W是第一次觀賞スーパールーミナル的演出，只見他專心地盯著舞台，隨著旋律和節奏搖頭晃腦，看來十分享受。演出後團員們收拾樂器，準備移動到簽名區，黑美人說要去販售點觀察EP賣得如何，約了傍晚在大舞台見，便一溜煙地跑了。

「還蠻特別的。」W說出感想。

「就這樣？」我眉頭微皺。

「女主唱蠻漂亮的。」

我的眉頭皺得更深了。

「鼓打得不錯，前幾首歌雖然有點趕拍，但是讓貝斯救了回來。說起來那個一臉塩っぱい(shoppai)的貝斯手是穩定拍子的大功臣。」

「啥？臉很鹹是什麼意思？」W奇怪的形容讓我忍不住笑了出來。

「你不覺得他老皺著眉、一臉難相處的表情嗎？」他露出得意的神情，「這是我從同事那學來的用法，很酷吧！」

「哈，涼不笑的時候就那樣。今天大家都有些緊張。」我承認方才的表演確實小狀況頻出。

「不過瑕不掩瑜。」W的嘴巴終於吐出好聽的，「雖然編曲有點陰鬱但是曲調很清新，所以不會感覺太沉重，還蠻琅琅上口。」

我難掩喜悅地用力點頭，像自己的孩子被誇獎似的。

「我們穿到河岸花園那邊的舞台看看。有點餓，路上順便買些吃的。」W笑著提議。

我們在沿途的賣店買了綠咖哩、紫蘇肉燥丼、牛肉串烤、炸薯條和兩杯可樂，準備到河岸一邊聽一邊人快朵頤。河岸花園區連接戶外和室內兩大會場，舞台不大，走累的觀眾三兩坐在階梯上聽音樂，避開其他舞台的人群嘈雜，眺望對岸一片綠意享受難得的悠閒。我拎著食物左顧右盼，想找個陰涼的地方坐下，卻無意間瞥見一個熟悉身影，高大微駝、絡腮鬍，這不是廣瀨嗎！

我吃了一驚，略爲緊張地向周圍查探，不確定他是否隻身前來。

廣瀨也發現了我，他舉起隻手招呼、咧嘴笑著大步走來。

「我和朋友一起來看表演。」我簡單帶過。

「我來搖滾團的場子參一腳。」不愧是興趣廣泛的廣瀨，熱愛跨界。「不過人實在太多，還是這裡舒服。」

他俯身端詳了我一會兒，說：「氣色還不錯，過得好吧？」

見我表情有些不自然，他像是猜出什麼，笑呵呵地說：「放心，他沒來。」還沒來得及接話，他又說：「那傢伙畢業前和 Elara 去印尼節，突然迷上甘美朗，兩個人跑去峇里島結婚了。」

這番話講得太過輕描淡寫、簡單扼要，我不由得張大眼睛、滿臉疑惑。

「感性人，沒辦法。」他搖搖頭，嗤鼻一笑，「就祝他幸福囉。」

老實說我並不想知道「那傢伙」的近況，聽了廣瀨的話雖然驚愕，但決定拋到腦後。

「你怎麼兩眼黑眼圈那麼重？」我導向另一個話題。

「我忙出國，」說著，他摸摸下巴的鬍子呵呵笑了起來，「要去巴黎深造了，歐洲的爵士自成一格，很有趣。」在音樂的世界裡，廣瀨永遠像個大孩子似的什麼都感興趣。

「有好奇心是好事，」我微微笑著，「不過玩到廢寢忘食就不好了。」

「你看我這身材，再忙都不會忘記美酒和美食。」他拍拍自己新長出來的啤酒肚。

「是酒喝太多了吧。」

「開心嘛，」廣瀨拍拍我的肩，不以爲意地笑說：「開心的時候就要多喝點酒，才不會睡不著……」

「兄ちゃん～」忽然一名綁著馬尾的嬌小女孩拿了兩瓶啤酒向我們跑來，「哪，你的。」她高舉著手將其中一瓶遞給高大的廣瀨。

「這是我妹，飛花（ひか）。」

站在哥哥身旁的Hikaちゃん像個稚氣未脫的中學生，模樣天真又可愛，兄妹倆看起來感情很好。她對我甜甜一笑，卻止不住好奇地上下打量。

「喝酒還是適可而止的好。」我看著雙眼無神的廣瀨，忍不住嘮叨了句。

他用那巨大的手摟住妹妹的肩膀，拍了拍說：「她比我還會喝。」

我們笑著向對方道別，看著一高一矮相親相愛離去的背影，我的心卻像拂了層陰霾——方才廣瀨的話，聽起來怎麼像是因爲失眠所以只好喝酒？

「走吧。」手裡拿了食物又握著兩杯飲料的W抬了抬下巴示意，前方樹下的陰涼處恰好有人離開。

我甩甩頭，沒再多想，雀躍地往前跑去，準備好好享受音樂祭的醍醐味。

天還是亮的，傍晚的微風吹散了暑氣，但是一抵達大舞台，立刻又感到熱氣蒸騰。當電吉他響起，耳朵像是醒了過來，灌進耳裡的節奏和旋律讓人難以置信，心臟砰砰地狂跳，全身起雞皮疙瘩。我轉頭看向身邊的伙伴，每個人幾乎都張著嘴驚奇地看著舞台上穿著白衣的三人樂團——主唱Matt穿著印有彩色圖案的白色T恤，Bass手Chris和鼓手Dominic則是學院風裝扮——僅僅三人，組成了巨大的音牆漩渦，將在場觀衆吸進另一個宇宙。妖豔高亢的歌聲宛如黑洞，連我都不由自主地舉起隻手將靈魂投入。

橘紅色的夕陽逐漸佔據天空。五、六首歌後，Matt在曲子中途突然跑向舞台後方，將吉他交給工作人員，接著在與鼓組平行的白色鋼琴前坐下，開始彈奏起來。冰涼、美麗、晶瑩剔透的音符輕敲心房，聽起來似曾相識。

「聽說 Matt 很愛 Rachmaninoff[14-3]。」站在右後方的 Haru 湊到我耳邊說。

我點了頭，表示明白，之前曾聽她說過主唱 Matt 的古典底子深厚，看來果眞如此。

一個多鐘頭的身心靈饗宴畫下休止，但餘韻迴盪在每個人的體內，久久未散。回程的路上，所有人都沉默不語，各自陷入翻騰的思緒中。

這一晚，怕是遇見了優雅天使狂野降臨。

【耳朵記憶】

14-1. Muse〈Butterflies & Hurricanes〉，《Absolution》，2003，Taste Media。

14-2. 劉若英〈我等你〉，詞：瑞業，曲：光良，《我等你》，2000，滾石唱片。

14-3. Rachmaninoff：拉赫曼尼諾夫，Sergei Vasilyevich Rachmaninoff（1873—1943），俄國作曲家及鋼琴家。《第二鋼琴協奏曲（Piano Concerto No. 2）》爲其代表作品。

15. 愛・灰燼

Track：紫雨林《Ashes to Ashes》[15-1]

音樂祭的迴響不錯，我所設計的樂團官方網站上湧現不少樂迷的留言，也有幾家廠牌（Label）循線而來，其中以獨立廠牌居多，也有一、兩家主流唱片對スーパールーミナル感到興趣。團長悠哉和主唱Haru代表樂團先洽談了一輪。

「獨立廠牌能提供的資源大多大同小異，發行、通路、巡迴安排等，有的還說可以邀請製作人幫忙專輯。」悠哉對大家說明。

「如果請來的製作人想干預我們的音樂自主性呢？」涼可能聽說不少小道消息，對他人介入感到不信任。

「我們也去了那間A唱片公司旗下的Label（レーベル），」提起音樂圈有名的大型唱片公司，Haru雙眼發亮，「他們的人很客氣呢，感覺還蠻誠懇的樣子。」

「大公司的資源豐富，從練團到經紀，甚至安排電視、廣告的機會也多。」悠哉進一步說明，「不過簽約之後就不是小孩子玩家家酒了。從獨立（インディーズ）跨到主流（メジャー）的領域，很多事情要更有計畫、技術也要更加強。」

「嗯，我朋友也覺得樂團的現場還不夠穩定。」我據實以告。

「我不行啦，我覺得自己永遠做不到像 Dominic 那樣……」大輔苦著一張臉，明白自己的不足。

Haru 皺起眉，不知道在想什麼。

「我認爲獨立樂團要有獨立樂團的使命感。我不贊成向主流靠攏。」涼出乎意料表示。原以爲主流出道是每個團員的心願，看來並非如此。

「也有另外一間公司提到，或許可以讓 Haru 單獨出專輯試試，演唱主流作者寫的歌。」

「我希望出道（デビュー）是大家一起。」Haru 斬釘截鐵拒絕，「而且我只想唱自己寫的歌。」

「不過主流唱片旗下的藝人很多，可以分配到的資源有限，搞不好簽了約之後，遲遲等不到發行時機。」悠哉分析。

「不會啦，他們不是說上頭很喜歡我們，特地要他們來洽談，」明顯屬意 A 公司的 Haru 貌似心花朵朵開，「還說一定會全力幫助我們，簽約前先安排經紀人來樂團幫忙。」

「我覺得多花點時間了解細節比較好，搞不好嘴巴講得天花亂墜，結果什麼都做不到。」稍微有工作經驗的我看過不少口頭承諾一堆，後來又反悔的例子，建議他們再慎重些。

看到 Haru 又皺起眉，我用眼神向黑美人示意，有想法的她或許能提出意見。

「我覺得先試試看也不錯啊。說不定還能演個電影什麼的，像 NANA 一樣。」

沒想到她竟然順著 Haru 的話，表現得興致勃勃，而 Haru 的表情也瞬間鬆開，似乎很滿意黑美人的想法。

「對了，他們也有問起網站是誰做的喔，」Haru 轉向我，企圖拉攏，「跟他們合作，Sio 未來的機會一定也很多，搞不好可以成爲音樂界火紅的視覺設計師！」

我勉強一笑，清楚這樣的周邊效益絕非重點。

「我不太確定，加入主流唱片，會不會影響學校課業啊？」大輔怯懦提問。

「樂團紅了你還當什麼三流醫生啊！」Haru 開玩笑訓斥。

「我雖然念的是三流學校，說不定能成爲一流的醫生啊。」大輔不服氣地反駁，「而且不念書還跑去玩樂團什麼的，肯定會被我爸打死。」

「你們家不是放棄你了？老說自己是影子什麼的……」涼好笑地說。

「但是我還不想放棄自己啊。」大輔做出掙扎的表情。

「當醫生是好久以後的事，先不用想那麼多啦。」Haru 改採安撫策略。

「我覺得有個製作人提供第三者的意見很有趣，加入主流廠牌也挺有挑戰性……」悠哉沉吟著說，「我們每個人都回去好好思考吧，得先有個共識。」

散會後，搭乘同條線的我和黑美人一起前往電車站。

「你又何必管那麼多。」確認和團員們分開夠遠後，黑美人開口說。

「我只是覺得我們社會經驗多，可以給些アドバイス（adobaisu）（建議）。」

「那是他們的人生。」

「就是因爲關係到往後的人生，所以才要愼重一些啊。」我嘆口氣說。

「人家就在興頭上，你不要老愛潑冷水。」黑美人看了看我，似乎覺得自己語氣重了些，連忙轉圜：「哎呀，大家都還年輕，很多路要走走看才知道能不能通，不通就再換一條就好了。」她輕巧地說，「我就是這樣一路走來的啊，だいじょうぶ（daijōbu）、だいじょうぶ（沒事、沒事）！」

黑美人的話有一定的道理，確實也不關自己的事，但心裡還是有些擔憂。我滿臉心事地走在回Share House的路上，忽然覺得手臂有些許涼意……溫帶地區四季分明，才跨至九月悶暑的天氣倏地消散，日中雖然炎熱依舊，暮色降臨後晚風襲來卻添了股寒意。我縮起身子正準備加快腳步，忽然看見前方不遠處出現一個身影，既熟悉又陌生、宛如上輩子般記憶遙遠。

我開心地三步併作兩步上前，「來啦！」

刻意尋常的問候宛如前幾日才見過面一般。

S不好意思地笑了笑。

「暑假去哪玩了？」

「沒去哪……」他猶豫地說，「上星期大家討論接下來的報告，後來去了遊園地（yūenchi）。」

我點點頭，連責備都覺得懶。

「那我們還去嗎？」

「接下來應該會很忙⋯⋯」

「要不要進去坐坐？外面涼。」

S的眼神閃了一下，似乎心動，但下一秒隨即抿起嘴，堅決地搖搖頭。

「就特地來報告這個？」我若無其事地取笑。

「總覺得該讓你知道。」

「所以⋯⋯你又要走了？」雖然早已預見他的反覆，心還是感到淒楚。

「覺得好累。」他深深地嘆了口氣。

老大，該嘆氣的是我吧。我看著他臉上因愧疚而悶悶不樂的表情，決定告別卻又特地前來禮貌告知，心緒蜿蜒之際忽然有股氣衝了上來。

「這樣來來去去究竟算什麼呢？」我強壓著情緒，盡量讓語氣聽來不像責問。

他看著我，目光閃爍，對如此直白的提問似乎一時間不知該如何作答。

「我不會再來了。」他終於狠下心說，「我不想再繼續這樣打擾你的生活了。」

我閉上雙眼，感覺心上有「什麼」正一點一點地剝落。用思念餵養的大樹原本盤根錯節包覆著心臟、保護我們的愛情，此時卻枝搖葉落、根鬚鬆動，隱隱傳來解離的痛。

這樣的相愛實在悲傷，但是，又能悲傷多久呢？

我心一橫。

「沒關係，我等你。」

也許太過出乎意料，S難以置信地盯著我，困惑閃過眼底然後恢復冰冷，他倔強地搖了搖頭，轉過身頭也不回地離去。

送走令人心碎的背影，我空虛地走進漆暗室內，沒有人在家。安回韓國參加幾場面試，而新住民是福岡人，也回去過暑假了，兩人都是下星期才會回東京。我一面想像下周團聚的熱鬧場面，眼淚一面掉了下來，腦中迴響起〈愛〉[15-2]這首歌，莫文蔚悵然的歌聲唱進了心底的乾涸，我孤獨站在失溫的沙漠裡等待仙人掌開花。

♪

樂團來了經紀人，名叫卡蘿，是A公司派來幫忙的，在斡旋合約期間先培養默契，如果合作愉快，也能加快簽約的腳步。卡蘿來練團室的時候，總帶著後輩傑米一起。身爲資深經理人的她負責多位藝人經紀，擔心自己難免分身乏術、照顧不及，便將樂團的大小瑣事交給傑米處理，再由他回報情況。

「我們這周末要到大阪表演。」大輔開心地拉著我的手，「終於要跨出關東了。」

「你不是沒自信跨到主流嗎？」我取笑。

「是沒自信呀，」他的回答倒是理直氣壯，「但是能去遠一點的地方玩很高興。」

「你不要興奮到忘記帶自己的鼓鈸。」悠哉叮囑。

「你那兩大箱效果器材才不要忘了。」大輔回嘴，接著碎叨著：「年紀也不小了，提那麼重小心傷到腰……」

「我也才大你們幾歲好嗎。」悠哉抗議。

「說真的，我一直不知道悠哉的年齡。」我趁機提出好奇已久的問題。

「我在念研究所……」悠哉推了推鼻樑上的眼鏡，支吾地說。

「那跟我差不多？」我不確定地伸出指頭數數。

悠哉的表情有些尷尬，「延畢了兩年……」

我眨眨眼，難掩驚訝地端詳他的臉，「所以你長我三歲，比大家多了七、八歲？」

悠哉白皙的臉上沒有一丁點兒鬍渣，就算沒保養也還不到生出皺紋的年紀。

他被我盯了有些不好意思，低下頭清了清嗓子，接著轉移話題說：「Sio要不要一起去？我請卡蘿一起買車票，早上十點出發，到達後吃個午餐、然後設置樂器（セティング）、彩排（リハーサル），晚上七點半開演。」

我拿出手帳查看行事曆，一旁的大輔嚷求：「姉ちゃん，我們一起去啦，隔天還可以順便去京都走走，傍晚再回東京。」

唔，京都？

我心動了。來日本之後一直想找個時間到千年古都看看，卻總被這些那些耽擱。

「我也要去。」不知何時出現的黑美人也湊過來舉手報名。

「好，那我們就星期六早上九點半在品川車站的高輪口見。」

不愧是團長悠哉，就算有了經紀人，依然將集合的時間、地點掌握得很好。

周末上午九點不到半，我已經來到品川車站，先逛了會兒機構內的商店、買些飲料和零食，走到約定點時人差不多都到齊了，除了經紀人卡蘿和傑米。

「他們不一起去嗎？」我有點納悶。照理說經紀人應該最先抵達集合處並掌握時間才對。

「車票還在他們手上呢。」大輔心急地東張西望。

涼輕哼了聲，語帶風涼，「聽說還是專業的呢。」

只見 Haru 倚著欄杆，眉頭緊蹙不發一語，悠哉則忙著撥電話，「不行，沒人接。」

「聽說他們住在一起。」黑美人慢悠悠地說。

啥？大夥兒吃驚地望向她。

「啊啦，你們不知道嗎？他們是情侶啊。」

「妳聽誰說的？」Haru 依舊皺著眉，半信半疑地問。

「他們自己啊。」

眞不愧是擅長交際的黑美人，那麼快就博得對方信任，把人家的私生活掌握得一清二楚。

「那大概是昨晚玩太嗨了吧。」涼的嘴角升起尖銳淸冷的月牙。

Haru瞪了他一眼，他仍然不痛不癢地繼續打趣：「昨天是星期五啊，應該是下了班好好輕鬆一番，去居酒屋吃吃喝喝到很晚，不是嘛？」

「啊，來了來了！」

信號燈一換，卡蘿和傑米便急急忙忙地穿越斑馬線來到跟前，手裡拿的塑膠袋中似乎裝了豐盛的早餐。他們一句道歉的話也沒說，只是拿出車票分給每個人，「快點，剩十分鐘車就要開了。」

所有人的行李當中，就屬悠哉的吉他效果器最多也最重，大輔二話不說地提起其中一箱，「快衝吧！」

衆人加快腳步進入車站，半跑半走地快速朝東海道新幹線的票口移動，有驚無險地趕上列車。才在座位上坐定，車就開了。

抵達新大阪時，大家紛紛拿起行李準備下車，我這才發現大輔臉色有些怪怪的。一路望著窗外風景的他確實太過安靜。

「還好吧？」

「沒事，可能剛跑得太急，有點拉到腰部的肌肉。」他揉著疼痛部位，故作堅強笑著。

「我待會兒去藥妝店買貼布和止痛藥。」我心疼說，轉頭望向整段車程都和 Haru、悠哉談天說笑、像來旅遊的那對情侶，不悅地皺起眉。

從彩排到晚上表演，大輔見到我總是笑嘻嘻地裝作沒事，就算其他人注意到他受傷的事，也只是安慰個幾句，卻沒多問——大家對這起事件的始作俑者心知肚明，但誰都沒說破——和平很重要。

看著忍痛完成整場表演的大輔，晚上回到飯店，我對他說：「明天就不去京都了吧。」

「怎麼可以！」他嚷叫道：「我們說好要去跳鴨川三角洲的踏石（飛び石）、還有花見小路通看舞妓（まいこ）……」

「你這樣子還想玩跳石啊？」我好笑地說，「之後還多的是機會到大阪，說不定也會在京都表演呢。」

不知道是我的話說服了他，還是腰傷實在太痛了，他認分地哀怨點頭，蒼白的臉上嵌著紅紅的眼眶，看樣子是真心期待明日的出遊卻不得不放棄。而我和京都的相遇，也再次被這些那些給耽擱了。

回東京後，我開始刻意疏遠樂團。一方面是因爲離畢業的日子越來越近，得抓緊時間把必修科目和作業完成，另一方面或許是不喜歡新加入者造成的氛圍，對於他們不專業的行爲導致團員受傷這件事也始終耿耿於懷。

維持表面的和平對我來說反而輕鬆省事。

悠哉說過的那句話我一直記在心裡。豈止輕鬆省事，在我看來大家處理這類事件似乎都挺得心應手，依舊面不改色談笑風生，莫非從小訓練有素？我不行，我沒辦法分明心有芥蒂卻能保持沉默甚至和顏以對，唯一能做的只有避開。

那黑美人呢？她曾在背後說的那些中傷我的話，我不介意嗎？

我想我是記著的，但並沒有太介意，也許因爲彼此的交情並不一般，就算字句擺在眼前，卻始終相信她肯定有理由——有時候，人要說服自己的大腦相信某些事還眞的很容易。

一天傍晚，黑美人約了我到新開幕的表参道 Hills 逛街、觀摩最新的時尚精品。

離聖誕節還有一個多月，但許多街道都已掛滿燈飾，入夜後一片璀璨，表參道也特地沿街做了照明來布置氣氛。不只蛾，人類也是趨光的動物啊。尤其天冷時候，特別想靠近明亮、溫暖的地方，彷彿靠近了就能找到同伴、遇見同類，再貼近些，就從此不再寂寞……正當我看著熙來攘往的人群胡思亂想時，黑美人出現了。

「你好像很久沒來練團室了。」她笑著打了招呼，語氣平常地說。

我含糊應了聲。在幽暗的燈光下，看不清她臉上的表情。

「我問大輔，他說你只傳訊息回說很忙。」

「是很忙沒錯，」我輕描淡寫說，「快畢業了。妳應該也很忙吧？」

「對呀，每天埋頭苦幹。」她同意地點頭笑了，「不過日劇還是得看。最近那部《のだめカンタービレ（nodamekantābire）》[39]

（交響情人夢）好好笑，怎麼會有那麼邋遢的女生……不過那首〈Rhapsody in Blue〉[15-3]（藍色狂想曲）還不錯。」

「她穿人偶裝吹口風琴、蓋西文的作品對吧，既古典又爵士，讓人印象很深呢！」

「對呀，Gershwin 眞的是奇才。」

「演千秋（Chiaki）先輩的玉木宏（Tamaki Hiroshi）超帥，我以前都沒發現！」我崇拜地望著天空嘆息。

「他最近不是有部電影正在上映，跟宮﨑あおい一起演的……」黑美人興奮地睜大眼說了一半，我接下去：「《ただ、君を愛してる》（tada kimi o aishiteru）[40]（只是愛著你），主題曲是大塚愛唱的〈恋愛写眞〉（ren'ai shashin）[15-4]。可惜是悲劇……」

語畢，我們相視而笑，爲這樣的默契，燈光下彼此的瞳孔都發著光。

「看來我們都很忙嘛。」我摸摸鼻子，低下頭竊笑。

「對呀，而且還要抽空出來找靈感。」她無可奈何地搖搖頭，同樣的竊笑表情。

「對了，」她忽然想起什麼，從身側的托特包裡拿出個紙袋，「我姊說要給你的。她上個月從首爾帶了兩張回來。」

我接過袋子打開一看，又驚又喜，是紫雨林上個月剛發行的新專輯《Ashes to Ashes》。

「奇怪，我是她妹，我也喜歡 Jaurim，怎麼就不買給我？」黑美人憤憤不平。

「妳們住在一塊兒，分著聽不就好了？」我對她的抱怨感到好笑。

「不一樣啊，我也想要禮物啊。」她嬌嗔地說，「언니從沒買過禮物給我。」

「但是她會幫妳做漂亮而且獨一無二的衣服。」我語帶欣羨。

「我也會爲她特製戒指、耳環什麼的，而且都是用她最喜歡的蛋白石（tanpakusək）做的！」黑美人嘟起嘴。

「妳們眞是一對好姊妹。」

「哪裡好，一切都是時勢所逼。」她誇張地嘆了口氣，「我們小時候可是從小爭到大，玩具啊、布娃娃的，什麼都搶。後來回韓國被外人欺負，家人只好互相照顧了。」

「從小吵到大所以感情好啊。」我笑著說。

黑美人愣了一下，奇怪地看著我：「是這樣嗎，感情應該是越吵越薄啊？」

我也愣了下，偏頭思考說：「……是這樣沒錯，可是吵過才會知道彼此的底線，如果能跨過去，感情也會更堅定吧？」

「你的意思是，想成爲眞正的家人必須從吵架開始嗎？」她半開玩笑說。

「當然也有天生就很合得來的關係啊。」我不確定地笑了。

「你跟坊ちゃん有吵過架嗎？」她忽然好奇問起我和W的相處情況。

我甩了甩手，「跟那傢伙怎麼可能吵得起來，他性格冷淡得要命。」

「說不定你們特別合得來。」她還是老樣子，總愛幫我和W湊對。

我正想再次澄清，黑美人忽然話鋒一轉，「說到吵架，前陣子傑米爲自己買東西，卻假借樂團的名義請款被發現了，和卡蘿大吵一架。」

我不可思議地眨了眨眼。

「然後兩個人就分手了，現在卡蘿獨自負責樂團的事。」

「他們不是同公司的嗎？」

黑美人搖了搖頭，「其實傑米早就離職了，是freelance manager（自由經紀人）。卡蘿本來想讓他帶樂團，說不定有機會跟公司簽兼職約。」

「這種品行沒辦法當經紀人吧。」我搖頭嘖了聲。

「所以卡蘿也了不起，當機立斷地分手，毫不拖泥帶水。」黑美人豎起大拇指稱讚。

我像是被說中了心事，尷尬地笑了笑。

走進妝點璀亮的表參道Hills，我們先坐電梯到三樓，再循著徐緩的坡道往下逛。

「對了，跨年要不要一起過？」

「我要回老家一趟。偶而也要回家讓我媽看看、盡盡孝道。」

「也對，」黑美人點頭，「你畢業後會先留在東京工作嘛。」

「你呢？」

「我姊說想回韓國，聽說首爾市政府計畫在東大門聚集年輕設計師的品牌，她想回去發展。」

「那藏前（Kuramae）的店怎麼辦？」

「就交給我啦，」她拍拍胸脯，「反正她在韓國做的品牌還是可以進到店裡和網路販售，我則接手東京店的店長。」

「什麼時候回去？得辦個送別會呢。」我依依不捨說。

「不急，沒那麼快。」黑美人笑嘻嘻地擺擺手，「倒是樂團明年春天要發新單曲，好像還收到香港表演的邀約，你們要不要再合作一次啊？」

「樂團不是要簽給A公司？應該會有專門負責的人吧。」

「他們因爲之前的事好像鬧得有點不太愉快，開始有了戒心，會不會簽約得再觀察一陣子。」黑美人轉述悠哉的話：「無論樂團簽不簽約、會簽給哪一家廠牌，自己的腳步要先顧好。」

我頻頻點著頭笑了，壓在心上的大石就地崩解，雲快風行。

「那改天再來練團室開個會吧。」

達成使命的黑美人也露出輕鬆的表情，「我想看Boucheron的珠寶，走吧！」

【耳朵記憶】

15-1. 紫雨林（자우림）《Ashes to Ashes》，2006，K&C Music。
15-2. 莫文蔚〈愛〉，詞：李焯雄、曲：陳曉娟，《I》，2002，新力音樂。
15-3. George Gershwin《Rhapsody in Blue》（藍色狂想曲），1924。

15-4. 大塚愛〈恋愛写眞〉，詞曲：愛，2006，avex trax。

【眼睛回憶】

39.《のだめカンタービレ》（交響情人夢）：日本漫畫家二ノ宮知子的作品，於 2001 年至 2010 年連載。電視版爲上野樹里和玉木宏主演，瑛太及水川あさみ也是劇中活躍角色，2006 秋季月九，富士電視台。

40.《ただ、君を愛してる》（只是愛著你）：2006 上映的愛情電影，由玉木宏和宮﨑あおい擔綱主演；由作家市川拓司執筆『恋愛寫眞 もうひとつの物語』電影小說。

16. フェイク・Fake

Track：Mr. Children〈フェイク〉[16-1]／《Home》

新年假期，久未返家的我打算陪陪母親，過幾天懶散的日子。其實心裡明白是在逃避，不想再一次經歷沒有S的跨年，尤其明明在同塊土地、同片天空下，卻得面對無法和心愛之人相依的這種孤單。

我和母親一同回K城。父親的牌位放在山上的廟裡，可以觀山望海，浸浴暮鼓晨鐘。我們沿著邊角滿布青苔的石階緩緩拾級而上，穿過深濃綠蔭、古樸山門，來到花草扶疏的清淨之地。

「以後我的牌位也放在這，可以和你爸一起遨遊四海。」

「你們都不回南部嗎？」

「我們在這裡成家、立業，這兒好。」母親笑說，「身體沒了，靈魂是自由的，想回去探望親戚隨時可以去。」

「我還不確定想在哪。」我歪頭想了想說。

「以後就會知道了，找一個自己喜歡、你認爲是家的地方。」

我笑了一下，「穿越國境沒那麼容易，而且不論到哪裡，好像都會有先到的人排斥後來的人這種事。」

母親點點頭，「對移民來說，生根不容易，能夠和當地的住民相處融洽，和自己心愛的人組成家庭，這一點我和你爸算很幸運。」

「我好像在每個地方都是過客。」我聳肩說。父親過世以來，我的心總是飄飄蕩蕩，找不到著陸點。

「有一天你也會有自己的家庭，到時候就知道了。」

「也許我不會結婚呢？」我孩子氣地吐了舌頭。

我想起S，可是卻看不到自己和他的未來，我們的藍圖裡應該都沒有彼此的存在。我曾經以爲自己是宿命論者，最後證明不過是浪漫腦的錯覺，而對S是眞的喜歡，但繁衍出的執著卻將自己牢牢綑綁，再遇見誰都覺得無味……結婚，是件好遙遠的事啊。

「對了，妳還記得我們隔壁的大寶、小寶嗎？」我問。

「記得啊，」母親理所當然地回答，「我前兩天還在果菜市場碰到何老師。」

何老師是黃家二寶的媽媽。

什麼！我驚訝地看著母親，「那妳有問他們的事嗎？」

「好像都還在澳洲念大學吧……」

「聯絡方式呢？」

「我沒問耶。」母親慢悠悠地說。

「怎麼不問？」

「我忘了。」母親天眞地笑了，「沒想到生活圈不同，還能在市場遇見，眞巧。」

「結果妳還是忘了問電話。」我有些沮喪，錯過了和兄弟倆恢復聯絡的機會。

「沒關係的，如果有緣以後會再見面的。」

「生活圈都不同了。」

「是啊，大家都忙，硬要電話維繫什麼的也太勉強了。如果有緣，有一天自然就會相聚，那時候再問也不遲。」

母親再次讓我感到驚訝，「沒想到妳這麼淡泊。」

「人的一生會認識的人太多了，終究得學會放手。」

我似懂非懂地點了頭。從小到大，入學，重新分班，轉學，畢業，升學……有相聚就有別離，無論分開時多不捨、哭得多慘，日子總會引領著步伐不自覺地往前推進，那些相遇、交往、別離，包括無疾而終、自然消亡的人、事、物，每次經歷都是學會放手的練習。

在廟裡用過素齋後，我們來到港口附近的委託行拜訪秦阿姨和小恬。

「我帶了些貨回來，都是適合小恬這個年紀的衣服。」

小恬接手家裡的事業後，藉由網路宣傳吸引不少年輕女孩成爲主顧。

「太好了，Sio 的眼光根本無敵。」小恬笑得合不攏嘴。

母親和秦阿姨許久未見，到巷口的咖啡廳聊天去了。我和小恬一邊清點服飾、一邊閒聊。

「那件是俞和姊的牌吧？」我指著吊掛在左上方的 One Piece 洋裝。

「是啊，眼力真好。」小恬點頭，「俞和姊每一季都會傳樣品照給我，我再挑選適合的擺在店裡賣。」

「看來合作愉快喔。」我欣慰說。

「這幾年韓國服飾超熱門，應該是受韓劇影響。之前你從東大門挑回來的年輕服裝，瞬間就清了。」

「沒辦法追加？」

「不追了，讓大家下次請早。」小恬笑咪咪地露出生意人的表情。

「我今年就畢業了，接下來工作忙，可能沒辦法顧到店裡……」

「沒關係，我這邊也漸漸抓到採購、進貨的節奏了。」小恬明朗說完，忽然嘟起嘴，「可是我對自己的眼光還不是非常有自信。」

「我覺得你挑選俞和姊設計的服裝眼光挺好，很清楚自己想要什麼，」我鼓勵說，「你到東京的時候我也會盡量抽出時間。」

「我到東京肯定會去找你們的，請多多鞭策我啊。」小恬嘻笑著說。

「我們沒那麼暴力吧。」我笑了。「倒是妳，俞和姊回韓國後可能需要兩邊跑。」

「哇，感覺我生意越做越大了。」

我們不約而同哈哈大笑。

整理好服飾，猜想母親們應該正聊在興頭上，我便先告別轉往另一個地方。

依然熟悉的街道，只是牆面斑駁、顏色黯淡了些。我沿著騎樓走到過去父親開設相館的位置，現在是間懷舊風的咖啡廳，許多相館以前的布置被留下來當作賣點，牆上的時鐘、裱框的人物、風景照片，擺設相機的玻璃櫃，門口的菜單也做成厚重的結婚相本樣式……店內坐了不少人，讓我想起小時候客人來洽談婚紗照細節時的情景。這小城沒幾步路就是間咖啡廳，洋氣氾濫，能利用往日情懷做出特色真是太好了。

我笑了笑，繼續往下條街的轉角走去。W家的米行還在那兒，顧店的是腰已經彎到直不起的奶奶。

「お婆(baa)ちゃん，記得我嗎？」我走上前用口語親熱叫喚。W的奶奶是受日本教育，只會說日語和閩南語，小時候我們語言不通，只能講些單字加上比手畫腳，現在的我已不可同日而語，能夠流利地用日語對話。

奶奶露出缺了好幾顆牙的笑容，我還是第一次見她如此熱情招呼。

「這是坊ちゃん要我帶回來給你們的，」我將提袋禮貌地雙手奉上，自信滿滿，「裡頭的小包裝袋是給妹妹的。」

小包裝袋裡有兩個飾品盒，分別是一副粉晶耳環和一條海藍寶項鍊，W說是特地向黑美人訂做的，我聽了還取笑他嘴裡說不熟，心裡其實挺疼愛妹妹。怎麼不做一整套？我看著耳環和項鍊好奇地問，他笑而未答。

「哈哈，你哪會嘛叫伊『坊ちゃん』。」提到孫兒，奶奶眼睛瞇瞇地笑了，「彼是以前的お手伝いさん(otetsudaisan)（幫傭）咧叫的。」

我眨眨眼，台日夾雜啊……不過，倒是聽懂了W「少爺」這綽號的由來，二十年後的今天終於揭曉。

「ありがとうね。」奶奶接過提袋，問了些W在日本的近況。

待辦事項全部打勾完成，我腳步輕盈地蹦跳著回到港邊，倚著欄杆眺望大船。正如小恬之前所說，港口的船隻少了許多，空氣中摻雜海水與有機質的氣味也因此清淡許多。四周還是老樣子，陰天壓得山灰灰的，冬日海風依舊冷冽強勁，吹得人精神抖擻肉體哆嗦生不出鄉愁。我轉身穿過大馬路，前往和母親會合。

♪

S的來去成了慣性，只是干預的外力太多，時間間隔一次比一次拉長；我的心意搖擺也成了慣性，愛與不愛的切換愈發自如。我安慰自己這其實是好事，給彼此一個緩衝時間，不會因爲終將別離的猛然斷裂而痛徹心扉。漸漸地，我倆的相處越來越像隔段時日就會見面的老朋友，聊些彼此近況，偶而看場電影，去卡拉OK包廂唱歌，進行都會男女的平凡劇情……我把悸動收好關在抽屜，用寫意和自在調製皂水，讓漫天飛舞的虹彩泡泡確保心情無恙。

一月底，S突然找來。

他穿了件藍綠色的深色大衣，質地和質感都相當好，我瞥了一眼，「新買的？」

他羞赧地點了頭。

「蠻好看的。」我說。他難掩得意地笑了。

原來他喜歡誇讚啊。這個發現令我感到驚奇。

我幾乎忘了他其實是個注重外表的人，印象中的他仍是當初剛滿二十歲的年輕小子，瘦削身形尚未擺脫青澀樣貌，我也自然而然忽略了什麼。也不過一年多，每回見面都會覺得他長大了些，慢慢變成自己不再熟悉的那個人，現在看他，已然是成熟男人的高壯身材，帥氣挺拔，心中突然湧出無限感慨——怎麼這戀愛談著談著，到後來像是母親看著兒子長大般既心酸又疼愛？

「前陣子我到瀨戶內海（Setonaikai）看了安藤忠雄（Andō Tadao）設計的美術館。」

S一如既往開始報告近況，彷彿我是他的生活指導老師。

「如何？」

「挺有意思的。如果有一天人類都住到地底下，大概就是這種渴望陽光的感覺吧。」他邊說邊笑。

「怎麼說呢，」我猶豫地說，「總覺得他著名的清水模建築，好像就是人們對於未來灰色都市叢林的想像……」

「又或者只有大自然才是眞正的色彩，所以把人工的顏色降到最不顯眼的位置？」

「但其實很明顯吧？」我不確定地偏著頭。

「如果是陰天就不會了。」S輕笑了聲，然後靜靜看著我，表情有點複雜。

「……我要回加拿大了。」他試著保持平靜，「這次不知道什麼時候才會回來。」

「也許不會再回來了。」我淡淡笑著，心卻揪了一下。

「沒什麼事，」他擠出笑容，支吾地說：「只是最後想來看看你，跟你說一聲……」

我點頭表示明白，泰然自若地拿出之前回台北選的禮物，將盒子交到他手裡。

「我曾經不信邪地送過傘給朋友，結果眞的散了；也曾經送了一對翅膀的項鍊，結果對方直接飛離我的身邊……老實說，我實在想不出該送你什麼。」我頓了頓，「上次回家，我媽給了我這條五行水晶手環，說對各方面都好，我也想送你同樣的祝福，希望你接下來的日子能夠健健康康、平平安安，遇到好人、可以在身邊照顧你……」

說到這，鼻頭湧上酸楚，心裡想說的是「可以『代替我』在身邊照顧你」，可是我哪來的立場說這句話？他終究是他自己的，他的未來是屬於別人的，沒有我，也不會是我。

連日的陰霾驟然放晴，紅色落日出現在天邊不遠處。沒有泫然欲泣的情節，我們輕盈道別，而他眼底一閃而過的依戀就此成爲永恆的印記。

回到Share House，忽然很感謝那些年輕愛玩的室友們，家裡空無一人。安回韓國了，新住民們雖然友善，但互不相干的生活和早出晚歸的作息，終究只能成爲點頭之交。能夠交心的朋友，似乎只會出現在人生中的某個時段——也許共同經歷了某些事，也許有著相同的語言，也許佔盡了天時地利人和，也許是一生僅有一次的狂妄青春。當習慣收斂情感，爲柔軟的心安上盔甲得以承受世間頻繁的聚散離合，靈魂交會失去了純粹，看到、聽到都只是路過的風景。

我獨自在沒開燈的客廳裡坐了會兒，覺得有點冷，決定先洗個澡。脫下衣服、走進浴室、打開水龍頭、切換開關，溫熱的水自蓮蓬頭撒下，冰冷的肌膚一點一點溫暖起來……忽然感覺心臟有如被挖刨般疼痛，我倒抽一口氣，緊緊按住胸口。原來割捨的痛是必然的。以愛爲名的大樹儘管疏於照顧形容枯槁，終究是在心裡生了根，此刻卻被逼得連根拔除……我像被奪走懷裡心愛布偶的孩子般，蹲下身嚎啕大哭起來。

回想這一路走來的糾纏，萌生於溫帶的愛情如此四季分明——他來，有如春臨大地盎然生機，我睜開雙眼從冬日甦醒，赤腳享受呼吸間冰涼透著濕潤土壤的芬芳，卻沒能跟上他躍至仲夏的熱切呼喊，等我鼓起勇氣邁入如火的季節，他已先一步來到早熱晚寒的溫度，當我終於迎頭趕上抖落一身的金黃絢爛，他卻自顧自地走向枯寂寒冬不再凝望，我和他之間，永遠差了一個季節，我們在一起，卻從未眞正在一起。

我很好，只是老了些。

♪

忙碌的生活拒絕傷感。

事務所接下位於多摩的公寓案，由佐佐木前輩及另一位設計師負責，最資淺的我則擔任團隊助理，光是準備工作就忙得昏天暗地；結束研發工作的W回到東京總部做最後統整，同時準備交接回台；愈和指導黑美人關於店舖經營、帳目、稅金等細項，聽說姊妹倆把吵架當飯吃；結束上波宣傳的樂團正緊鑼密鼓籌備最新單曲，以及商權香港的通告和演出。

「嘿，친구（chingu）（朋友）～」黑美人一見到我立刻走上前。「《花より男子 2》看了嗎？快完結了。」

我用力點頭，「當然！功課再忙……」

「劇也要追。YA～」黑美人默契地補完下句，我們開心擊掌。

我看她手裡抱了一疊旅遊書，書頁間還黏了不少螢光書籤，看來非常期待這次的香港行。

「我找到不少美食和購物景點喔！」她炫耀說完，便拿著書往 Haru 走去。

練團室裡涼正忙著設置樂器，他抬頭見我，開心一笑。

「來啦。」自從我搞了齣叛逆出走重新回歸後，他對我的態度便親切得可怕。

我脫下鞋走進練團室，「每次都看你一個人幫所有樂器調音……」

「對呀，人還沒到齊，我先把樂器 set 好，開完會就能直接開始練團。」

「大輔這傢伙每次都遲到。」我笑著抱怨。

「你能來眞是太好了。」他不搭前言地回了這麼一句。我愣了下。

「說眞的，我還以爲不會再見到你了。」他一邊解開纏繞的導線，一邊從容地說。

「很失望？」

「不是，很高興。」他居然如此坦率回答。我又愣住了。

他抬起頭看著我，猶豫開口：「其實這段日子我也在思考，關於離開這件事。」

「離開？像我之前做的那件事一樣？」我開玩笑說。

沒想到他居然點了頭。「我其實想去銀行工作。你不知道我是學金融的吧？」

我驚訝地搖搖頭，對於涼的一切我所知甚少，不過「金融」和他正經八百、沉著寡言的氣質也挺契合，只是好奇學金融的他怎麼會加入搖滾樂團？

「我老家在東北，老爸是卡車司機，經常東西南北四處跑不在家，我是奶奶帶大的。有時候我爸心血來潮會帶我一起跑短程，他會在車上大聲放著老搖滾，和我一起亂吼亂叫，啊，眞是快樂……」

沉浸在回憶裡的涼露出一抹微笑。

「他車禍死了之後，我聽奶奶說，老爸年輕時候在東京玩樂團，後來不知爲何嚮往流浪的嬉皮生活，跑去開卡車，然後有一天忽然帶了個小男孩回來……」

「所以你才會加入樂團，」我理解地點點頭，「接下來要流浪了嗎？」

他笑了。

「我想自己只是很想體會父親當初的生活。比較起來，我更希望能讓家人過安定的日子，畢業後到銀行工作，過兩年申請調回家鄉、陪在奶奶身邊，也許生兩個小孩……」

我歪著頭，「呃……不用先娶老婆嗎？」

涼「哈哈」笑了兩聲。

「總之，你不在的這段期間，這些畫面突然在我腦中成形，大概就跟我老爸那時候離開樂團跑去開卡車的心情是一樣的，因爲有了新的夢想。」

「你跟 Haru 他們說了嗎？」

涼搖頭。

「也許過一陣子吧，等樂團未來的走向確定，也許就是分手的好時機。」

「我以爲你只是很堅持樂團應該留在 Indie。所以這是秘密？爲什麼告訴我？」

他想了想，「可能你和我一樣是外人吧，一個隨時可以離開的外人。」

「外人？」我心頭一震，雖然覺得刺耳卻也無法否認，「先不談我，你是團員耶，怎麼是外人？」

「你知道什麼是『格差(かくさ)』嗎？」他淡然地看著我，「我和其他人之間有根本的格差存在。」

我遲疑地點了頭，然後又搖搖頭，表示不明白他的意思。

「大輔雖然來自九州，但出身醫生世家，Haru 和悠哉都是東京人……」

「東京有很多職人、工匠啊，」我不明白涼想表達什麼，「Haru 的姊姊也工作得很辛苦、很苦悶……」

涼翻了個白眼。

「Haru 跟她姊都是美國學校畢業的。你以爲隨便什麼人都能進去念嗎？她其實是千金小姐……」

他頓了下，「你大概也不知道，這間練團室大樓是悠哉家的物件（ぶっけん）吧？遲早會過到他名字底下。」

我輕輕「啊」了一聲。

「這樣你明白我和他們的『格差』究竟在哪裡了吧。」

他自嘲一笑，面無表情地看我滿臉錯愕。

外頭傳來驚天動地的下樓聲，肯定是大輔來了。

「時間不多，先來開會吧。」悠哉招呼大家到沙發區開會。

所有人坐定後，他開始轉述香港方的 e-mail 內容。

「對方的窗口說這次的活動是連著兩個周末舉行，問我們希望安排哪一周。」

「選黃金周比較不會耽誤大家平日的時間吧？」我看著日曆研究。

「也不用翹課。」大輔附和。

「不過黃金周機票貴，」涼考量說，「雖然對方有付表演費，但是機票太貴我們得賣很多張 CD 才補得回來。」

「那不要黃金周，而且那時候店裡也忙，前一周好。」黑美人說。

「機票什麼的是小錢吧，」Haru 豪氣地說，「我們帶去的 CD 肯定會賣完。」

「可是這樣我就不能一起去了。」黑美人皺起眉頭，她不能爲了私心而關店，肯定會被姊姊罵到臭頭。

「我覺得選擇影響工作和課業最少的時間去比較好。」我轉頭對黑美人說：「你調個班，也許延後去或者提早回來，雖然無法同進同出……」

「可是我想和大家一起逛尖沙嘴還有旺角啊。」

「我也想跟金一起逛街。聽說香港的衣服既時髦又不貴。」Haru 說。她和黑美人的感情越來越好，已經拿掉尊稱直接喊「金」表現親熱。

「逛街什麼的應該是次要吧。不是還要跑電台和獨立唱片行的通告，每天都有行程，也不知道有沒有時間去玩。」我雖然也想和大家一起吃美味的魚蛋和奶皇包，但這趟出行的重點畢竟不是玩樂。

「只去三天眞的太趕了。」Haru 朝悠哉望去，「不能待久一點嗎？」

「如果是黃金周也許可以拉長時間，當作順便去玩。」悠哉聳個肩表示。

「那住宿地點要挑一下，不要選太貴的。本來還想住可以看維多利亞港夜景的地方。」涼在會議記錄上做了 note。

「等我們以後紅了，再去享受豪華套房。」悠哉安撫眾人失望的臉說，「這次還是找價格經濟實惠的旅店吧。」

眼看自己被排除在外的黑美人望向 Haru，臉皺得都快哭了。

「如果金這次沒辦法去，下次再一起去如何？」Haru 被她盯得感到有些愧疚。

「可是之後언니就要回首爾了，剩我一個可能會忙不過來，短期內不能出去玩……」黑美人委屈地癟著嘴。

Haru 摸摸她的頭，軟語安慰。

回程路上，身旁的黑美人不發一語，看表情就知道她很鬱卒。

「以後一定還有很多機會，他們這次只是去試試水溫而已。」我嘗試緩解氣氛。

她沉默了好一會，忽然轉過頭看著我，「我覺得你們都在排擠我。」

我哭笑不得地回望著她，「只是時間配合不上罷了。」

「我去或不去對你們來說 any difference 也沒有不是嗎？」

我正想開口卻被打斷，她恨恨地說：「你從小就是這樣目中無人，眼裡只有自己，以爲世界跟著自己轉，對旁邊的人發生什麼事情都漠不關心！」她抱怨的話突然像扭開水龍頭，源源不絕冒出，「偏偏有人就吃這套，和你一樣老是說正論（seiron）的涼就算了，本來大輔跟我的感情還不錯，你一出現就纏著你姉ちゃん、姉ちゃん的叫，連悠哉也經常站在你那邊……」

「我只是客觀表達事實，試著找出最佳選項。」我無奈看著陷入歇斯底里的黑美人。

「所以如果不是選 Golden Week 你也可以嗎？」

「當然我可能就沒辦法去了，不過那也沒什麼……」

「爲什麼不是你沒辦法去，而是要我調班犧牲呢？爲什麼總是要別人容忍你的任性呢？」黑美人越講越大聲，「從小就這樣，大家都圍著你轉，你喜歡的男生也剛好都喜歡你。現在也是，什麼也不做就可以和所有人成爲朋友，也沒見你有多 care，之前鬧脾氣居然還要我來勸說……眞的很讓人受不了！」

黑美人越說越激動，連眼眶都紅了。

我看著她，有點被這樣激烈的反應嚇到，忽然回想之前她傳給悠哉的訊息，忍不住問：「既然受不了，爲什麼又要跟我做朋友？」

她注視著我冷笑了聲，「你不懂嗎？友達作り，朋友是作出來的，也可以是假裝出來的。」

我震驚地望著她。這話什麼意思？是假裝和我做朋友嗎？這些日子以來的感情難道都是 Fake 嗎？

「你不知道 Haru 其實也很受不了你，她說你老是跟她作對。」

我虛弱地回問：「提出相反意見就是作對嗎？」

「你明知道 Haru 是樂團的女王（jōu），所謂的團體就是要服從。」

「不是這樣吧，」對她的義正詞嚴我感到難以置信，「團體的重點應該是互相尊重吧。」

「太天眞了，」黑美人嗤笑，「這樣什麼事情都做不成，還搞得我好像是壞人一樣……我明明就不是壞人，是你太『世間知らず（sekenshirazu）』（不懂人情世故），你爲什麼不懂呢？」

她漲紅了臉，淚水就快奪眶，我無措地看著她心想：老天，該哭的人是我吧。我感覺自己的嘴角牽動了下，但不確定顯露出的是苦笑還是冷笑，Mr. Children年初發行的〈フェイク〉旋律挾著詭譎的冷風闖進腦海，眞是諷刺啊，這段日子我所珍愛珍惜、揣在懷裡當成寶物的情誼居然是贗品，實在太可笑了。

「香港的事你們決定吧，我也不是非去不可。」原先暖在胸口的情感迅速降溫，困窘、難堪、失望，負面情緒襲捲。我語氣冰冷地落了句：「單曲視覺的部分，稿子已經交出去了，如果決定要用，再另外找人完成排版也不難。」然後轉身揮了揮手，頭也不回地往電車站大步走去。

周五是金，夜晚更是閃閃發亮的金，對於依循現代社會脈動作息的多數人來說，象徵著段落、歡鬧、狂熱、放空，或許還加上不省人事。下周W回台北，我們將會有好一段時間無法相會，偏偏厚愛他的董事邀請了周末一同到山梨縣的山中湖別墅度假，和家族親友一起冰上釣魚、泡溫泉，我們只好相約今晚在新橋附近的居酒屋見面。

雖然我待東京的時間比較久，但活動範圍僅限於澀谷周邊且生活單純，而他拜日本職場文化之賜，老是被前輩們拉去銀座、日本橋附近應酬，經常喝到三、四攤才結束，短時間內便蒐集不少味美價廉的好店，不吝分享情報的他宛如我在日本生活的第三隻眼。

「とりあえず(toriaezu)、ビール(biru)（先來杯啤酒）！」

我舉起手招喚服務生，有模有樣地點了啤酒。這陣子我老愛點キリンラガー（Kirin Lager）。自從在電視上看到松任谷由實和朋友們的「時代は変わる。ラガーは変わるな。」（時代改變。Lager 不變。）啤酒廣告，只要一聽到〈卒業写眞〉[16-2]的開頭，就會不由自主舐舔嘴唇、渴望起那微苦清爽的滋味。

「沒想到你也學會居酒屋的架式了。」W笑說。

「嘿嘿，學你的。」我得意笑著，「看那麼多次總該會了。」

「不過約這裡會不會太吵雜？我有錢，可以請吃高級一點的餐廳。」

「這叫有始有終，充滿日本回憶的居酒屋(izakaya)〜」我張開雙臂，誇張地說。

啤酒很快送上，我的キリンラガー和W的なま（生啤）。

「恭喜衣錦還鄉！」

撞杯後我一口氣喝掉半杯，W錯愕地看著我。「你今天テンション(tenshon)會不會太高？我記得你喝酒都是喝氣氛的。」

「開心嘛！」我嘻皮笑臉回答。

他瞇著那雙已經夠小的單眼皮直盯著我瞧，像在研究什麼奇怪生物。

我嘆了口氣。

「……就某方面來說她說得也沒錯啦。」

聽完我的抱怨，這臭小子不但露出好玩的表情，居然還語出驚人地說。

我不服氣地瞪視著他。

「你小時候不是每年都會回鄉下過寒暑假嗎，」他啜了口啤酒，慢條斯理地說：「回來之後完全沒察覺發生什麼變化，譬如這段時間誰跟誰交情變好了、誰跟誰不再說話之類的，照樣過日子……」說到這，他自顧自笑了起來，「你還是和放假前一樣，對每個人的態度都沒變，過著很開心的生活。好的說法就是維持自己的步調，反過來說，你的確對人際關係不太關心。」

「是自私的意思嗎？」我眨眨眼，不確定W的話該如何解讀。

「確實有點遲鈍啦。不過要看對方理解你的程度囉……」他想了想，「也許你很需要自己獨處的時間，也很習慣自己和自己相處，對旁邊的人來說，會有種不被在意的感覺。和別人保持著似有若無的距離，既不會太親近、也不會太陌生……這個沉浸在自我世界的特性，很適合你喜歡的繪畫和設計工作，但是對你身旁的人來說也許會有點受傷，因爲感覺你好像並不特別需要他們，自己的存在是可有可無的這種感覺，其實挺叫人寂寞的，不是嗎？」

「所以她是因爲寂寞而討厭我？」我皺眉失笑，「明明都沒有人和我保持聯絡，倒是她跟小渼還有書信往來。」

「也許只是當下的情緒？這你要問本人才知道，我只是提出一個可能性。」

我思考著。

「我對你也是這樣嗎？」

W仰頭望著天花板，思考了好一會兒。

「我個人倒不會有受傷的感覺，我知道這就是你。大概因爲我會彈吉他，就算無聊也挺自得其樂。」

「所以你也是很習慣跟自己玩的類型。」我點點頭，同類型的人難怪容易相處。

「不過沒你孤僻。」W補槍大笑。我嘟起嘴。

「……可是每個人不是都有自己的作業或工作嗎？」

「是啊，理智上或許可以理解，但情緒上無法原諒吧。總覺得一轉頭，你就不知道飛哪兒去了，頭也不回的。」

我無奈地嘴角向下，「原來我是那麼不可靠的人啊。」

「你應該也不希望被人依靠吧，會嫌黏人、嫌麻煩。我覺得要當你的好朋友，必須很獨立才行。」

我猶豫地點了頭，腦海中浮現安。「我的確比較喜歡既能獨立存在又可以互補、友好相處的關係。」

面前的W眼睛下弦、嘴巴上弦，看起來就像漫畫裡和藹的老爺爺、有智慧的長者。我呆呆地看著他，忽然有了「啊，我就要和這樣了解我的人分別了呢。」的感慨。

「你不是很喜歡叫我唱〈風箏〉那首歌給你聽嗎，」他忽然有點害羞，「其實我每次唱那首歌，總覺得你就是那只風箏，隨時會斷了線的感覺……我猜你大概希望同伴也像風一樣吧？」

「你不就是我的風嗎？」我使出甜言蜜語來掩飾寂寞。

「可是風要吹向南方了。」他的眼底似笑非笑。

「完了，沒有風我飛不起來了。」我鬱卒地彎下身把頭擺在桌上，半開玩笑說。

「只是稍作休息，」W看著我，眼神無比認眞，「對你，我還蠻放心的，很快就會遇到其他東風、南風什麼的……」

「又不是打麻將。」我噗哧笑了出來，「希望不會遇到強烈颱風。」

我們相視大笑，互相乾了一杯。

「對了，這給你。」我從背包裡拿出一件油紙包裝。

W接過，嘴裡還假客氣地喃喃說：「餞別禮物啊，這麼好。」

他拆開包裝，是一幅天空的色鉛筆畫。

畫雲是我自小的習慣。兒時放學回到家，常常一個人趴在地板上，雙手托腮看著天空，大象、鯨魚、海龜、貓咪……圖鑑裡的動物們輪流飛出陪伴玩耍。雲朵飄呀飄的，思緒也跟著飛呀飛的不知飛到何處。這樣的時刻，很快樂。來東京後，多半是用手機隨手拍，偶而心情需要抒發時，才翻幾張臨摹。送給他的這幅畫裡有著纖纖細縷的卷雲飛在向晚的天空，絢麗短暫的雲霞恰好紀念我們曾在這片天空下的日子。

他盯著畫許久。

「怎麼了，不喜歡？」

W輕輕搖了搖頭，「想到以前的事。」

我用疑問的眼神望著他。

「你還記得那年欣瀅參加作文比賽得了第一名嗎？」

我點頭，「不只作文，還有演講、書法，所有人都稱讚她才女。」

「……其實她很羨慕你。」

我驚訝地眨了眼。

「她說，很羨慕你得獎的畫可以掛在公布欄好幾個月，那陣子好多同學下課時間都喜歡圍著你、要你畫些動物人物什麼的……她覺得自己得的獎其實很孤獨，只能聽說但是無法分享，而你得到的，卻是大家的笑容。」

「……哇，沒想到她從小就是個詩人，果然是才女。」聽了這番話的我尷尬笑說，「沒想到你跟她那麼好，連心裡話她都只跟你說。」

這次換W露出尷尬的笑容。他僵硬地點點頭，擺出莫測高深的神情，「我們……還不錯。」

有時候，人對人的喜歡存放心底，或許一廂情願認爲是超越化石、永遠不變的心意，卻在自己毫無察覺的不經意間，慢慢變淡變薄。隨著時光流逝，只剩下沾附在記憶蚌殼裡的一粒沙，能否有成爲珍珠的一天，沒人知道。

【耳朵記憶】

16-1. Mr. Children〈フェイク〉，詞曲：桜井和寿，2007，TOY'S FACTORY。

16-2. 松任谷由実〈卒業写眞〉，詞曲：荒井由実，《COBALT HOUR》，1975，東芝EMI。

17. 我們的未來預想圖

Track：Dreams Come True〈ア・イ・シ・テ・ルのサイン～わたしたちの未來予想図～〉[17-1]／《And I Love You》

和小野先生交往大約半年了。他在事務所合作的工程公司擔任測量工程師，單名まさる，漢字寫作勝利的「勝」，聽說是東大畢業的菁英（我們沒談論過相關的話題），長我三歲，在公司人緣佳、深受上司器重，是大家口中的人生勝利組。他的談吐風趣、笑容可愛（和父親一樣有淺淺的笑窩），周末經常和大學前後輩組成的業餘足球隊一起踢球、體格壯碩的他讓人感到踏實，相處時氣氛很好。我特別喜歡聽他講電話時的聲音，輕柔且溫暖。

老家在多摩，雙親是教師。對人很有耐心，常不著痕跡地糾正我日語文法上的小錯誤，也會教我一些書本上不會出現的口語用法。若真要說有什麼缺點，大概就是這半年來身邊的朋友、同事，沒人知道我們的交往——他很低調，低調到我不確定他是否真的愛我。

原本我和他只是業務上的關係，經由佐佐木前輩號召的露營大會才熟絡起來。

「聽說，你是從台灣來的？」小野問。

我點了頭，他的眼底閃閃發亮，哼唱起一段歌曲。

「SEIKO（聖子）的〈青い珊瑚礁〉，好懷念～」我驚喜地看著他，「不過，我以為是指沖繩。」

「或許吧。」小野微微一笑，沒多說什麼。

秋天的時候，我們相約到飛驒高山賞楓，後來又一起去了京都（是的，不再被這些那些耽擱，一切順利），然後開始交往。我們總是私下見面，偶而他來事務所洽公，也不會事先通知，甚至連打聲招呼都沒有。

情人節的時候，我特地做了本年曆，上頭有我們一起出遊時拍的照片，再加上我過去的攝影作品，依月分排成春、夏、秋、冬四季，送給他當禮物。我特別喜歡小野先生幫我在高山國分寺的千年銀杏下拍的仰望照，看到那張照片總是提醒我對生命的偉大感到崇敬和謙卑。

「我朋友說你的 sense 很好。」他低下頭說，語氣裡裝了滿滿的得意。我不知道他口中的「朋友」是誰，至少肯定不是我們身邊的同事。

白色情人節當天，他來事務所開會，還特地帶了盒高級手工巧克力——人緣極好的他總會注意這些細節，三不五時的小禮物受到眾人歡迎，大家老愛笑稱他為「浪漫搞笑系的小野先生」。會後他先行離去，照慣例電話訊息全掛零。

幾乎每個人都嚐過之後，佐佐木前輩拿著剩餘的巧克力來到我的辦公桌前，擠眉弄眼低聲地說：「這是小野要給你的對吧，不好意思，先被吃了一輪。」

我按捺內心的訝異，無辜地眨了眨眼裝傻。

「我跟小野也算熟了，」他一臉神祕地竊笑，「你們同時休假、還帶了同個地方的伴手禮回來給我……」

「剛好而已吧。」我聳個肩，故作冷靜。

「偏偏我這個愛妻家都會把在公司拿到的伴手禮帶回去給妻兒品嘗，」他無視我的反應，繼續自顧自地說：「亞紀子就問我，你們是不是在交往，我才恍然大悟，還被笑鈍感（どんかん）。」

「就說是碰巧。」我死不承認。

這次換佐佐木前輩聳個肩，點著頭說：「我懂、我懂。」

他伸出食指放在唇前，然後把巧克力留在桌上，竊笑走開。

老實說我的心情有點複雜，他懂了我卻不懂，收到白色情人節的回禮自然甜蜜喜悅，但心底期盼的，也許是更熱切的對待。雖然明白過多的熱情持續不了多久，但至少不該是這樣偷摸。

除此之外，我和他相處沒有任何問題，聊得不錯、性事也合得來，我曾經想過若要結婚，對象應該就是他了吧。

今年的櫻花提早一周盛開，辦公室裡大夥兒正興高采烈地計畫明天周五提前下班、到附近的公園賞花，鬧哄著抽派先去佔位子的人選，我的電子信箱忽然收到一封臨時發布的活動通知，是之前常去的

Jazz Pub 寄來的：明日（周五）晚間，將舉辦 Saxophone 手「廣瀨斉（Hitosi Hirose）」的告別音樂會。

我皺起眉，困惑地看著通知信的內容，Hiro……不是去法國了嗎？

「Sio，快來抽籤。」

「御免，我明天去不了。」我站起身，陪笑地雙手合十向大家致歉。

入暮時分抵達熟悉的酒吧門口，一切還是老樣子，不禁讓人懷疑昨日收到的信息是提前的愚人節玩笑，只要走下階梯推開門，就會看到廣瀨拿了啤酒迎上前來招呼。我站在樓梯口猶豫著，一名綁了馬尾的黑衣女子快步走上，我側身讓她先過，女子抬眼無聲地道了謝，眼眶紅著。我們往各自的方向前進了兩步，同時回頭。

「Hika ちゃん？」

女孩點了頭。

「我是 Sio……」我不確定她是不記得，畢竟兩年前在音樂祭只是打個照面。

話說一半，紅著的眼眶淹起一片江洋，我連忙帶她到前方的公園僻靜處坐下。

「兄ちゃん去法國前其實就有憂鬱症的傾向了……」她抽搭著說。我想起最後一次見到廣瀨時那嚴重的黑眼圈、還說自己得喝酒才睡得著，原來他的病早有蛛絲馬跡。

「可是他很開心地向家裡報告自己結婚了，我以爲一切都會好起來……」

眞是令人意外的消息，Hiro居然在法國結婚了！是啊，其實他也是多情的人啊，只是都被開朗的無厘頭形象掩蓋了。

「那是最後一刀，孩子被那個法國女人帶走了，Lola是哥的心肝寶貝……」

Hikaちゃん斷續說著，我試圖釐清她話裡的意思。

「Hiro和一個法國女人結婚、生了小孩名叫Lola是嗎？」我問。

她點了頭，「去法國後沒多久就說要結婚，不久小寶寶也出生了。」

「然後離婚？」

Hikaちゃん搖頭，「她帶著Lola跟新男朋友走了，因爲兄ちゃん一直窩在房間裡寫歌。」

說到這，她突然大哭了起來。「那是寫給小Lola的曲子。兄ちゃん說大家都稱讚他是天才，可是只喜歡聽他演奏那些經典，很少人眞正懂得欣賞現代創作的爵士音樂……他一直心情不好，我沒想到居然是憂鬱症……」

同樣曾經失去至親的我多少能體會Hikaちゃん的痛，只不過前程似錦的廣瀨岔進這條不歸路，恐怕讓留下的人除了悲傷更是悔恨，傷口或許隨著時間癒合，但幻肢的疼痛怕是難以消逝。我感慨萬千地摟住她的肩，輕輕拍著，就像音樂祭那天見到廣瀨對妹妹親愛的樣子。除此之外，再多的安慰都難免輕浮。

筋疲力竭地回到家，我像精氣被抽乾似的倒在沙發上，過了好一陣子才勉強起身，拖著沉重的步伐走到書桌前，按下電腦開關。才開機，W立刻敲了我的MSN，近一年不見的他居然在東京。我興奮地抖了下身子，瞬間能量補給，細胞一個一個復活。我們約了明天傍晚老地方見。

才走到居酒屋門外，便瞧見那熟悉的側臉正不知望著什麼發呆，一點也沒變的傻萌模樣。我淘氣地從背後拍拍他的肩，他嚇了一跳轉過身，看到我時毫不掩飾地笑了。我在他對面的位子坐下，放好側背包轉過身，就聽見他劈頭說：「我要結婚了。」

我挑眉盯著他，舌頭像打結似的一時間說不出話來，空了半晌最後吐了句：「想不到你還眞那麼早結婚。」

「不早囉，晚了我妹好多年。而且也差不多工作六、七年了，該結婚了。」他笑了笑。

「新娘我認識？」

W點了頭，感覺有些害羞，「你知道的。」

「我應該知道嗎？」我似笑非笑，促狹反問。

雖然不想承認，但我立刻就知道了。是的，W的結婚對象不意外是欣瀅，和十多年前猜測的一模一樣，關於有「靈氣」的女孩。

由於欣瀅是基督教徒，一開始不願意和教會以外的人談戀愛，W選擇加入教會受洗；在日本工作期間也不間斷地利用通訊軟體殷勤問候，返台後沒多久兩人開始交往，最近終於得到允諾。

「你是我的朋友中最有才氣的，幫我們設計喜帖吧。」

才氣？我輕笑了聲。原來自己在W眼裡，靈氣從來不是選項。這麼多年來一直壓在心底、覺得問出口就俗掉了，在他的初戀揭曉同時終於有了答案。

「我們婚禮你肯定會來吧？」

「什麼時候？」

「五月，她的生日。」

「那麼趕？」我驚呼了聲。

「我們想趁婚假時去澳洲賞楓，順便探望小寶。」

「小寶？」我眼睛一亮，驚訝地問：「你和他聯絡上了？」

W笑著點頭，「Facebook你知道吧？」

我點了頭。Facebook是這一、兩年新興的交友通訊軟體，身邊有不少人開始嘗試這個新奇玩意。

「這軟體的演算法太神奇了，不知道怎麼轉啊轉的，黃育琦這個名字有天突然出現在我的推薦交友名單裡頭。」他興奮描述。黃育琦是小寶的中文名字，哥哥大寶是黃育珩。

「中文？」

「當然是英文拼音，所以剛開始我只覺得念起來好像有點耳熟、不過沒有反應過來，後來是他主動傳了訊息給我才相認的。大概是我的名字也出現在他的推薦名單裡頭。」

「他會來參加婚禮嗎？」我也興致高昂起來。

「他在墨爾本的會計事務所工作，沒辦法來，所以我們決定去看他。」

「那大寶呢？」我好奇追問。

W突然露出奇怪的神情。他蹙起眉，欲言又止地看著我，「你先有心理準備……」

我有種不好的預感，防備地豎起耳朵。

他深吸口氣，然後緩慢說著：「大寶去年走了。」

什麼？

W一共說了六個字，每個字聽起來都像是漂浮在半空中。我先是懷疑自己的耳朵，然後在腦中重新推敲那幾個字的意思——走了，是走去哪？

「大學畢業後，他說想趁工作之前完成自行車環澳的夢想，結果在中部沙漠的公路上，因爲天色太黑又沒有路燈，被快速行駛的大貨車撞到……」

「他是要去《在世界的中心呼喊愛情》[41]裡的那塊岩石嗎？」我的腦袋暫時無法運作，憑著直覺反應提出毫無緊要的問題。

W搖搖頭，說：「不知道。」

四周喧嘩，空氣靜默，察言觀色的氣泡自杯底靜悄緩升。我凝望面前的淡金色液體，舉杯啜飲了口，像在品嘗華美而苦澀的人生；W低著頭，下意識地將鹽毛豆送進嘴裡啃咬，宛如停格。

「かわしおで（kawashiode）～す（su）。」服務生高亢的嗓音劃破結界，送上我們都愛的鹽烤雞皮。

「啊，幫我跟小寶問好啊。」我抽動了下臉皮，試著露出笑容。

「你也註冊個帳號，我再把小寶推薦給你。」W很有默契地切換回原本話題。「對了，船長和小渼會來參加我們的婚禮。」

「咦，他們兩個結婚了嗎？」

「聽說他們也是用了Facebook之後才聯絡上的，」W一副隔牆有耳、生怕鄰桌的上班族恰好也認識他倆似的，壓低聲量神秘兮兮地說：「可是看他們互相的留言感覺有點曖昧……」

「重燃愛苗了嗎？」我隨口玩笑，隱隱覺得面前的人和自己熟悉的W微妙不同，溫度偏高，態度輕浮——是因爲即將步入下一個階段，情緒過於亢奮嗎？

「船長簽了演藝經紀，小渼贊助他髮妝，」W嘖嘖笑道：「想不到吧。」

「沒想到船長最後不當船長了，」我有些驚訝卻又不那麼訝異，「不過他從小就長得好，長大後應該也沒歪掉。」

W認同點頭，「不過看他倆那樣子，搞不好很快就會聽到好消息。」他頓了下，猶豫著問：「我應該把黑美人的帳號推給船長嗎？」

喂！我睜大眼瞪著，不許他攪局。

「對了，你後來有跟黑美人說過話嗎？」W拿起濕紙巾擦了擦手，若無其事地問。

「我沒什麼特別的事要找她。」我淡淡回答，「她應該也沒特別的事需要找我。」

「是嘛？我還以爲她是你喜歡的型。」

我挑眉。「你之前不是還要我小心她在背後捅刀？」

「小心是一回事，」他瞇著眼思考著說：「不過你們應該算是……互相吸引？」

我點頭，「因爲我們是截然不同的兩個人吧。」

「所以終將反目成仇？」

我笑了出來，「仇到不至於，只是……有時候並無法支撐性格和價值觀帶來的扞格。」

W微微頷首，「漸行漸遠如果必然，還不如保持距離留下美感。」

我聳了個肩，清淡一笑，「也是有這樣的事。」

他若有所思地盯著我，沒再多說什麼。

「對了，設計費多少記得跟我說。」臨別前，他忽然想起一開始的請託，叮嚀了句。

「就當送你的結婚禮物。」

「這可不行。親兄弟都要明算帳了。」

「我不會包禮金給你，算你請客吃飯。」

「那沒問題。」W咧嘴笑了。啊，好懷念的憨傻笑容……正感慨時，他忽然開口：「那你可以算新娘的親友嗎？」

我白了他一眼。

笑著告別後，我一路興高采烈地前往電車站。前一秒才腳步輕盈地跳上列車，後一刻卻忽然覺得身體如千斤重，像洩了氣的熱氣球般頹喪無力。我癱坐在位子上轉頭望向窗外，黑幕之上橘黃燈火快速飛過，不時可見燈打亮著夜櫻蔓延，人生的歡喜悲傷凝聚在這樣櫻色狂艷的夜晚，濃稠得讓人難以負荷。

幾天後，電子信箱收到W寄來的婚紗照。我反覆看著一張張幸福洋溢的熟悉身影，覺得感動，卻也有點陌生。其中一張照片吸引了注意力，我看著新娘白皙的頸項上似曾相識的海藍寶項鍊，不覺失笑。原來如此，自己曾在無意間當了他們倆的愛的信使，W這傢伙藏得可眞深。照片裡含情脈脈對望的那對璧人，女子「曾經」是我的「好朋友」，即使「現在」我依然喜歡她，但是我們之間除了遙想過去，早就失去生活的交集、共通的話題，所謂的「好」只能收在心底冷凍保存，攤在陽光下怕會無情融化吧。

我花了整個周末的時間快速挑出照片、排版，將喜帖設計草稿寄給W，來回幾次溝通修改後，完成了印刷版本。我的參與到此告一段落，而新人的婚禮籌備持續如火如荼進行，接下來就等五月的相聚了。

「緊急事件！」

過了幾天，W再次敲了我的MSN。

「幫我挑選婚禮的曲子吧。」他說，貼上個苦苦哀求的表情符號。

「我哪知道你們的定情曲（哼）。」

「我需要一首代表光明未來的歌（拜託）。」

我思考了會兒。

「去年Dreams Come True出的那首〈ア・イ・シ・テ・ルのサイン～わたしたちの未来予想図～〉如何？」

「未來預想圖三部曲嗎？（愛心）」

〈未來預想圖II〉[17-2]和〈未來預想圖〉[17-3]是日本Dreams Come True樂團分別於1989年和1991年發表的作品，而〈ア・イ・シ・テ・ルのサイン～わたしたちの未来予想図～〉（我愛你的信號～我們的未來預想圖～）則是為電影《未来予想図～ア・イ・シ・テ・ルのサイン～》[42]所創作的歌曲。這三首歌被稱為未來預想圖三部曲。

「對呀，歌詞的意思是感謝有你的今天，愛延續在每個明天……很適合婚禮呢。」

「這首不錯，三部曲也剛好是我們從小走到結婚的代表。」W傳給我一個大拇指符號。「果然是問對人了。」

「還需要別首歌嗎？我可以幫忙唱，張宇的〈給你們〉[17-4]如何？（掩嘴笑）」

「呃，有這三首主題歌氣勢應該就出來了。我另外還挑幾首。謝啦。（拜謝）」

W離線後，我又思考了會兒，隱約感覺哪裡怪怪的，卻想不出來。

我輕輕嘆了口氣，準備出門赴約。和小野先生約了去美術館看日本建築繪畫，看來得加快腳步了。

《未来予想図 ～ア・イ・シ・テ・ルのサイン～》是去年冬天我和小野先生一同去電影院觀賞的。對所有熱愛建築的人來說，高第的聖家堂是心目中永遠的夢幻（因爲遲遲完成不了？）。

「改天我們一起去西班牙吧。」看完電影後，他提議。

「怎麼說的好像去北海道一樣輕鬆。」我笑了。

「是啊，很難休那麼長的假呢。」他爲難地皺眉思索。

「如果剛好有什麼研討會之類的可以參加就好了。」我異想天開說。

「坐飛機要十幾個小時，匆匆一瞥也不盡興。」

沒想到他竟然認眞考慮起這方案的可行性。我轉了轉眼珠，也開始思考起請長假的方法。

「前陣子我們事務所的佐藤結婚，好像請了兩周的假到大溪地。」我憧憬地說：「海上茅草屋裡有玻璃地板可以看見水面下的熱帶魚，太夢幻了！」

佐藤是事務所團隊裡的活植物百科辭典，每回我畫了新的四季庭園設計圖，他立刻能夠依照色彩分布講出合適的花草名字——屋上攀爬的白色薔薇品種Summer Snow，小池塘前艷黃垂落的金鎖花（キ

ングサリ，毒豆）和粉紫圓球狀的大花蔥（ハナネギ），沿著小徑栽種黃橘色的金蓮花（キンレンカ）、藍紫色的大飛燕草（デルフィニウム）、紅色系的立葵（タチアオイ，蜀葵）；隨著四季變換，冬日的木春菊（モクシュンギク，瑪格麗特），早春的黃色水仙（スイセン），橘紅色的春日躑躅（ツツジ，杜鵑），初夏嬌美的藍色紫陽花（アジサイ，繡球），夏日豔紅的松明花（タイマツバナ，蜂香薄荷），夏秋清新可人的的粉系桔梗撫子（キキョウナデシコ，福祿考）和紫紅色的山荻花（ヤマハギ，胡枝子花），秋日薄紫色的唐松草（シキンカラマツ），高高低低、錯落有致，不論季節，景緻盎然。

要怎麼做才能得到你這樣的特異功能？我欣羨地問。

さあ（saa）～我是園藝師和花農的小孩嘛。佐藤摸摸後腦杓，看似羞赧實則驕傲地說。

他真是我的偶像。

「婚假嘛。」小野先生點點頭，嘴角帶著微微的笑。

我一愣，忽然發現自己說錯話了，「我的意思不是……」

他溫柔地看著我，「這樣的確可以請那麼長的假。」

五月。正當我準備收拾行囊、回台參加W的婚禮時，忽然收到客戶的通知：因爲老闆臨時提出意見，必須緊急修改設計圖。這案子是上百坪的店面，從外觀建築到室內空間都交由事務所包辦設計，並負責後續的施工。已經定案的設計稿臨時變更的情況並不少見，但通常只是些微變動，而這次對方提出的要求，無論外型和室內都得一併修改，必須全員加班、合力完成，看來黃金周假期是泡湯了。

「抱歉，我好像不能回去參加你的婚禮了。」

我撥了通電話給W，親口表達無法出席以示誠意。

「什麼！你不能來了！」

我將話筒拿離遠些，揉了揉耳朵——籌辦人生大事果然勞心傷神、讓人情緒敏感，連向來冷靜的W都大驚小怪。

「客戶臨時有個設計圖要修改，這個周末得加班了。」我無奈解釋。

「大家都很期待和你見面耶。」他的聲音明顯透露出失望。

「幫我跟大家說聲抱歉，還有，歡迎來日本的時候找我玩。」我笑著回應，心裡其實不太確定他口中的「大家」指的是誰。

連續投入沒日沒夜的修改作業，好不容易終於可以喘口氣的我回到家、吃了順路在超市買的特價便當，開始陌生地思考接下來該做什麼。難得有完整的夜晚時光，來看之前錄下的電視劇好了……工作再忙，劇還是要追。我在心裡喃喃念著。

沖了杯ほうじ茶，炒焙過的茶香氣十足卻又內斂含蓄，不若咖啡那般好客、愛刷存在感，很適合今晚。將《ラスト・フレンズ》[43]（Last Friends）第三集推進錄放影機，這部由《のだめカンタービレ》裡的上野樹里、瑛太、水川あさみ（麻美）以及《世界の中心で、愛をさけぶ》的長澤まさみ（雅美）所主演的木曜劇，講述的主題似乎是家暴和性別認同，但劇中的Share House場景分外勾起我的心弦，經常看著看著便恍神到另一個時空。我坐回沙發上、拿起遙控器打開電視，從桌底下的抽屜取出和小野先生去京都時帶回來的八ツ橋瓦片煎餅，腦中忽然閃過在嵯峨野竹林捕捉到的小野先生身影——外表粗曠的他走在幽綠小徑上竟意外有種溫文氣質——忍不住笑了出來。

正跟著宇多田光的歌聲哼唱，忽然聽見身後傳來收到電郵的提示音，我起身走到書桌旁、雙擊滑鼠，原來是W寄了婚禮上拍攝的影片來。我點開影片後順勢坐下，螢幕上出現了他和新娘穿著禮服對我招手，「哈囉之妍，好久不見。我好喜歡你幫我們設計的請帖。」欣瀅字正腔圓的嗓音甜美如昔。新人身邊圍繞著不少眼熟的面孔，但我幾乎想不起名字，只能邊回憶思索、邊看大家在影片中逐一向我問候。

「蔚之妍，好久不見。」船長從鏡頭右下角冒了出來，笑嘻嘻地半舉起手。果然還是很有型，完全沒有長歪掉，和旁邊的人比起來臉蛋小了圈，身材比例又好，走在東區被挖掘往演藝圈發展一點也不奇怪。

只見他轉身拉了一名小人入鏡，「他是我的……」

「他是船長的小孩。」小渼突然湊到鏡頭前打斷他的話，笑容可掬。

「他是我弟啦。」船長急忙撇清，「我們搬到台北後沒兩年，我媽居然跟我說要有弟弟或妹妹了，眞是嚇死我了。」

他邊說邊摟住身旁的小男孩，「快，跟姊姊打招呼。」

「可是那邊沒人啊……」小男孩指著鏡頭方向，也不知是故意裝傻或真的疑惑。船長把臉轉回鏡頭前，語氣誇張地抱怨：「差了十五歲，十五歲你知道嗎？都快可以當我兒子了。」

「如果你早出生二十年，的確可以結婚生兒子了。」小渼一副見怪不怪的模樣。

「小孩生小人也太可怕了。」船長猛烈搖頭，表示難以接受，隨即又換上得意神情，「不過我弟可是從小由我帶大的喔，泡奶粉、換尿布什麼的我都會。」

「好爸爸風範未來也請繼續保持啊。」小渼甜笑著說。

「好了，你們別再打情罵俏了，今天的主角不是你們啦。」

突然冒出誰阻止他們繼續霸占鏡頭的聲音。「好啦！好啦！」船長揮揮手表示知道了，轉頭對我說，「所以就祝少爺和欣瀅早生貴子啦。Bye～」

接下來W重新出現在畫面裡，「對了，小寶也有錄一段影片給我們，待會兒一起傳給你。」

小寶的臉我果然完全不認得了，和兒時印象差距過大，難道是因爲吃了澳洲的食物長成了外國臉嗎？連聲音也不同了。可是懷念和喜悅仍然不斷地從胸口冒出，眼眶有點熱、鼻子有點酸，原來我其實很想念他們？看完小寶的影片，我發呆了好一會兒，還有一個人，還必須見見另一個人。我終於申請了臉書帳號。

循著小寶的臉書帳號，我找到了大寶，貼文更新停留在去年十月，照片裡曬得黝黑的年輕男孩在藍花楹樹下露出潔白的牙齒燦笑，上頭寫著：過兩天就要暫時過著沒有網路訊號的日子了。

我試圖在年輕男孩的臉上找出曾經熟悉的痕跡，卻只感到陌生，我們已經分開太久，久得足以讓人覺得彼此間的距離並不是死別。這樣也好，就當作送個老朋友遠行，比如說距離百萬光年的外太空，不再有機會相見。這世間的緣起緣滅，有時候不一定非得陷入令人窒息的悲傷泥沼，能夠像這樣輕輕地揮一揮衣袖，獻上祝福，也是一種告別。

♪

煩悶好段時日的太陽終於扯下灰厚重的雨衣，大腳邁入他最熱愛的季節。一日，好不容易從外務解脫、汗流浹背地回到辦公室，我坐在電腦前，一邊拿著路旁派發的圓紙扇搧風、一邊打開電子信箱，意外發現臉書寄來的好友邀請出現了熟悉的名字。

「Sio，我要結婚了。」

簡單幾個字跳入眼簾，我彷彿聽見俞和輕柔的嗓音。

「OMG，恭喜了。什麼時候？是韓國人嗎？」

「是高中時候的同學，回韓國後參加同學會才重逢的。」我似乎看見她微笑時眼睛彎彎的模樣。

「只是雙方的親戚簡單吃個飯，不打算大費周章地請客。事業剛起步什麼都忙。」

「蜜月呢？要去哪裡？」

「九月的時候。會去倫敦和巴黎，順便看時裝展。」

「應該是順便度蜜月吧。」我開心地盯著螢幕，頑皮笑著。

停頓了好一會兒。

「你和俞麗有聯絡嗎？」

我收起笑容，思考該如何回答這個問題。

「我知道雙方都有委屈。不過我猜她應該很想你。有空去店裡看看她？」

俞和的話裡透露出希望我讓步的意思。我反覆讀著那段話，想像自己去找黑美人重修舊好，然後呢？誰都不能保證這樣的事會不會重複發生？我在心裡嘆了口氣，忽然有種無力感，覺得很沒意思。

「我覺得人和人之間的關係是相對的。如果只是單方面主動，維繫不了友誼的。」

又停頓了好一會兒。

「我懂你的意思。」

「就先祝福你新婚愉快囉。」我表現出無意繼續這個話題的態度。

「Sio，你知道的，她是我妹妹，我必須先顧及她的感受。很抱歉對你說這些。」

「不會。不是什麼大事。」

我輕輕敲著鍵盤，心情複雜。

「有機會再到首爾看妳。」

送出個笑臉，我終究學會了虛假的表達眞心。

做了個夢。

婚禮前，W特地約了我和欣瀅一人一起見個面、敍敍舊，順道拿印刷好的喜帖給我。

我們熱絡地招呼著，開心笑著，掩不住喜悅的W的臉、淺笑著難得嬌羞的她的模樣，我看在眼裡收在心裡，覺得高興，感到幸福。正當他們手攬著手離我越來越遠時，一束光在另一頭撒下……啊，是愈和與她的未婚夫，高高的，像韓劇裡的歐巴，我看不清他的臉，但知道甜蜜的兩人正微笑向我走來。我高興地揮著手，忽然黑美人衝了過來，大喊：不要搶我的家人！我嚇了一跳，夢就醒了。

我起身下床，到流理台倒了杯水，對著窗外一片漆黑，思緒紛飛。我一直很喜歡寂寞，也從不以獨自爲苦，然而爲何此刻，卻覺得有些空空蕩蕩。生活只剩下情人和工作，未來也許是家庭和工作，人的一生，就只能這樣嗎？

睡前，整理好前些日子盂蘭盆節假期出遊的照片，我瀏覽了臉書上的朋友近況，聽說喜怒無常的秋日風暴在菲律賓東方海面形成，不過距離遙遠，暫時對東京的好天氣沒有任何影響。正想關閉視窗，版面上突然跳出了俞和的婚紗照，輕柔甜美又別出心裁的婚紗肯定是她為自己量身訂做。照片中的她偏著頭拿了束淡藍色的小花飛燕草，淺笑依偎在新郎懷裡，幸福洋溢；新郎的笑容則是開懷的，一副開心得合不攏嘴模樣。我按下大拇指圖示，隨意看了幾則回文，便關機就寢。

隔天，工作忙得昏天暗地，直到深夜回到家才發現小恬傳來的訊息。

「Sio，俞和姊過世了。」

我呆住了。不可能啊，我昨晚明明還看到她的婚紗照，過幾天不是要到法國看時裝展兼蜜月嗎？是不是搞錯了什麼？

「俞和姊很早以前就檢查出心律失常。不知道是不是最近太累了，昨天晚上她入睡之後，心臟在睡夢中停止跳動……」

我跌坐在椅子上，反覆讀著小恬的訊息，然後不相信地點進俞和的個人頁面。婚紗照的貼文還在那兒，貼文就停在那兒，下頭的留言數正不斷增加中，一長票的「R.I.P.」。

接連好幾日，我都無法接受這個事實。父親離世時，我確確實實感覺到失去，而這次俞和的逝去，彷彿心上被開了個洞……應該說原本栽種在心臟的某個位置、自己珍視愛惜的小花被挖走了，就算覆上了層生活堆積的塵土，裏頭還是空洞洞的。

♪

小野先生決定外派到長野的時候，拿出了戒指給我。

「你的手指細，戒指花了好一段時間訂做。」他一如往常溫柔地看著我微笑。

在此之前，也不知道是自己忙得渾噩，還是他不知如何面對我的陰陽怪氣，總之已經好一段時間沒有聯絡，我以為彼此都處在讓感情自然消亡的狀態。他突如其來的求婚讓我非常錯愕。

「跟我一起去。」他誠懇地看著我，「換個環境，換個心境。你不是很喜歡蓼科高原的英式花園，我們搬去長野，可以經常去。」

夏天時候，我們到諏訪湖看煙火，順道去了趟蓼科高原的英式花園。牛奶加紅茶，司康與檸檬蛋糕，以及和自然融為一體的美麗花園。園中盛開著木槿花（ムクゲ）、桔梗撫子、浅間風露（アサマフウロ，線裂老鸛草）、大反魂草（オオハンゴンソウ，金光菊）以及許多不知名的夏花，舒適宜人的氣候、乾淨清爽的藍天，還有形狀美妙的的大朵積雲……我當場嚷著想在那兒定居。

小野先生知道我喜愛英式花園，也清楚我對佐藤知花識草的特異功能欣羨不已，他繼續說服：「我朋友正在北海道修築一座英式花園，你知道那兒和英國的地理環境相似，放假的時候我們可以過去見學，或者你也可以多待幾天學習。」

我面無表情地看著他，有些迷惑。心裡應該是感動的，還燃起了一點、一點星火的溫暖，可惜微弱得無法擴散至肌膚表層。這個提案相當誘人，我知道如果接受他的求婚，就會停止漂泊，在這塊土地上扎根。然而此刻的自己，溫度偏涼，想勉強升溫卻一點辦法都沒有，而且我已計畫好未來，上個月送出了環境設計課程的進修申請書，等手上幾個案子結案後將會重返校園，目前毫無結婚的心思和打算。

「你好一段時間沒出現了，我以為……」

「去長野前，有很多事情要準備。」他不以為意地笑笑，沒讀懂我的意思。

我並非責怪他這段時日的不聞不問，不，也許我正是在埋怨，不論表現得多獨立從容，我仍然盼望細緻的噓寒問暖、更多熱情的追求，我要光明正大的說愛，攤在陽光下溫暖撫平陰暗皺褶……我討厭這樣含蓄低調得幾乎趨近於零。

我想起前陣子和安聯絡，聊到感情。她說實在受不了身邊男人的沙文主義，整個韓國社會充斥著男尊女卑、壓得人透不過氣的風習，女人得費很大的力氣、做到完美才能獲得一絲絲隱藏了輕蔑的尊重，甚至包括之前的日本男友也給她類似的感覺，每天忙得不可開交還必須照顧另一人的生活起居，實在太令人絕望了，所以她雖然渴望結婚卻又對婚姻毫無憧憬。

那我和小野先生呢？他自尊心強，我也非唯唯諾諾的小女人，他不會說甜言蜜語，我更不愛撒嬌，如果以為不用多說什麼就能心電感應到對方也未免太天眞了，可惜我們都以為這樣的天眞叫做浪漫，相愛就等於相通，忽略了兩人之間難以跨越的侷限。我能幻想有一天他終於懂得我話語中的表情嗎？我能嗎？

「是責任嗎？」我問。

「對呀，這邊的工作要交接，那邊的房子、生活水電什麼的也得整頓、預先安排。」他回答。

我搖搖頭，直截了當地問：「對我，結婚是因為責任嗎？」

他皺起眉，舔了下乾燥的嘴唇：

「……你知道我一直很喜歡你，覺得你很可愛，結婚之後你不需要再那麼辛苦的工作，可以先到處散心、轉換心情。」

多麼溫柔的人啊。但要抵達我理想中的愛情，只有可愛是不行的啊！我在心裡吶喊。

「我還有想做的事。」

最後，我終究只是淡淡地說了這麼一句。

曾經以為我們的愛情最終通往紅色地毯，可惜我的心已前去另一個方向。

拒絕了小野先生的求婚，在最後的擁抱之後，我們就此斷了聯絡。後來才聽說，和他素來交好的革新派董事在某個大案子犯了錯，他也連帶被左遷到子公司，而入籍結婚的消息傳來，是一年以後的事了。

【耳朵記憶】

17-1. DREAMS COME TRUE〈ア・イ・シ・テ・ルのサイン～わたしたちの未来予想図～〉，詞曲：吉田美和，《And I Love You》，2007，NAYUTAWAVE RECORDS / DCT records。

17-2. DREAMS COME TRUE〈未来予想図 II〉，詞曲：吉田美和，《LOVE GOES ON…》，1989，Epic Records Japan。

17-3. DREAMS COME TRUE〈未来予想図〉，詞曲：吉田美和，《MILLI ż ON KISSES》，1991，Epic/Sony Records。

17-4. 張宇〈給你們〉，詞：十一郎，曲：張宇，《雨一直下》，1999，喜得製作，EMI 發行。

【眼睛回憶】

41.《在世界的中心呼喊愛情》：『世界の中心で、愛をさけぶ』，日本作家片山恭一的青春小說，2001 年出版時銷售慘澹，後因 2002 年女演員柴咲コウ的投稿書評而火紅，陸續改編爲電影、電視劇和舞台劇。電影主題歌爲平井堅〈瞳をとじて〉。

42.《未来予想図 ～ア・イ・シ・テ・ルのサイン～》：以日本樂團 DREAMS COME TRUE〈未来予想図〉及〈未来予想図 II〉爲發想的電影，由竹財輝之助和松下奈緒擔任男女主角，2007 年上映。

43.《ラスト・フレンズ》：Last Friends，由長澤まさみ、上野樹里、瑛太、水川あさみ、錦戸亮主演，探討家暴、性恐懼、性別認同及友情，2008 春季木曜劇場，富士電視台。主題歌爲宇多田ヒカル〈Prisoner of Love〉。

18. The Flavor of Life

Track：宇多田光〈The Flavor of Life〉[18-1]／《Heart Station》

雖不是空前絕後，但也算是一生難遇的大事件。

在家工作的人們突然省去不少通勤、交際的時間，遵行政府的緊急事態宣言，規避三密（密閉、密集、密切），以免群聚感染，而多出來的時間正好讓朋友們利用網路互相關心近況，我和安也開始頻繁聯繫。

和她最後一次見面是在五年前佐佐木前輩的告別式上。他得了胃癌過世的消息，是亞紀子聯絡安，讓她通知我的。

「聽說發現的時候已經吐血，再去醫院檢查、治療也來不及了。」安說。

「佐佐木先輩太投入工作了，總是沒日沒夜。」我難過地回想他高大圓潤的身軀、總是帶給大家鼓舞的爽朗笑聲。我想起那年的大失戀，佐佐木前輩特地跟來Lounge Bar安慰；又想起和小野先生分手時，他在午後的陽台和我一起吹著風，輕描淡寫地說：「不用急、慢慢看，多談幾次戀愛才會知道自己適合什麼。像我現在，老婆好、兒子也好，他們都是我安定的力量。」他總是這樣穩重地站在我的前方，然而細胞裡的壞傢伙從來不屬於外貌協會，無論形象有多健康強壯都無法阻止它在體內滋長作怪。

緣分結得深，無論來生以何種形式相遇，或在天堂重逢，都得和此世肉身表達感謝、鄭重道別。告別式上，事務所成立初期一起打拚、分享勞苦歡樂的夥伴們紛紛趕到，大家你一言、我一語地哭成一團。因爲共同經歷過青春，卽使彼此都已脫離了當年的天眞，積累在心上的情感依然深厚，攢著無可取代的特別。然而多已度過結婚、生子潮的我們，隨著年齡增長，對於「下回見面」，會有坦然面對的一天嗎？

卽使分隔多年，我和安在彼此面前總是自然地卸下心防，保持當初在學校、在Share House朝夕相處的契合不做作，就算對人生有了新的心得也未曾改變核心價値觀，是互相欣賞、深刻理解的好朋友。

「跟你說，別嚇到。」我們聊著聊著，安突然冒出這麼一句。

「我得了乳癌。不過是第0期，已經做完手術了。」她輕描淡寫地說，「還好在疫情前不久發現，立刻就動了手術。」

「你們家族有乳癌基因嗎？」

「沒有，醫生認爲是壓力造成的。」她送了個愁苦的表情符號來，「都是那個變態上司害的，我每天壓力實在太大了。」

「你一個人住嗎？」我擔憂地問。

「男朋友跟我一起住。」

「那就好。」我表現平靜，其實內心按了一長串的驚嘆號，如此討厭男人拖累自己的安，居然交了男朋友！眞不知是何方神聖，竟能說服安留他在身邊。

「我男朋友小我十三歲，來我們部門實習時候認識。」像是猜到我心裡的疑問，她自主報告。我更訝異了。那些個大男人都被挑剔盡了，這樣的小男生如何通過她的嚴格要求？

「因爲家裡的關係，他從小辛苦慣了，所以能打理好自己，也懂得照顧別人。」

「眞不容易。」我嘆服說，「終於出現了符合你理想的人呢。」

我可以想像此刻的安肯定神情冷淡，但能夠打破她固執堅強的堡壘，絕非條件符合加上些許好感就能辦得到，在認愛的過程中，她絕對遭遇幾番心理掙扎，確定足夠喜歡才會決定接受對方的感情。

「話說，你知道 Jung Youngsun 先生嗎？」也許因爲害羞，安岔開話題。

「京春線森の道的設計師？」

Jung Youngsun 是韓國著名的景觀設計師，我曾在一則報導中看過她對於尊重自然和本土生態復育的造景理念。

「聽一位先輩說首爾的美術館，正在籌備展出先生幾十年來參與的重人工程手稿，還會設一區她親自設計的庭園。我覺得她做的事正是 Sio 你一直以來努力的方向。」

「我應該去看展覽。」我很久沒有感覺心臟跳舞了，尤其疫情流行之後。

「對，你來，我還可以帶你去首爾植物園、汝矣島的生態公園走走，都是先生參與設計的作品。」我們約了未來的某天一起去見學觀摩。

「對了，前兩年我在設計展遇到金愈麗，眞巧。」安忽然提起，「說結婚後搬到美國去了，在當地和朋友合夥做珠寶設計和販售，發展得挺不錯。」

「她眞的去了美國呢，希望不會再遇到歧視之類的事了。」我想起黑美人的輾轉身世和心理陰影。

「拜託，美國也有種族歧視，常聽到白人歧視有色人種。」

「至少在那裏黃種人是「一起」（被歧視）的，老外分不淸中國人、日本人還是韓國人。她應該不會覺得自己又被針對了。」

「也是，如果這樣心裡會比較舒坦……」安不置可否。「不過我覺得無論在哪裡都會發生類似的事情，就算是同塊土地上的同文同種，有些人就是得靠貶低別人來提升自己。有點像傷心的時候要聽悲慘的歌，因爲感覺別人比自己更慘，心情會平衡些。」

「當然也會有被了解、被陪伴，有人和自己一起的感覺……」我笑著感嘆，「不過，對優越感的需求也是人性的一部份吧。」

「因爲人是群體的動物啊，不像你每天跟花草設計圖打交道，就一副心滿意足的樣子。」

「這是在罵我不是人？」我開玩笑說。

「哈，你這傢伙，不要扭曲我的意思。」

「如果每個人都可以專注在自己喜歡的事情上，就不會有這麼多是是非非了。」

「還是會比較啊。誰賺得比誰多，誰比誰有名、有成就之類的……最後不都是浮雲一朵。」

我微微偏頭思索，雲裡發生的事有時候並不像外表看起來那麼單純。

「……雲雖然看起來輕飄飄軟綿綿的，實際上很沉重，裡頭水滴呀、冰晶、冰雹東碰西撞、丟來甩去的，競爭很激烈，如果遇到正負電子吵架就更驚天動地了。無論結局是蒸發、下雨或降雪，最後都會回歸自然化爲虛無……跟人生很像呢。」

「也是啦，最終都會抵達彼岸（ひがん）。」安下了結語。

這場瘟疫的前後三年間，我大多待在箱根的山裡，以色彩管理士的身分偕同花藝師友人，及在地的庭園規劃師實驗建造一所百年永續的庭園。我們斷斷續續規劃了好幾年，以固有的闊葉林如橡（クヌギ，麻櫟）、小楢（コナラ，枹櫟）和豆桜（マメザクラ，富士櫻）等喬木爲基底樹冠層，又試驗了幾種灌木和多年生草花，最後留下紫陽花、椿（ツバキ，山茶）、石楠花（シャクナゲ，常綠杜鵑亞屬）、躑躅等箱根原生植物爲主的花園，並且使用園中可循環再利用的素材鋪設步道，努力讓整個庭園自成一個生態，期盼能自然延續百年。

在我種下最後一株繡球、覆上發酵數月的土壤時，彷彿看見昔日父親在家中露臺蒔花弄草的身影，我微笑著期盼來年的梅雨季節，我知道他會一直在這兒，在心底，陪伴著我。

就在疫情逐漸趨緩、長期關在家中的人們紛紛探出頭來觀望時，令人訝異的消息傳來。前不久才在雜誌上看到喜歡的作家在專欄裡寫到：這段時間有許多人不知所以地結婚了，也有不少人莫名其妙地分手了。當時讀了沒放在心上，沒想到隔沒多久便看到W在臉書上大剌剌地報告自己離婚的訊息。原來那段話是真的。

我一個人待在東京的商務飯店裡，反側許久睡不著覺，往下捲了幾則他之前的動態，決定傳個訊息，沒想到立刻收到回覆。

「還沒睡？」

「娃娃睡了。我在亂彈吉他，順便準備明天教小朋友的歌。」

這幾年大環境變化快，W原先任職的日商遭受來自中國的廉價競爭，差強人意的產品性價比高，導致品質佳但所費不貲的日系用品避不了市場萎縮，總公司決定裁撤海外據點，固守日本境內分店，而他也順勢回到K城，開始從事地方創生的工作。

「孩子那麼小，你們居然選擇離婚？」視訊時，我不可思議地搖了搖頭。

「其實我們早就分居很久了。」W坦承，「我們結婚那時候，欣瀅的奶奶剛過世沒多久……」

我恍然，「是趕百日內完婚的習俗嗎？」

他點了下頭，又想了想說：「其實重點還是她爸爸已經有了新的家庭，家裡只剩下她和妹妹兩個，我想照顧她們。」

「難怪你以前總嚷著想早點結婚。」

「娃娃出生後幾年，妹妹有次發高燒沒救回來，欣瀅哭了好些日子……等淚終於流完，整個人有種煥然一新的感覺。我一直在旁邊看著，也有了她隨時會離開的心理準備。」

「所以決定到廈門工作也不是突然？」不知爲何，我似乎明白欣瀅的心境轉折。

「那是她的夢想，原本以爲不可能實現的夢想。她在電視台當老總秘書好幾年，只是因爲這份工作時間最穩定。前幾年她老闆到上海和廈門設立影視公司，就跟過去當企劃了。」

「現在她終於可以好好發揮，企劃自己想做的節目。」

「被困住那麼多年，終於得到可以使盡全力、奮力一搏的機會了。」W理解一笑。

「那你呢？」

「我？我就帶帶孩子、種種樹，一邊復育生態，一邊在咖啡廳裡提供小農栽種的旬味食材，製作餐點、飲料，還過得去。」

「我本來以爲你只是米行的少爺，沒想到你們家居然有整座山，難怪會被叫坊ちゃん。」我調侃說。

W傻憨地笑了，和年輕時候一樣完全沒變。

「那是家族共有的啦，大家商量借我一塊地做實驗而已，反正放著沒人想碰。」他解釋，「剛好我可以把娃娃帶在身邊，還能教其他小朋友認識生態環境，讓他們更貼近自己生長的土地。比起之前上班到後來像在追逐一個虛無，現在感覺充實多了。」

「踏實踩在土地上的感覺眞不錯。」我頓了頓，「不過總覺得有點可惜，好不容易成就初戀……你還好吧？」

W偏著頭沉吟了會兒，「前陣子還蠻常聽陳奕迅的歌，〈愛情轉移〉[18-2]你知道吧。」

「當然，E神耶。」我崇拜地說，不過心卻震動了下，這傢伙的愛情那麼快就轉移到另一個人身上？時間過了太久，我差點忘了他自青春期以來的好人緣。「……你該不會？」

他聳個肩，自嘲笑說：「我覺得曾經嚮往地老天荒的我也算是勇敢過了吧。」

喔～原來是指副歌最後一句。

「對了，你知道這首歌其實有粵語版本，叫〈富士山下〉[18-3]。」

喔？這我倒是第一次聽說。

「粵語版歌詞也是夕爺寫的，不過以前年輕看不太懂。」他頓了頓，「現在回頭聽這首歌，有了新的感觸，確實再怎麼深愛都無法將對方占爲己有，每個人都是獨立的人格。」

我立刻在網路上搜尋了歌詞，邊看邊咀嚼他的心得，略有所懂。

「不過還是可惜。」我嘆息了聲，接著半玩笑半眞心地說：「虧我一直對你初戀結婚這件事感到特別驕傲。」

「這有什麼好驕傲的，初戀結婚的又不只我……」他不好意思地搔搔頭。

「但是我身邊就只有你啊！」我瞪大眼睛，誇張表示：「你不知道我有多羨慕嗎？哪像我，連自己初戀是誰都搞不太清楚……」

「不是不清楚，是不想承認吧，」他一語道破，還緊接著壞心嘲笑：「不符合你的美感嘛。」

我齜牙咧嘴玩笑地怒視著他，然後哀嘆了聲。「如果可以自己選擇初戀就好了。」

他眉毛一挑，緩緩地點了點頭，「我不是說過，小時候奶奶問我兩個女生喜歡哪一個，讓我苦惱了很久嗎？」

「眞不好意思，讓你困擾了。」我乾笑兩聲。

「現在說這些都是後話了。其實有時候我會覺得，自己只是她牽制你的手段，把我從你身邊奪走，也許是當時的她唯一能做得到的事……」

我瞇起眼，不確定他話裡的意思，爲何他倆的愛情會和自己扯上關係？

「你這話聽起來……不知道該說是太高估自己，還是太看輕你們之間的感情？」

他想了想，又繼續說：

「你就像風箏，沒有我這道風，還有其他許許多多來自四面八方的風可以和你一起玩、帶你去很遠的地方；但是欣瀅被困在這裡，我沒辦法不擔心她。而我也知道她其實很羨慕你，希望自己能和你一樣自由……」說著，他的眼神逐漸飄向遠方，「我曾經想過如果當初和你一起留在日本……雖然我的初戀童話在她身上實現。」

我終於聽懂他的意思。

「……原來一個人的初戀，可以不只一個人。」我淡淡取笑。

「在我還不知道初戀是什麼的時候，事情就這樣發生了。」W也明白早已事過境遷，輕鬆一笑。

我偏著頭，試著思考另一種可能。

「如果眞有如果，也許現在和你視訊的人是欣瀅、也不會有娃娃了……」

「那可不行！」W強烈抗拒，一看就知道他多愛孩子，「人生果然不可逆。」

夜靜悄悄的。

忽然鏡頭外傳來一聲喵叫，我驚訝問：「有貓？」

W彎下腰，抱起一隻身型嬌小的虎斑貓，「牠是阿犬。附近鄰居家養的貓生了一窩，我抓了隻回來。」

「あら(ara)，好可愛喔～」我對著畫面伸出手，想摸摸那團毛茸蠕動的小生物，「幹嘛叫人家阿犬，明明是隻貓。」

「牠個性像小狗，人走到哪就跟到哪，成天在腳邊轉呀轉的，超怕會踩到牠。」

我露出柴郡貓的笑容注視阿犬。「我們小時候也撿過一隻貓……」

「對呀，」W輕柔地放下貓咪，點點頭說：「和貓媽媽走失，很瘦弱那隻……長得和阿犬有點像。」

「公寓不方便養寵物，你帶牠回去米行，每天下課我都往那兒跑。」

「可惜……」W嘆了口氣。

「我們兩個都哭得很慘。」我回憶起撿來的小貓冰冷僵硬的身體。

「只有你哭得很慘吧。」

「拜託～好幾天你眼眶都超紅的好嗎。」

W聳個肩，表示不想爭論這早已不可考的問題。

「你雖然沒養貓，不過似乎不缺貓寵。」他說。

「對呀，不管我去哪裡工作，附近總有幾隻貓。」我得意笑了，「像我現在工作的庭園，主人養了隻白色的貓，只有尾巴是三花，很特別呢。」

我拿出手機，滑了幾張照片傳給他。

「在你安定下來之前，貓我就先幫你養著囉。有空記得常回來看牠。」

我感恩點頭，彼此目光對視，不約而同笑了出來。

「你呢，最近有聽什麼新歌嗎？」他問。

「想青春一把的時候聽鬍子男[18-4]，需要感動的時候聽米津玄師[18-5]，想跳舞的時候聽藤井風[18-6]……串流音樂很方便，不需要帶一堆CD，去哪兒都輕鬆。」我笑著回答。

「哇，你還蠻跟上潮流的嘛，那怎麼不聽韓流女團的歌？」

「BLACKPINK[18-7]？(G)I-DLE[18-8]？」我揮了下手，「你又不是不知道我肢體不太協調，她們的歌難度太高了。」

W愣了下，似乎在想像我手舞足蹈的模樣，然後「哈、哈」兩聲帶過。我白了他一眼。

「其實最常聽的還是宇多田光。」我說。

「〈First Love〉[18-9]？」

「那首歌很經典。」我點了頭，「不過最喜歡的還是《Heart Station》那張專輯。」

「因爲〈Prisoner of Love〉嗎？」

他還記得我喜歡《Last Friend》那齣日劇。

「那首歌當然，不過最常聽的是〈Flavor of Life〉，聽著聽著好像被拉到好久好久以前……」

「人生最精華的一段嘛。」他瞭解地說

我搖搖頭，「不是精華，是精彩，像最後的煙火表演一樣，砰砰砰砰幾十連發的感覺，當下覺得目不暇給、目瞪口呆的，現在鏡頭拉遠了，有餘裕可以微笑欣賞那種炫目的美了。」

「總覺得我們花了很久時間長大，卻好像一下子就變老了。」W心有所感地說。

「對呀，我頭髮越來越細了……」我摸了摸垂在肩上的髮，然後歪頭端詳：「你的前額好像也……」

W尷尬地摸摸頭頂，「之前我想植髮，醫生說他雖然可以幫我做前面，但不能阻止髮線繼續後退。」

「眞不公平，柯南不會老，小櫻也不會老，連老歌都是活在青春裡……」

「所以我聽到熟悉的歌聲覺得舒心、對以前的歌也感觸良多，是因爲骨子裡還很青春。」他毫無愧色地笑著。

「那是因爲青春的一部（ichibu）嵌進身體裡和骨血交融，和老化無關。」我面不改色，毒舌笑說。

他故意撇開頭，咳了幾聲。

「過陣子放暑假的時候，帶娃娃來東京，我帶你們去晴空塔玩。」

東京 Skytree 是目前的世界第一高塔。

「好啊，」W欣然應允，「不過你不打算回來嗎？」

「工作？定居？」

「都可以啊。這兒畢竟是你的家。」

我沉吟著思考了好一會兒。

「我覺得人和地方的關係啊……譬如你家三代之前就住在台灣，但是最早是因爲祖先討生活從對岸的漳州、泉州一帶跨海而來；我爺爺是因爲戰亂被迫和親人分離，最後異鄉成了故鄉；而我爸媽會在北部相遇，是爲了逃離農村辛苦又不一定得到相應收穫的勞動，剛好事業發展得不錯，理所當然留在台北成家；我來日本求學之後留在這兒工作也是……其實這些都是推力和吸力相互加乘的結果。所以如果有一天我會回去，一定也是因爲有『什麼』把我推離日本、拉回台灣……我還是挺相信命運的。」

「厚～講那麼多，不就是順其自然的意思嘛？」他翻了個白眼。

「說起來……我以前老愛抓著你問夢想，沒想到會是我先退出一線，堅持走在路上的居然是你。」

「我覺得你完成了很多事啊。進入夢想的企業工作，和自己喜歡的人結婚、生了小孩，解鎖了不少成就耶！」接著我皺起眉，不贊同地說：「而且你那不是叫退出一線，是轉換跑道、展開第二人生，說不定過幾年第三、第四人生都出現了。你總是跑在我前面，我是因爲遲鈍，只能在一條路上持續摸索。」

W摸了摸鼻頭，「我倒覺得，如果能找到一件事讓自己樂在其中，此生應該就算活得不錯了吧。」

「……又來了。」我嗤鼻笑了。

W不解地望著我。

「我們又在三更半夜互相吹捧了。」

他一愣，然後哈哈大笑起來。我想我們應該會像這樣相視而笑一輩子吧。

「總之，有機會你和小野先生一起回來看看、給些建議，我想在咖啡廳對面的蓮花池周圍再種些什麼。」

「如果是池塘邊，鳶尾科的花菖蒲還不錯，但是有輕微的毒性，你那兒常有附近學校的孩子去校外教學，要提醒他們注意。」我思考著說，「如果覺得花菖蒲太艷，也可以考慮水生竹芋，葉形和紫色的小花挺有風情的。」

W高興地頻頻點頭，用手機記錄下來。

「現在有哪些植物啊？」我問。

「主要是原本的文旦柚、樹莓，下個月柚子花就要開了，你沒聞過吧，風吹過，整片山林都是柚花香氣喔。去年我還研發了柚子咖啡，小恬拿到她的日韓雜貨CAFE推季節限定。」他既開心又得意。「對了，我在一些地方還看過大菁。」

大菁？我覺得這植物名很耳熟。

「就是做あいぞめ(aizome)（藍染）的馬藍。」

「類似日本的タデアイ(tadeai)（蓼藍）是嗎？」

「我上網查過，兩種是不一樣的植物。不過都是藍染植物。」

「眞有趣。可以規畫個藍染教室什麼的。」我頗感興味地點點頭，「你就先蒐集原生植物的資料，再來可以觀察附近人家種了哪些草花長得好，然後思考要挑選哪些試種在庭園裡。畢竟我熟悉的大都適合溫帶地方的庭園草花，你那兒的環境、氣候還得再研究。」

「看來要設計一個自然永續的原生態庭園還眞不容易。」W感嘆。

「是啊，大家都是不斷地試行錯誤(shikōsakugo)，才能累積經驗、豐富資料啊。」我習以爲常地說，「不過，只要越來越多人對庭園、對植物感興趣，就會進一步想了解土壤啊、水和空氣等等能讓生物茁壯成長的要素，環保意識就能更深植人心……」

「這樣才能留給後代一個乾淨的未來，對吧。」他完全抓到重點。

「也不是想談這些高調才從事現在的職業，」我笑了，「就是喜歡而已。喜歡看到大家開心幸福的樣子，無論是人、或是草花。」

完成環境設計的進修後，我重返職場工作了幾年，主要是參與公共設施與造景之間的調和工作；後來又飛到英國兩年，接受自然派英式花園的相關知識薰陶。這幾年四處奔波於各地工作，從未停下腳步回頭看過。

瘟疫帶來許多不幸，卻也讓終日勞碌的人們有機會慢下腳步，看望人生。記憶裡，二十歲以前的人生像是用跳的，剛吃完粽子眨個眼就到了盛夏海邊，不經意間中秋的月圓已被拋在身後，交換完聖誕禮物轉過身又四處拜年、滿手紅包……畫面斷斷續續，影像也泛著霧白邊框；二十歲之後不知何以色彩逐漸濃烈，年年鮮豔，每個人、每件事，如同流淌於呼吸間的各式氣味，或甜美、或芬芳，或生腥、或酸腐……那些個令人心情愉悅、叫人皺眉屏息的，就算當下無法得知結果是好是壞，卻也實實在在成了生命中的養分，引領自己抵達現在、通往未來。而那些人、那些事，就像記錄在嗅覺受體的氣味分子，只要去回憶、去感覺，即能招喚出儲存於大腦神經網絡的刻痕，心，還有點酸酸澀澀，帶了疼。

這些那些，也許雜著荒謬，也許青春得可笑，但人生嘛，也是有這樣的事啊。

【耳朵記憶】

18-1. 宇多田ヒカル〈Flavor Of Life〉，詞曲：宇多田ヒカル，《HEART STATION》，2008，東芝 EMI。

18-2. 陳奕迅〈愛情轉移〉，詞：林夕、曲：Christopher Chak，《認了吧》，2007，新藝寶唱片。

18-3. 陳奕迅〈富士山下〉，詞：林夕、曲：Christopher Chak，《What's Going On...?》，2006，新藝寶唱片。

18-4. 鬍子男：Official 髭男 dism，日本四人樂團。2012 年於島根縣結成，2016 年上京。

18-5. 米津玄師：日本創作歌手，2009 年起於網路平台發表音樂作品，2012 年正式出道，至 2020 年已成爲日本流行音樂代表之一。

18-6. 藤井風：日本創作歌手，2019 年出道，2020 發行首張專輯《HELP EVER HURT NEVER》，其中非主打歌〈死ぬのがいいわ〉登上多國音樂熱榜，改變日本流行音樂的聽衆結構，成爲世界的音樂人。

18-7. BLACKPINK：韓國女子音樂團體，由 Jisoo、Jennie、Rosé、Lisa 組成。2016 年出道。

18-8. (G)I-DLE：2025 年更名爲 i-dle（아이들），韓國女子音樂團體，現任成員爲薇娟、Minnie、小娟、雨琦與舒華，2018 年出道。

18-9. 宇多田ヒカル〈First Love〉，詞曲：宇多田ヒカル，《First Love》，1999，東芝 EMI。

後記

Track：劉若英〈經過〉／《愛情限量版》

原本沒打算寫後記，畢竟佳言廢言皆已存在字裡行間，拖了尾巴有失小說該有的清爽。後來心念一轉，比起（不知何時會消失的）自媒體上潦草感謝，寫在故事之後或能走得更久、更遠，人經常抵擋不了貪婪的想望，我也不例外。

首先是德俊，小熊老師，謝謝他執編聯合報繽紛版時期，給予我那麼多的機會磨練，音樂國的專欄，是這本小說的緣起。後來我想著再也不寫愛情了。然有些主題，人生未至不好胡亂下筆，有些主題則是神的領域，再怎麼喜歡也不願意更沒能力觸碰。於是我左瞧那誰潛了一支氣瓶又一瓶，落筆輕盈但情感深摯，右盼那位書寫瑜珈，恆河畔上修練一身的溫暖從容，不只笑容連文字都甜美，到處羨慕。

以年爲單位的構思，在新冠疫情過後的某日和友人重聚，忽然閃光。雖然這個故事還是寫了好多的愛情，但也多了那麼一些，其他。

謝謝宇哥&慧文姐、丹青、曉娟，謝謝你們的作品和歌聲陪我成長，謝謝你們始終在我的前方；也感謝提供建議、正確語言的我親愛的家人們。希望你們不會介意以這樣的形式活在我的文字裡。

最後要向華品文創的王承惠總經理和幫助這本小說出版的所有夥伴一鞠躬，特別感謝顏艾琳老師在辛苦時期仍費心讀稿、編審，讓細節體現深邃的美學。

「美感的幽微，與巨大的感動在內心的天平上，有同等的重量。——《微美》」

而我，還在路上。

步璃あゆり
2025初夏

國家圖書館出版品預行編目 (CIP) 資料

也有這樣的事 = そんなこともあるよ / 步璃あゆり著 .
-- 初版 . -- 臺北市：華品文創出版股份有限公司 ,
2025.06 面 ; 公分
ISBN 978-626-7614-14-3(平裝)

863.57 114006934

也有這樣的事
そんなこともあるよ

作　　者：步璃あゆり
插　　畫：Ben Jin
編輯顧問：顏艾琳
總 經 理 ：王承惠
行銷總監：王方群
印務總監：張傳財
美術設計：張蕙而
出 版 者 ：華品文創出版股份有限公司
公司地址：100 台北市中正區重慶南路一段 57 號 13 樓之 1
物流地址：221 新北市汐止區大同路一段 263 號 9 樓
讀者服務專線：(02)2331-7103
物流服務專線：(02)2690-2366
E-mail：service.ccpc@msa.hinet.net
https：//ccpctw.com
總 經 銷：大和書報圖書股份有限公司
地　　址：242 新北市新莊區五工五路 2 號
電　　話：(02)8990-2588
傳　　眞：(02)2299-7900
印　　刷：卡樂彩色製版印刷有限公司
初　　版：2025 年 6 月
定　　價：新台幣 360 元
ISBN： 978-626-7614-14-3